대한민국 교사로
살아남기

긍정의
힘으로
교직을
디자인하라

# 긍정의 힘으로 교직을 다자인하라

| | |
|---|---|
| **초판인쇄** | 2019년 02월 15일 |
| **초판발행** | 2019년 02월 20일 |
| **지은이** | 최선경 |
| **발행인** | 조현수 |
| **펴낸곳** | 도서출판 프로방스 |
| **마케팅** | 최관호 최문섭 |
| **IT 마케팅** | 신성웅 |
| **디자인 디렉터** | 오종국 Design CREO |
| **ADD** | 경기도 고양시 일산동구 백석2동 1301-2 |
| | 넥스빌오피스텔 704호 |
| **전화** | 031-925-5366~7 |
| **팩스** | 031-925-5368 |
| **이메일** | provence70@naver.com |
| **등록번호** | 제2016-000126호 |
| **등록** | 2016년 06월 23일 |
| **ISBN** | 979-11-88204-85-4  03810 |

정가 16,500원

대한민국 교사로
살아남기

## 긍정의 힘으로 교직을 디자인하라

**최선경** 지음

프로방스

# "행복한 교사가 많아지면 좋겠다"

한국, 교사 만족도 OECD 국가 평균보다 크게 낮아

자기개발 욕구 크지만 수업 자신감은 낮아

일반 행정업무 시간 많고 수업준비 시간은 적어

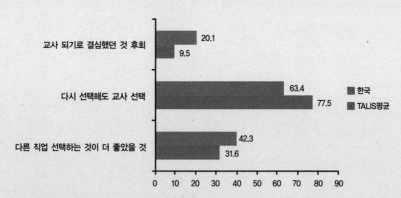

자료 : 한국교육개발원

대한민국 교사는 자기개발 욕구는 크지만, 수업에 대한 자신감이 낮고 직업 만족도 또한 OECD 국가 평균보다 크게 낮다는 기사를 접했다. 또한 일반 행정업무를 처리하는 시간이 많고 수업준비 시간은 부족하다는 분석이다. 이는 현직에 근무하고 있는 내가 봤을 때 모두 사실이다. 상황이라는 것이 시간이 흐를수록 더 좋아져야 할 텐데 첫 발령을 받은 20년 전과 지금의 상황이 별반 다르지 않다. 아니 오히려 더 나빠지고 있는 것 같다. 정년까지는 한참 더 근무를 해야 하는데 가장 중요한 수업 연구에 집중할 수 없고 교사로서의 자존감이 떨어지는 이러한 상황을 어떻게 극복해야 할지 걱정이다.

안타까운 상황은 또 있다. 공교육이 사교육 시장에 밀리고 있다. 학원이 공교육보다 입시에서 더 인정받는 분위기가 자리 잡고 있다. 리서치 기관 여론조사에서 학원 강사가 학교 교사보다 수업준비를 더 철저히 하고 학생들과의 소통도 더 잘하려고 노력한다는 결과를 본 적이 있다. 공교육과 사교육은 그 환경이나 목적이 서로 상이하다. 따라서 애당초 비교의 대상이 될 수 없다. 다만 교육이라는 공통분모를 놓고 볼 때, 공교육에서 노력해야 할 부분도 분명히 있다고 생각한다. 교사 개개인이 스스로 자신을 돌아봐야 한다. 또한 우리도 수업과 수업연구에 집중하고 학생들과 시간을 많이 보낼 수 있는 시스템 보완이 필요하다. 사교육 시장처럼 노력한 만큼, 그리고 성과가 있는 만큼 보상하는 체계가 필요할지도 모르겠다.

교사들의 직업만족도를 해치는 데는 자율성을 허용하지 않는 학교 시스템이 한 몫을 한다고 본다. 현재 학교 시스템에서는 교사에게 아무런 자율성이 없다. 권한도 없다. 교사들의 자존감이 그만큼 낮아지고 있다. 반대로 내가 어떤 일에 영향을 미칠 수 있는 자율성을 가지고 있으면 그 일에 더욱 몰입하게 된다. 마침 교사의 자율성이 중요하다는 나의 생각을 뒷받침할 수 있는 '잡 크래프팅'이라는 개념을 접하고 반가운 마음이 들었다. 그래서 잡 크래프팅에 대해 좀 더 알아보았다.

잡 크래프팅(Job Crafting, 직무재창조)이란 공식적인 역할과 업무 수행에만 머무르지 않고, 자발적으로 자신의 일을 바라보는 관점을 긍정적으로 바꾸고 업무 범위와 관계를 조정하여 스스로 동기를 유발시키려는 노력을 말한다. 성공적인 잡 크래프팅을 위해서는 이것이 단지 나를 위한 것이 아니라 조직과 동료에게도 가치를 줄 수 있다는 공감을 얻는 것이 중요하다.

효과적인 잡 크래프팅의 방법으로 세 가지가 있다. 첫째, 업무의 난이도와 범위 조정하기. 직원이 자신의 권한 내에서 과제의 개수나 난이도를 조정한다. 자신의 권한 내에서 과제의 개수나 난이도를 조정하면 개인의 역량과 과업의 난이도가 조화를 이루며 업무 몰입도가 향상된다. 또한, 자신에게 부여된 일이 아니라도 잘할 수 있거나 흥미가 생기는 분야에 대해서는 지속적으로 관심을 갖는다. 그러다보면 새로운 기회가 생길 수도 있다. 둘째, 고객 및 동료와의 관계 재구축하기. 주어진 역할을 넘어 본인이 더 의미를 부여할 수 있는 역할로 고객이나 동료와의 관계를 재설정한다. 셋째, 자신의 일에 긍정적인 의미 부여하기. 내가 하고 있는 일의 목표를 더 크고, 깊고, 넓게 재정의해 본다. 자신의 일에 긍정적인 가치를 찾아내 부정적인 인식을 희석시키고, 작더라도 중요한 의미를 부각한다. 〈아시아경제, '잡 크래프팅' 참조〉

자신의 강점을 찾아서 투자하고 발전시키자. 약점에 묶여 있지 말고 그 시간에 강점을 강화하자. 나만이 잘 할 수 있는 분야를 찾아 개발하자. 한 가지 일에 정성을 다하는 장인정신을 키우자. 몰입도를 높이자. 급변하는 사회 변화에 적응을 잘 해야만 나의 유능함을 지속적으로 향상시킬 수 있다. 현실에 안주하지 말고 될 듯, 안 될 듯한 도전적인 일을 시도해보자. 그리하면 실력도 늘고 성취감도 높아진다. 실패하더라도 성찰을 얻는다. 멀리 가려면 함께 가라는 말이 있다. 혼자서는 쉽게 지친다. 오래 가려면 동료와 함께 해야 한다. 나와 함께 할 동료를 만들기 위해서는 상대방의 말에 귀를 기울이고 그 사람이 처한 맥락을 파악해야 한다. 매일 만나던 사람만 만나지 말고 생소한 모임에도 나가보고 새로운 사람도 만나봐야 한다. Strong Tie(강한 유대관계)의 화제는 그 밥에 그 나물이지만, 귀가 확 트이는 새로운 관점의 정보나 나의 고정관념을 뒤흔드는 기발한 발상은 어쩌다 만난 Weak Tie(약한 유대관계)에서 나온다. 내가 지금 하고 있는 이 일을 긍정적으로 바라보자. 근시안에 갇혀서 일처리 방법에만 매몰되지 말고 이 일의 목적에 대해서 거시적인 시야를 가지자. 체면에 너무 구애받을 필요는 없다. 남의 시선에서 자

유로워지자. 내 인생은 내가 사는 것이다. 〈네이버 블로그, '유박사의 도서미식회' 참조〉

　전문가들이 효과적인 잡 크래프팅 방법으로 제시하고 있는 이 세 가지 모두 내가 몸담고 있는 교직에도 적용할 수 있다. 무엇 하나 마음대로 할 수 없는 구조 안에서도 최대한 내 업무와 관련하여 난이도와 범위를 조정하고 선택권을 보장받고, 동료 교사와 학생들과의 긍정적인 관계형성을 통해 교사로서의 자존감을 높일 수 있다고 생각한다. 내 전공 분야와는 상관없는 분야에 도전해 보는 것도 자존감을 높일 수 있는 한 방법이다. 학교 밖에서 만난 약한 유대관계에서 오히려 영감을 얻고 내가 발전할 수 있는 새로운 기회를 만나게 되기도 한다. 내가 잘 할 수 있는 분야의 특기와 장점을 내 수업에 적용하여 자존감을 높일 수도 있다.

　잡 크래프팅의 세 가지 방법 중 '자신의 일에 긍정적인 의미 부여하기'에 가장 공감이 간다. 같은 상황을 놓고도 어떻게 해석하느냐에 따라 상황이 달라질 수 있다. 나의 경험에 어떤 의미를 부여하느냐에 따라 내 마음의 행복이 결정된다. '같은 장소에서 같은 일을 하며 명성과 재산까지 같은 두 사람이 있어도 이들 중 한 사람은 행복하고 다른 한 사람은 불행하다. 그것은 이들의 마음가짐이 다르기 때문이다.'는 데일 카네기의 말처럼 마음가짐이 그만큼 중요하다. 그냥 돈벌이 수단이 아닌 좀 더 큰 목표를 잡고 내 일에 긍정적인 가치를 부여하는

긍정의 힘으로 교직을 다자인하라

것, 아무리 사소한 일에도 긍정적인 피드백을 하는 것이 중요하다. 나는 왜 여기에 있는가? 왜 이 일을 하고 있는가? 끊임없이 나만의 철학을 세울 필요가 있다.

그렇다면 '교직이 나에게 갖는 의미는 무엇일까? 20년간의 교사로서의 경험은 내 인생에 어떤 의미를 주는가?' 그 질문에 대한 답을 찾아가는 과정이 이 책을 써나가는 과정이 아니었나 싶다. 하지만 아직 정답을 찾지는 못했다. 어쩌면 정답이란 존재하지 않는지도 모른다. 그저 꿋꿋하게 걸어가는 길 그 자체가 나에게는 의미가 있다.

이 말을 기억했으면 한다. '교사는 한 번에 한 아이를 바꿈으로써 세상을 바꾼다.[1]' 비록 무엇 하나 마음대로 할 수 없는 시스템 안에 놓여 있을지라도 교사라는 존재와 그 교사의 진심에 의해 변화되는 아이들이 분명히 있다. 그래서 교사들은 모두 '체인지메이커'이다. 이 책에서 말하고 있는 20년 가까운 교직생활담을 통해 누군가는 위로받고 누군가는 용기를 내고 누군가는 아이디어를 얻어 자신의 수업과 학급 경영을 발전시켜 나가기를 바란다. 교실이라는 공간에서 선생님들과 학생들이 행복하기를 소망한다. 행복한 교사가 많아지면 좋겠다.

2018년 12월

새로운 도전과 변화를 꿈꾸는 교사 **최선경**

---

1) 이혜정 저(2017), 대한민국의 시험, 326쪽

# Contents | 차례

대한민국 교사로
살아남기

Chapter

01

나는 왜 교사가
되었을까

사실 사범대를 다니면서도
나는 교사는 안할거야. 어학 전공이니까 번역을 하든
통역사를 하든 어학을 살릴 수 있는
직업을 택할 거라고만 막연히 생각했다.

# 01

## 어린 시절 나의 꿈

어린 시절 꿈이 뭐냐는 질문에 교사가 되고 싶다는 대답을 자주 했다. 더 어릴 때는 기억이 나지 않지만, 국민학교(그 시절에는 초등학교를 '국민학교'라고 불렀다. 이하 '초등학교'로 칭함) 1학년 때부터 중학교 3학년 때까지는 그런 대답이 쭉 이어졌던 것 같다.

초등학교 1학년 때 담임선생님은 세련되고 멋진 분이셨다. 학교에서 2차선 도로 하나 건너면 될 정도로 우리 집은 학교와 가까웠다. 버스정류장 바로 앞에 위치하고 있어, 버스로 출퇴근 하는 선생님을 학교 밖에서도 자주 만날 기회가 있었다. 우리 집은 할아버지, 할머니, 고모, 삼촌들이 다 모여 사는 대가족이었다. 아버지 형제는 7남매로 결혼을 하여 독립한 삼촌 한 분과 고모 한 분을 제외하고는 내가 초등학교 저학년 때까지 모두 한 집에 살았다. 물론 대가족의 장점도 있지만, 때로는 각자 바쁜 어른들이 나한테 큰 관심이 없다는 느낌을 받기도 했다. 엄마는 할아버지를 도와 농사일뿐만 아니라, 집안일을 도맡아 하고 어린 동생을 돌봐야 했다. 그러다 보니 내 일은 스스로 알아서 해야 하는 분위기였다. 어느덧 초등학생이 되었다. 유치원에 다녀 본 적 없는 나는 학교 가는 것이 마냥 신기했고, 거기서 만난 선생님은 뭔가 특별해 보였다. 농사일을 하는 엄마나 매일 보는 고모들과는 달리, 뭔가 세련되어 보이는 선생님의 외모는 초등학교 1학년의 눈에 너무 멋져 보였다. 옛말에 '스승의 그림자도 밟지 않는다' 는 표현이 있는데, 그 때 딱 그런 마음가짐으로 선생님을 바라봤던 것 같다. 초등학교 시절, 선생님에 대한 동경과 존경심은 지속되었다. 그러다보니 '너는 장래희망이 뭐니? 커서 뭐가 될 거니?' 라는 어른들의 질문에 늘 선생님이 되고 싶다고 대답하곤 했다.

초등학교 시절 제일 부러웠던 것은 학원 다니는 아이들이었다. 그 중에서도 미술학원과 피아노학원에 다니는 아이들이 제일 부러웠다. 엄마에게 학원을 보내달라고 해도 안 가도 된다며 보내주지 않았다. 친구들을 따라 미술학원 체험을 하고 온 날은 엄마를 원망하기도 했다. 그러던 어느 날 공무원으로 근무하고 있던 셋째 고모가 피아노학원을 등록하자 몇 번 따라가게 되었다. 혼자 다니기 심심했는지 나를 생각했는지는 모르겠지만, 고모가 엄마를 끈질기게 설득하여 2학년 때부터 나도 피아노 학원을 다니기 시작했다. 어릴 때부터 나는 아주 성실한 편이었다. 선생님이 한 곡을 10번 연습하라고 하면 선생님이 나를 지켜보던 지켜보지 않던 꼭 10번을 연습하는 아이였다. 그래서 진도가 잘 나갔다. 친구들보다 피아노를 늦게 시작한 편이었지만, 초등학교 5,6학년 때는 학교 대표로 합창부, 합주부 반주를 할 수준에까지 이르렀다. 고모는 몇 달 다니다가 학원을 그만두었지만, 초등학교 2학년 때 시작된 피아노 수업은 중학교 1학년 때까지 계속되었다.

초등학교 시절을 떠올려보면, 학교를 마치면 동네 골목이나 학교 운동장에서 엄마가 저녁 먹으라고 부를 때까지 친구들과 숨바꼭질 등 각종 놀이를 하며 지냈던 기억이 가장 먼저 떠오른다. 그러고 나서는 피아노를 연주하는 장면들이 떠오른다. 당시 한 반에 피아노를 배우는 학생들이 그리 많지 않았었기 때문에 피아노를 배우기 시작하면서 여러 면에서 선생님과 친구들의 주목을 받게 되었다. 2학년 음악 시간에 작곡 수업이 있었다. 내가 작곡한 곡을 보고 담임선생님이 많이 칭찬해 주셨다. 그 때는 학원을 막 다니기 시작한 때였지만 선생님의 칭찬에 앞으로 피아노를 더 열심히 배워야겠다는 다짐을 하게 되었던 것 같다. 피아노를 배우고 잘 치게 되면서 학교에서 하는 행사에 참여하는 일이 많아졌고, 뿌듯함을 느끼게 되었다. 내가 다니던 초등학교는 3학년 때부터 합주부원을 뽑아서 정기적으로 연습한 후 1년에 한 번씩 시민회관 대강당에서 공연을 하곤 했다. 나는 초등학교 3학년 때부터 합주부원으로 활동을 했다. 3,4학년 때는 리코더를 불었고,

5,6학년 때는 오르간과 피아노를 연주했다. 매해 큰 무대에 섰던 그런 경험들이, 비록 음악 전공자는 아니지만 살아가는 데 도움이 되고 있는 것 같다.

피아노를 배우게 되면서는 자연스럽게 피아노 선생님이 나의 꿈이 되었다. 학원에서 피아노 발표회도 하고, 신문사 등에서 주최하는 피아노 대회에서 금상, 최우수상을 받기도 했다. 내가 피아노를 꽤나 잘 친다고 믿게 되었다. 피아노 학원 선생님들은 자매였는데, 훌륭한 피아노 실력이 부럽기도 했고 자매들끼리 같은 일을 할 수 있다는 것도 부러웠다. 피아노 선생님들은 모두 우아해 보이고 다 좋아보였다. 어느 순간부터는 어른들이 '너는 꿈이 뭐니? 커서 뭐가 될 거니?' 라고 물으면 '피아노 선생님'이 될 거라고 했다.

중학교 1학년 때까지 피아노 학원을 다녔다. 체르니 50번에 모짜르트, 베토벤 등 작곡가들의 원곡을 연주하게 되면서 난이도가 높아졌다. 피아노 학원을 5년 넘게 다니다 보니 슬슬 지겨워지기도 했다. 마침 그 때쯤 엄마가, '피아노는 그냥 취미로 하고 공부나 하지' 라는 말에 얼씨구나 하고 당장 피아노 학원을 그만두었다. 피아노 학원은 그만 두었지만 나의 활약은 계속되었다. 당시 음악시간에는 선생님을 대신할 반주자가 한 반에 한 명씩 있었다. 중학교 1학년 때부터 고등학교 3학년 때까지 계속 반주자로 활동을 했다. 고모 결혼식과 친구 결혼식 반주를 해주기도 하면서 엄마 말대로 피아노를 취미로 살려 잘 활용하고 있었다.

초등학교 6년을 칠곡에서 보냈다. 그 때는 정말 원 없이 놀았던 것 같다. 초등학교 졸업 즈음 새 동네로 이사를 가게 되었다. 중학교 1학년 때 피아노를 그만두면서 공부를 하기 시작해서인지 환경이 바뀌어서인지 나의 성적은 중학교 3학년까지 수직상승했다. 반에서 1등, 전교에서 1,2등을 달리면서 성적으로 관심을 받기 시작했다. 선생님이나 주변 어른들의 칭찬에 으쓱했다. 중학교 1학년 때 영어 알파벳을 처음 접하고 뭔가 막막하긴 했지만, 노력하면 할수록 실력이 향상되는 것이 느껴졌다. 특히 다른 나라 사람들과 영어로 소통할 수 있다는 점이 마냥 신기했다. 외국어를 좋아하게 된 계기 중 하나가 그런 느낌인 것 같다. 영어로 나의 의도를 상대방에게 이해시킬 수 있다는 사실이 얼마나 뿌듯한 일인가! 영어를 말하고 있을 때는 현실에 있는 내가 아닌, 또 다른 자아가 되는 듯한 기분이었다. 영어로 이야기할 때는 좀 더 솔직해지고 더 많이 웃는 느낌이었다.

고등학교 때 불어를 처음 배웠고 그 매력에 푹 빠졌다. 고등학교 때 처음 접한 프랑스어! 프랑스라는 나라에 대한 매력도 있었겠지만, 영어와는 또 다른 매력을 느꼈다. 영어로 다른 나라 사람들과 소통하는 것도 재미있고 신나는 일인데, 불어로도 소통을 하다니 정말 멋진 경험이 아닐 수 없었다. 불어에 매력을 느끼게 된 데에는 고등학교 1학년 때 만난 불어 선생님의 영향도 컸다. 키가 크고 늘씬하고, 항상 웃는 얼굴로 친절하게 학생들을 대하는 분이셨다. 패션 감각도 뛰어나서 거의 매일 다른 옷을 입고 오셨다. 그런 외향적인 것도 기억에 남지만, 선생님만의 수업스타일과 티칭 노하우가 특히 더 강렬하게 남아있다. 내가 교사를 하고 있으니 그런 부분이 더 기억에 남아 있는지도 모르겠다.

불어 선생님은 교과서 내용을 가르친 후 학생들이 스스로 그 내용을 정리해 보게 했다. 한 단원 학습이 끝날 때마다 A4 용지 반 장에 핵심단어, 핵심 문장 등을 정리하게 했다. 이 과정에서 단원 내용이 스스로 정리가 되는 것을 느꼈다. 뭐든 대충하지 않고 열심히 하는 나는 내용을 정리하는 것도 물론 도움이 되었지만, 검사를 맡을 때마다 잘했다는 선생님의 칭찬이 불어에 대한 호감도를 높였던 것 같다. 선생님이 나를 예뻐한다는 느낌이 드니까 수업 시간에 더 잘 듣게 되고 과제도 열심히 하게 되었던 것 같다. 무엇보다도 선생님은 불어를 참 재미있게 가르치셨다. 예를 들어, 일상생활에서 쓰이는 불어를 많이 알려 주셨다. 당시 마몽드ma monde라는 화장품 브랜드가 인기였는데, 문법적으로는 몽몽드(mom monde, monde가 남성형 명사이기 때문에 ma라는 여성 관사가 아닌, mon이라는 남성형 관사가 와야 함)라고 써야 하지만, 발음하기 어색하니까 '마몽드' 라고 하는 거라고 설명해 주셨다. 그런 이야기들은 20년이 훨씬 지난 지금까지도 뇌리에 선명하게 남아있다. 한 단원 수업이 끝날 때마다 샹송을 배우기도 했다. 이 때에도 그냥 샹송을 배우고 끝나는 것이 아니었다. 샹송 가사 내용 중에 우리가 알아야 할 문법 사항이 있으면 그것을 노래를 통해 익히게 했다. 지금 생각해도 신선했던 것은 샹송 수업한 내용 그대로를 중간고사, 기말고사 문제에 출제했던 점이다. 다른 과목은 교과서 내용을 암기하거나 어려운 학력고사 스타일의 문제였다. 그러나 불어 과목은 샹송을 부르면서 수업을 하고 그 내용을 그대로 시험에 냈다. 수업 따로 시험 따로가 아니라 수업에서 배운 것을 그대로 시험에 냈던 것이다.

외국어를 좋아하던 고등학교 시절 나의 꿈은 전문 번역가나 동시통역가가 되는 것이었다. 돌이켜보면 고등학교 시절이 나의 사춘기 시절이었던 것 같다. 어른들에 대한 불만이 가득 차 있어서 그런지 선생님들에 대한 불만도 많았다. 저렇게 욕먹고 살 바에야 선생님은 절대 하지 않겠다고 다짐하기도 했었다. 중학교 때까지는 공립학교에 다니다가 사립 고등학교를 다니면서 학교 분위기가 좀 달라졌기 때문일 수도 있다. 어릴 때는 교사가 마냥 선망의 대상이었지만, 커 갈수록 교사에 대한 안 좋은 인식도 있다는 것을 알게 된 후 '나는 교사는 안 할 거야. 더 좋은 직업 가질 거야.'라는 그런 심리도 작용했던 것 같다.

02

# 중학교 영어교사가 되다

　　나는 94학번이다. 94학번은 일명 마루타 세대라고도 하고 X세대라고도 하고 비운의 세대라고도 한다. 대학을 졸업할 98년에 IMF가 터져서 그런 얘기를 하기도 하지만, 고등학교 입학시험에 주관식과 영어듣기가 처음 도입되었다든지 94년도 대학입학시험부터 수능이 처음 도입되었다든지 여러 가지 새로운 시도가 우리때에 많이 이루어졌기 때문이기도 하다. 실제로 내 인생에 가장 큰 영향을 미친 사건 중 하나가 수능의 도입이었다고 할 수 있다.

　　고등학교 2학년 때까지는 학력고사 체제로 공부를 했다. 학력고사는 문제은행식이라 최대한 문제를 많이 풀어보고 연습하면 충분히 좋은 성적을 얻을 수 있는 시험제도였다. 당연히 풀기 어려운 문제도 있었지만 이해가 되지 않으면 외워서라도 문제를 풀었던 나는 집요하게 공부를 해나갔다. 학력고사 문제를 반복해서 풀며 서울의 ○○대학교 영어영문학과를 목표로 입시를 준비하고 있었다. 왜 ○○대학교 영어 영문학과 진학을 목표로 잡게 되었는지 그 계기는 기억이 잘 나지 않는다. 다만 서울대학교 갈 실력은 안 된다고 판단하고 다른 대학들보다는 ○○대에 끌렸던 것 같다. 영어에 대한 동경은 중학교 시절부터 있었고 영어영문학과에 대한 동경 또한 마찬가지였다. 당시 우리 고등학교는 셔틀버스를 운행하였다. 고등학교 1학년 때는 10시까지, 고등학교 3학년 때는 12시까지 소위 '야자'를 했다. 특별반이라고 해서 서울에 있는 대학진학을 목표로 하는 학생들은 여름방학 때 학교 생활관에서 합숙을 하기도 했다. 그렇게 열심히 대입을 준비하고 있었는데, 고등학교 3학년 올라가는 해에 갑자기 입시제도가 바뀌어 버린 것이다.

학력고사와는 완전히 다른 수능이 도입되고 나니, 이전과는 문제 패턴이 너무 달라져서 적응을 하기가 쉽지 않았다. 평소 교과서 내용을 암기하느라 책을 많이 읽지 못했기 때문에 언어영역을 시간 안에 푸는 것도 힘들었다. 문과 체질이라서 공간 지각력도 떨어지고 과학적 지식도 부족했던 탓인지 수리탐구영역 문제를 푸는 것은 더더욱 힘들었다. 수학 문제는 말할 것도 없었다. 그래도 유일하게 학력고사 때랑 비슷하게 점수를 유지했던 것이 영어 과목이었다. 그래서 영어 과목을 좋아할 수밖에 없었을까?

고등학교 3학년 때 처음으로 중학년 1학년 때 피아노를 그만둔 것을 후회했다. 초등학교 6학년 때 합창부 반주를 놓고 나와 베틀을 했던 초등학교 동창이 작곡을 전공할 거라는 얘기를 그즈음 들었다. 나도 피아노를 계속 배웠더라면 그 애보다 더 잘했을 텐데, 이렇게 공부하느라 머리 아프지 않았을 텐데라는 생각이 들었다. 내가 다니던 고등학교에는 관악부가 있었다. 클라리넷, 트럼펫 등을 입학 후 3년 동안 배워서 지역에 있는 국립대학교 음악대학에 진학하는 아이들이 적지 않았다. 원래 음악을 좋아했던 나는 고등학교 1학년 때 관악부를 모집하는 것을 알고, 엄마한테 나도 관악부에 들어가면 안 되냐고 했었다. 엄마는 그런 건 공부에 취미가 없는 아이들이나 하는 거니까, 너는 공부나 열심히 하라고 했다. 그런가 보다 하고 관악부에 들지 않았다. 고등학교 3학년 때 공부하는 게 힘이 드니까 진작 관악부에 들어가서 악기를 배웠더라면 대학교에 쉽게 갈 수 있었을 텐데, 좋아하는 거 하면서 살 수 있었을 텐데라는 생각이 들기도 했다. 그만큼 수능 성적이 나오지 않아 괴로운 날들을 보냈다. 3월부터 모의고사 성적이 나올 때마다 거의 울지 않았던 적이 없었다. 지금 생각해보면 그정도 성적을 받고도 교실 책상에 엎드려 우는 나를 보고 참 재수 없다고 생각했을 친구들도 많았을 것 같다. 3월 모의고사 성적이나 10월 모의고사 성적이나 11월 수능 시험 성적이나 12월 수능 시험 성적이나 거의 차이가 없었다. 참 일관성 있는 내 성격이 시험 성적에도 그대로 드러났다 보다. 우리 때는 수능을 도입한 첫 해라서 수능 시험을 일 년에 두 번 치렀다. 첫 시험은 쉬운 편이었고 두 번째 시험은 어려웠다. 첫 시험에 대박이 난 아이들도 많았다. 그런데 나는 내신은 1등급이었으나 수능 성적이 너무 안 나와서, 고등학교 내내 목표로 잡았던 ○○대학교 영어영문학과는커녕 지역에 있는 국립대학교 영어영문학과 지원도 힘들게 되었다.

결국 담임선생님과 엄마의 권유로 사범대학에 원서를 쓰게 되었다. 절대로 선생님을 하지 않겠다고 생각했던 그간의 다짐은 쉽게 무너지고 말았다. 엄마나 담임선생님은 서울에 가는 것보다는 지역에 있는 대학에 가는 것이 좋겠다는 의견이었다. 지역 국립대학의 사범대가 여학생들에게 인기가 많으니 윤리교육과나 한문교육과를 가면 어떻겠냐고 하셨다. 처음에는 싫었지만 사범대 진학까지는 동의를 했다. 하지만 원래 목표로 잡고 있던 영어를 전공하지 못더라도 불어교육과라도 가겠다고 생각을 하고 고집을 부렸다. 영어교육과를 썼어도 충분히 합격을 했겠지만, 당시는 수능을 처음 치른 해이다 보니 각 대학 학과별 잣대가 정확하지 않아서 안전지원을 할 수 밖에 없었다. 대학 입학 때까지만 해도 반 학기만 다니다가 재수해서 서울에 있는 대학으로 갈까라는 생각도 잠시 했었지만, 현실에 적응하고 즐거운 대학교 생활을 했다. 커오면서 제일 즐거운 시기를 꼽으라면 초등학교와 대학교 시절이 아닐까 싶다. 고등학교 때까지와는 다른 여러 경험들을 할 수 있었던 대학교 생활이 참 즐거웠다.

사범대를 다니면서도 한 동안은 교사는 하지 않고, 어학 전공이니까 번역을 하던 동시통역사를 하던 전공을 살릴 수 있는 직업을 택할 거라고만 생각했다. 하지만 불어를 전공하다 보니 불어가 좋아졌고 어느덧 내 전공을 살려 불어교사가 되어야겠다는 꿈을 새롭게 다지게 되었다. 학과 성적도 좋았고 교수님이나 친구들과의 관계도 좋았다. 그런데 불어나 독어는 비인기 과목이라 임용에서 티오가 거의 없었다. 졸업하던 해에도 전국에서 불어교사는 단 한명도 뽑지 않았다. 막연히 불어교사가 되겠다는 생각으로 별 다른 취업 준비를 하고 있지 않던 나는 일단 대학원에 진학해 시간을 번 후, 불어과 티오가 나면 그 때 시험을 쳐야겠다고 생각했다. 하지만 대학원 진학 후 현실의 벽은 더 크게 다가왔다. 수업은 너무나 재미있었지만, 졸업 후 취업할 길이 막막했다. 대학원을 1년간 다니면서도 용돈은 내가 벌어서 다녀야 했기 때문에 이것저것 아르바이트도 하고 장래를 위해 학원을 다니기도 했다. 당시 속기사 자격증을 따는 것이 유행이었다. 마침 우리 동네에도 속기사 학원이 생겼다. 대학원을 다니면서도 '내가 교사가 될 수 있을까? 불어 티오도 없는데' 라는 생각에 막막하고 불안하기만 했던 나는 한동안 속기사 학원을 다녔다. 그러나 그것도 잠시뿐이었다.

임용 티오가 날 기미가 없자 결국 휴학을 결심하게 되었다. 혼자 휴학을 결심하고 나서도 지도교수님께 막상 어떻게 말씀을 드릴까 고민하다가 어렵게 말을 꺼냈다. 정말 잘 생각했다고 하시며 영어로라도 공부를 해서 임용에 붙는다면 교수님도 너무 기쁠 것 같다고 하셨다. 불어 전공자로서 영어로 임용을 친다고 하면 교수님께서 섭섭해 하시거나 그래도 불어를 끝까지 공부해야지라고 하실 줄 알았다. 그런데 너무 나도 흔쾌히 나의 결정을 지지해 주셔서 정말 힘이 많이 났다. 그렇게 대학원 1년을 다닌 후 휴학을 하고 영어 임용 공부를 시작하게 되었다.

처음 6개월간은 아르바이트로 초등학교 영어 보조 교사를 하면서 용돈을 벌었다. 아빠는 대학 졸업 후에는 용돈이든 학비든 모든 것을 끊은 상태였다. 아빠는 딸이 대학생이 되었다는 사실을 자랑스럽게 여겨 대학교 때까지는 용돈을 후하게 주셨다. 그런데 졸업하고 나니, 평소 아빠가 늘 하시던 말씀이 생각났다. '딱 대학교 다닐 때까지만 경제적인 지원을 하고 그 이후부터는 네가 다 알아서 해야 한다!' 어릴 때부터 세뇌를 당해서 그런지 거역할 수 없는 분위기였다. 그래서 스스로 먹고 살 궁리를 하지 않을 수 없었다.

당시 초등학교에 영어 수업이 처음 도입되던 때라 영어 전담교사를 도울 일손이 필요했다. 초등학교 영어 보조 교사를 하면서 영어 전담 교사의 교구를 제작하기도 하고 수업에 들어가 원어민 역할을 하며 수업을 보조하기도 했다. 교과 전담실에서 따로 근무를 했던 터라 공간 시간에는 틈틈이 임용 시험 준비를 할 수 있었다.

2학기에는 아르바이트는 그만 두고 임용고시 준비에만 매달렸다. 대학교 동기들한테 같이 공부하자고 제안도 해봤다. 다들 자신이 합격하겠냐라며 엄두를 못 내고 있었다. 결국 나 홀로 도서관 출근이 시작되었다. 철저하게 혼자가 되었다. 철두철미하게 규칙적으로 생활했다. 매일 아침 8시부터 저녁 8시까지 12시간 이상은 꼬박 공부를 했다. 아침에 도서관에 자리를 맡아두고 공부 하다가 시내에 가서 교육학 수업을 듣고, 다시 학교 도서관으로 돌아와 공부했다. 원래 혼자 밥 먹는 걸 힘들어해서 대학교 4년간 도서관에서 공부 할 때면 항상 같이 공부할 친구부터 섭외를 하곤 했다. 하지만 이번엔 공부도 혼자서 밥도 혼자서였다. 나 자신과의 싸움이 시작된 것이다. 지금 생각해도 어떻게 그렇게 독하게 공부를 했는지 모르겠다.

대학교 4학년 졸업 당시만 해도 불어로 임용을 칠 것이라고 생각하고 있었다. 그래도 임용 시험 유형이 어떤지 궁금해서 영어로 임용시험을 보았다. 그 때는 교육학 수업을 들은 것도 아니었고 그렇다고 영어 전공시험을 공부해서 친 것도 아니었다. 그냥 경험삼아 시험을 본 것이었다. 대학원을 1년 다니면서도 영어로 임용시험을 봤지만, 그 때도 제대로 공부하고 친 건 아니었다. 대학원 휴학 후 임용 공부를 시작하고 나서는 물러설 곳이 없었다. 졸업 후 바로 임용시험을 치는 것도 아니고, 비싼 등록금을 내 놓고 휴학까지 하고 준비하는 것이라 결심이 비장했다. 더 악착같이 공부했다. 임용 공부를 시작하고도 학교 도서관에서 공부할 생각밖에 못했는데, 그나마 엄마가 지원해 줄 테니 학원도 다니면서 임용 공부를 제대로 해보라고 격려해주셔서 용기를 낼 수 있었다. 돌이켜 생각해보면 엄마의 격려가 아니었으면 대학원을 휴학하고 영어로 임용고시를 칠 엄두도 못 냈을 것 같다. 경제적인 지원만큼이나 엄마의 지지와 격려가 내게는 큰 도움이 되었다.

그렇게 열심히 공부를 하고 있었는데 마침 운도 따라줘서 99년도에는 중등 교사 임용 티오가 확 늘었다. 영어과만 해도 총 50명을 뽑았다. 임용시험도 전례 없이 두 차례 치러졌다. 교사 수급 인원이 부족한 시기였던 것이다. 당시 초등학교 교원이 부족하여, 중학교 교원자격증을 가진 사람들도 교육학 시험만 치면 초등학교로 발령이 나는 제도가 일시적으로 생겼다. 학과 동기들 중 세 명은 이 때 초등교사가 되기도 했다. 나도 초등학교로 갈까라는 고민도 잠시 했지만, 어학 전공을 살리고 싶어 끝까지 중등 임용 공부를 파고들었다. 마침내 임용고시에 합격을 하여 2000년 신규교사로 발령을 받게 되었다. 드디어 중학교 영어교사가 된 것이다.

03

# 첫 수업, 그리고 신참내기의 고군분투

2000년은 뉴 밀레니엄 신드롬으로 떠들썩했다.
1999년 말부터 유행했던 말이 New Millenium이었다. 2000년은 새
로운 천년이 시작된다는 그런 얘기였다. 1999년에서 2000년이 되면
컴퓨터가 2000년대를 인식하지 못해서 전산대란이 일어날 것이라고
했다. 각종 악성루머와 무시무시한 괴담이 떠돌았다. 종말론자들이
1999년 마지막 날 모두 함께 천국에 간다며 다 같이 모여서 집회를
하고 울면서 기도를 하는 모습들이 여과 없이 뉴스에 보도되기도 했
다. 아주 옛날이야기지만 그 때는 정말 무서운 마음도 들었다. 주변에
라면을 사재기하는 사람들도 있었다. 걱정과는 달리 2000년 1월 1일
에도 태양은 떠오르고 아무 문제없이 너무나 평온하게 일상은 반복되
었다. 나에게는 특별한 의미의 2000년이긴 했다. 마침 임용고시 2차

면접 때 영어 인터뷰 질문도 뉴 밀레니엄에 관한 것이었다.

　당시 임용시험은 1차에서 교육학 객관식 시험과 영어 전공시험을 통과하고 나면, 2차에서 수업지도안 작성과 수업실연 그리고 면접관과의 인터뷰가 이어졌다. 1차 시험이 어려운 것은 말할 것도 없었다. 아는 문제가 나오면 무조건 붙는다는 말이 있을 정도로 전공과목에서 공부할 내용이 너무나도 방대했다. 교육학뿐만 아니라, 전공 학원도 다녔다. 학원을 다니면서 스터디 모임을 자연스럽게 조직하게 되었다. 스터디 그룹에서 자신이 맡은 분량을 정리하는 과정에서 많은 공부가 되었다. 영미문학 파트는 정말 공부할 것이 많았다. 운이 좋게도 공부했던 헤밍웨이 부분이 시험 문제에 나와서 아주 반가워하면서 답안을 작성했던 장면이 떠오른다.

　1차 시험 통과 후, 2차 시험을 준비하면서 서점에 가서 임용고시 2차 면접을 위한 자료를 찾아봤다. 지금은 사정이 어떻게 달라졌는지 모르겠지만, 당시에는 참고할 만한 책이 거의 없었다. 겨우 마음에 드는 책 한 권을 찾아서 면접에서 나올만한 질문을 예상해 보기도 하고 답변을 연습해 보기도 했다.

　2차 시험 수업실연 때는 3명의 면접관 앞에서 5-10분 정도 실제 학생을 대상으로 수업을 한다고 가정하고 수업을 진행해야했다. 어릴 때부터 숫기가 없고 내성적이라 생전 처음 보는 면접관 앞에서 제대로 말이라도 할 수 있을지 걱정이었다. 다행히 용기를 내어 면접관들이 진짜 학생인양 모션도 취해 가면서 나쁘지 않게 수업실연을 해냈다.

수업실연이 끝나고 나서는 바로 세 명의 면접관 앞에 앉았다. 면접관들이 돌아가면서 한 가지씩 질문을 던졌다. 면접관 중에 한 분은 원어민이었다. 일반적인 교직에 관한 질문이 하나, 영어로 대답해야 하는 질문이 두 가지였다. 그 중 한 가지 질문이 뉴 밀레니엄에 관한 이야기였다. 뉴 밀레니엄을 맞이하는 소감에 대해 물었는지, 다짐에 대해 물었는지 정확하게 기억이 나진 않지만, 뉴 밀레니엄에 초임교사로 발령을 받는다면, 정말 평생 잊지 못할 의미 있는 일이 될 것이라는 답변을 했다.

2차 면접 때 입을 옷을 구입하기 위해 엄마랑 백화점에 간 기억이 난다. 그 옷은 20년이 다 된 지금도 옷장에 걸려 있고, 간혹 입고 출근하기도 한다. 원래 여자들이 옷을 살 때 시간이 많이 걸리는 건 사실이지만, 당시 그 옷을 고르기까지 엄청나게 백화점을 돌아다녔다. 딸의 면접을 위해 제일 좋은 옷을 골라주려고 했던 엄마의 정성이 통해서였을까? 아무튼 그런 모든 일련의 과정을 거쳐 드디어 선생님이 되었다. 새 천년을 맞이하여 내가 드디어 영어 교사로 발령을 받게 된 것이다! 정말 의미 있는 새천년의 시작이 아닐 수 없었다.

그렇게 2000년 3월 1일자로 ○○중학교에 신규교사로 발령을 받았다. 교지에 실을 교직 첫해 소감을 적어달라는 요청을 받은 적이 있다. 임용고시 2차 면접 질문을 떠올리며 뉴 밀레니엄을 맞이하여 교직에 들어온 나의 소감을 적었다. 그 파일을 아무리 찾아봐도 없다. 그 때 블로그를 했다면 거기에 다 모아두었을 텐데 아쉽다. 이런 데에서 일상 기록의 중요성을 다시 한 번 깨닫게 된다.

임용에 합격만 하면 내 인생이 탄탄대로 걱정할 것 없이 순조롭기만 할 것 같았다. 하지만 막상 학교에 출근을 하고 나니 새로운 고민거리들이 생기기 시작했다. 2000년 3월 2일 역사적인 그 날, 부푼 꿈을 안고 교실에 들어서는 순간 나의 기대감은 실망으로 바뀌었다. 첫 수업시간 교실에 들어갔을 때 그 때의 충격이란! 내가 상상하던 교실과 아이들이 아닌, 나를 무시하고 한 시간 잘 놀아보겠다는 듯이 앉아 있는 아이들과의 만남이었다.

교과서도 미리 받지 못했고, 수업을 뭘 해야 할지 감이 오지 않았다. 첫 시간은 내 소개를 하고 학생들 소개를 받는 시간으로 보내기로 마음먹고 교실로 들어갔다. 당시 근무하게 된 학교는 한 학년 전체가 11반까지 있었다. 남녀공학이지만 여학생 3반 남학생 8반, 남녀 분반으로 운영되고 있는 학교였다. 발령 첫해에는 담임 보직이 없었다. 수업은 2학년을 맡았다.

2학년 남학생 반에서 첫 수업을 하던 날, 교실 문을 열고 들어가 며칠 동안 고심해서 만들어 외우다시피한 자기소개 멘트를 영어로 날렸다. 지금 기억나는 것은 '안녕하세요. 최선경입니다. 만나서 반갑습니다.' 정도이다. 여기까지 말했을 때 학생들의 환호성이 터져 나왔다. '와~ 예쁘네. 우후~' 뭐랄까 내가 희롱당하는 느낌? 그런 상황은 태어나서 처음 겪어보는 상황이었다. 내가 출근 첫 날 첫 수업에서 그런 취급을 받을 줄은 꿈에도 상상하지 못했다. 순간적으로 이건 뭔가 잘못되었다는 느낌을 받았다. 그 날 45분 수업이 어찌나 길게 느껴지던지. 내 소개와 학생들 소개가 모두 끝나고 나서도 수업 시간이 5분 정도 남았다. 내 몸을 어디 두어야 할지도 모른 채 그렇게 시간이 흘러갔다. 지금 생각해보면 수업 준비와 수업 운영에 미숙한 내 탓이 컸다는 생각이 든다. 하지만 당시에는 정말 울고 싶은 심정이었다.

임용준비를 하면서 평소 상상했던 그런 교실 장면과는 너무 거리가 멀었다. 학생들은 다들 무시무시하게 보였다. 남학생들은 덩치도 나보다 훨씬 더 컸고 인상도 다 험악해보였다. 특히 중학교 2학년으로 말할 것 같으면 북한이 중2 애들 무서워서 우리나라에 못 쳐들어온다는 우스갯소리가 있을 정도로 질풍노도의 시기를 겪고 있는 아이들이 아닌가!

임용고시만 통과하면 학교에 출근만 하면 내 인생이 달라지고 매일매일이 너무 행복할 것 같았는데, 막상 현실은 그렇지가 않았다. 처음 해보는 업무에 처음 해보는 수업에 처음 해보는 학생 지도에 힘들어서 출근 첫 주에는 집에 가면 8시도 못 넘기고 곯아떨어지곤 했다. 그만큼 정신적으로 긴장도 많이 하고, 수업 하느라 1층에서 4층, 4층에서 1층으로 몸도 많이 움직여서 그랬으리라.

첫 수업한 반에서 '우후~ 어디 한 번 놀아보자' 라는 분위기를 겪고 나서 '아, 이건 뭔가 잘못되었구나. 애들한테 너무 만만하게 보였구나' 라는 생각이 제일 먼저 들었다. 그래서 그 다음 시간부터는 아예 노선을 바꾸어서 정색을 하고 학생들에게 무섭게 보이기 위해 최선을 다했다. 당시는 학생 체벌이 자연스럽게 허용되는 상황이라 주변 선생님들이 매 하나씩을 다 들고 다니던 상황이었다. 선배교사들이 신규교사들에게 매를 선물로 주기도 할 정도였다. 그런 분위기에서 나도 당연히 그래야 되는 줄 알았다. 동네 문구점에 가서 매로 쓸 만한 장구채를 하나 구입했다. 학생들이 내 이야기에 집중하지 않고 떠들 때마다 장구채로 교탁을 두드리며 아이들을 위협했다. 그렇지만 만만한 내 첫인상이 너무나 강했던지 아무리 무섭게 말을 하고 때로는 아이들 손바닥을 때리기도 했지만, 내 말을 잘 듣지는 않았다. 어떤 날은 너무 화가 나서 한 학생을 불러서 손바닥을 때린 적도 있다. 그러고 나서는 또 미안해서 학생을 불러서 달래고 사과했던 기억도 난다. 눈물까지 보이니 학생들이 얼마나 더 나를 만만하게 봤을까? 한동안 수업도 수업이지만 학생들과의 주도권 싸움으로 힘든 시기를 보냈다. 매 시간 아이들이 자리에 앉아 내 말을 듣게 하는 것 자체가 하나의 큰 도전 과제였다.

〈미국에서 1년 살다가 온 학생과 나눈 대화〉

"선생님~ 장애인이 영어로 뭐에요?"

"글쎄, 그건 지금 수업 내용과는 관계없잖아."

"아~, 우리 엄마는 내가 물어보면 바로 바로 다 대답해 주는데 선생님은 잘 모르시나 봐요."

"그 단어 가지고 애들 놀리려고 하는 거 내가 다 알거든. 그래서 알아도 안 가르쳐 주는 거야."


"선생님~, 저 단어 어떻게 읽어요?"

"which. 너희들 다 알고 있는 단어 아니니?"

"그런데 선생님 불어 전공해서 그런지 영어 발음이 좀 이상하네요."


　　일부러 선생님이 곤란해 할 질문을 골라서 하는 아이들도 있었다. 딱 봐도 신참 냄새가 나는 나를 대하는 아이들의 태도에 적응하는 것이 녹록치만은 않았다. 그 때는 아무리 인상을 쓰고 무서운 척을 해도 도통 말이 먹히지 않는 순간들이 많았다. 어떻게 학생들이 내 말에 집중하고 듣게 할 것인가가 가장 큰 고민이었다. 발령 동기 선생님들끼리 모여서 '우리 어떻게 하면 아이들에게 무섭다는 소리를 들을 수 있을까? 어떻게 하면 아이들이 우리말을 잘 듣게 할 수 있을까?' 라는 고민들을 자주 나누었다. 대학의 정규 수업에서나 임용고시 준비 때

긍정의 힘으로 교직을 다자인하라

아무도 가르쳐 주지 않았던 학생들과의 관계 맺기가 제일 어려웠다. 신규 첫 6개월이 너무나 힘들었고, 교직생활을 계속 해나갈 수 있을 까라는 두려움이 컸다.

그래도 항상 말을 안 듣는 학생들만 있었던 것은 아니다. 학생들을 다루는 스킬이 부족했음에도 불구하고, 신규교사라서 아이들과 세대 차이가 크지 않다는 이유만으로 아이들이 나에게 쉽게 다가왔던 것 같기도 하다. 지금 생각해보면 위험한 일이었을 수도 있지만, 학생들과 밤기차를 타고 정동진에 가서 일출을 보기도 하고 놀이공원에 가기도 하고 영화관이나 노래방을 가기도 했다. 신규발령을 받았을 즈음 한창 인기를 끌고 있던 걸 그룹이 있었다. 그 멤버 중 한 명과 닮았다며, 유난히 나를 따랐던 여학생도 있었다. 나에게 자신이 좋아하는 걸 그룹 CD를 선물하기도 하고 십자수로 쿠션을 만들어주기도 했다. 그 학생이 나를 좋아하니 주변 친구들도 자연스레 나를 잘 따르게 되었다. 한동안 남학생 반에 들어가기는 싫었지만 여학생 반 수업은 부담이 덜했다. 영어 시험을 치면 남학생 반과 여학생 반 평균이 20점 이상 차이가 날 정도로 공부 자세나 수업 분위기가 참 많이 달랐다. 그나마 여학생 반 수업을 바라보며 하루하루를 버텼던 것 같다. 돌이켜보면 학생들은 나를 선생님이 아니라, 그저 자기 또래 친구쯤으로 생각했던 것 같다. 어떻게 보면 그런 친근함은 신규교사만이 가질 수 있는 최고의 장점이 아닐까?

첫 발령지는 지역에서는 규모가 꽤 큰 학교에 속했다. 소위 말하는 일급지라서 경력이 많은 교사가 주로 근무하는 곳이었다. 당시 업무 부장을 맡은 분들은 거의 50대 교사들이었고, 부장이 아니라도 40,50대 교사들이 주를 이루었다. 나 같은 초임교사 발령이 흔치 않은 학교였지만, 그 해에는 예외적으로 나를 포함하여 총 5명의 신규 교사가 발령을 받았다. 그나마 동기들이 있어서 학교에서 겪은 어려움들을 함께 나누며 그 시절을 견딜 수 있었다. 우리 신규 5명은 어느 학교에나 있는 처총모임(처녀 총각 선생님들의 모임)이라는 이름으로 자주 모이곤 했다. 주말에 1박 2일로 우리끼리 엠티를 가기도 하고, 평일 저녁에도 같이 시간을 보내는 등 마치 대학교 동기들처럼 친하게 지냈다. 그 때 같이 발령 받았던 신규교사 동기들은 아이 엄마가 된 지금까지도 친한 친구처럼 지낸다. 간혹 토요일 1박 2일 엠티를 갈 때는 선배 교사들이 먹을 것을 이것저것 챙겨주기도 했다. 저녁 식사 자리도 자주 마련해주시며 우리의 힘든 학교생활을 많이 위로해 주셨다. 마치 복학생 선배들이 신입생을 챙겨주는 분위기였다고나 할까! 지금 생각해보면 동기들이나 선배 교사들이 아니었다면 어떻게 그 어려운 시기를 견뎌냈을까 싶다. 그 때 그 선배 교사들을 다시 만나면 고마움을 전하고 싶다.

가끔씩 다른 학교에 수업개선 관련 강의를 나가기도 한다. 2년 전 모 고등학교에서 강의를 마치고 짐을 정리하고 있는데, 강의를 들었던 선생님 중 한 분이 다가와 반갑게 인사를 하며 아는 척을 했다. 첫 학교에서 가르쳤던 학생이 어느덧 고등학교 국어 선생님이 되어 있었던 것이다. 처음에는 이름을 이야기하는데도 중학교 때의 모습과 현재의 모습이 매치가 되지 않았다. 수업시간에 장난치다가 매번 혼나던 학생이었다. 나를 보며 그 선생님이, 아니 그 학생이 '선생님, 요즘도 아이들 때리세요?' 라고 묻는데 좀 부끄러웠다. 멋쩍어 하며, '아니, 요즘은 안 그러지' 라고 하니까 '그래도 선생님 덕분에 성적 많이 올랐었어요. 덕분에 저도 선생님이 될 수 있었어요. 저도 아이들 많이 혼내요' 라며 웃었다.

요즘은 체벌이 아예 금지되어 있지만, 내가 신규교사 시절만 하더라도 때려서라도 아이들을 바르게 지도해야 된다는 생각이 강했다. 지금 생각해보면 이렇게 선생님한테 혼나면서 긍정적인 변화를 겪은 학생들도 있겠지만, 안 좋은 기억으로 남을 수도 있을 것 같아서 후회가 된다. 좀 더 학생들을 인간 대 인간으로 대하고 수용하려는 자세가 나이가 든 요즘은 많이 길러지긴 했지만, 인간관계는 언제나 어려운 것이라서 더 많은 수련이 필요할 것 같다. 교사도 인간이다. 잘못한 것은 인정하고 힘들면 힘들다고 이야기 하고 학생들을 사랑하는 마음을 잘 표현하고, 친절함과 단호함을 함께 유지하는 것이 어떻게 보면 전공 공부보다 더 중요한 것 같다. 이러한 것들을 대학교 정규수업에서나 신입교사 연수에서도 함께 나누고 다루었으면 한다.

## 04

# 지금도 기억나는 실수

　내가 번역에 참여한 『선생님의 영혼을 위한 닭고기 수프』라는 책이 최근에 출간되었다. 이 책은 몇 년 전 류시화 시인이 번역에 참여해 베스트셀러가 되었던 『영혼을 위한 닭고기 수프』 시리즈 중 하나이다. 미국 선생님들의 사례를 하나로 엮어낸 책이다. 이 책을 번역하면서 '아, 나도 이런 경험 있는데, 이런 상황은 미국에서도 일어나는구나, 누구나 이런 실수를 하고 이런 문제가 있을 수 있구나' 라고 공감하며 번역 작업을 했다.

　형편이 어려워 학교에 다닐 수 없는 아이들을 위해 노력하는 교사 이야기, 학업부진으로 고생하는 아이들을 이끌어 내놓으라는 대학에 진학하여 멋진 직업인으로 성장시킨 교사 이야기, 신참교사로서 겪은 어려움들, 학부모와의 관계, 교사라는 직업을 꿈꾸게 된 이야기, 학생에게서 오히려 많은 것을 배운 교사들의 이야기, 교사로서의 보람 등 많은 교사들의 에피소드들을 접하면서 때로는 울기도 하고 때로는 웃기도 하면서 번역 작업을 했다. 그 중에서 나와 너무나 비슷한 에피소드가 있어서 그 부분을 번역하면서는 혼자 웃지 않을 수 없었다. 잊고 있던 흑역사가 떠올랐다고나 할까?

시간은 2000년으로 거슬러 올라간다. 2000년 나의 첫 미국 여행. 설렘을 안고 간 첫 미국여행이지만 여행을 가게 된 동기는 그렇게 설레는 상황은 아니었다. 첫 발령을 받고 6개월 동안은 너무 힘이 들었다. 내가 생각했던 교실과는 너무나 다른 환경 속에서 살아남기 위해 정말 발버둥친 6개월이었다. 내가 아무리 무섭게 한다고 해도 아이들은 이상하게도 내 말을 점점 더 듣지 않았다. 벌써 아이들은 나를 만만하게 보는구나, 신참인 게 딱 봐도 티가 나니까라는 생각이 들었다. 불어 전공자로서 영어를 가르쳐야 한다는 부담감도 컸다. 애써 아니라고 생각하고 싶어도 왠지 내 영어 발음에 학생들이 비웃는 것 같고, 아이들이 무슨 질문을 하면 괜히 얼굴이 붉어졌다. 모르면 모른다고 솔직하게 말하고 같이 알아보면 되는데, 내가 교사로서 자질이 있는지조차 의심하게 되고 자존감은 점점 바닥을 달리고 있었다.

뭔가 돌파구가 필요하다는 생각을 할 때쯤 영어교사 신규 연수에서 만나 친하게 지내던 선생님이 여름방학 때 미국여행을 가지 않겠냐는 제안을 했다. 별 큰 고민 없이 그러기로 했다. 영어교사로서 그래도 미국은 한 번 다녀와야지 하는 생각이 들었던 것 같다. 당시 연가를 쓰고 여행을 가는 것이 보편적이었으나, 영어 교사가 공부하러 미국에 가는 것이니 자율연수를 쓰고 가라고 격려해 주신 교감 선생님에게는 지금도 감사한 생각이 든다. 그래도 내가 열심히 하는 모습을 보며 선배교사들이나 교감, 교장 선생님이 많이 격려해 주신 덕분에 그 힘든 시기를 무사히 지나온 것 같다. 지금도 감사한 마음이다. 비록 그 분들에게 내가 뭔가를 돌려드릴 순 없지만, 보고 배우고 익힌 대로 내 후배 교사들이나 제자들에게 베풀고 산다면 그 때 받은 호의에 보답하는 일이 아닌가라는 생각이다.

총 4주간의 미국여행 일정 중, 산타바바라에서 3주간은 어학 수업을 들었다. 마지막 1주간 미국 서부 일주를 했다. 3주간 어학 수업을 들으면서 내 영어 실력이 그리 나쁘지 않다는 자신감도 얻고, 한 학기 동안 학생들에게서 받은 스트레스를 해소하기도 했다. 역시 아이들과 방학 동안 어느 정도 거리를 두고 나니 2학기 때 덜 힘들었던 것 같다. 그런 의미에서 교사에게 방학은 필수인 것 같다. 여러 인간관계에서 오는 스트레스를 풀지 않는다면 아마 1년도 버티지 못할 곳이 학교라는 조직이다.

3주간 어학 수업을 들으면서도 주말에 여행을 다니긴 했지만, 1주간의 서부 일주 때 가이드에게 그 지역에 얽힌 이야기들을 들으면서 미국 역사에 대해 좀 더 잘 알게 되었던 것 같다. 이 여행을 통해 자유

긍정의 힘으로 교직을 다자인하라

여행과 패키지여행의 장단점을 알게 되었다고나 할까? 한번쯤은 패키지여행도 할 만하다고 느꼈다. 여유가 된다면 패키지여행으로 전체 지역을 한 번 훑고 나서 마음에 드는 지역에 오랫동안 머물면서 시간을 보내면 좋겠다는 생각을 했다. 미국 서부 여행을 하면서 정말 많은 지역을 보고 느꼈다. 내가 경험한 여행 과정을 학생들과도 나누고 싶다는 생각과 나의 여행 경험담을 언젠가는 수업에서도 쓰게 되지 않을까라는 생각에서, 패키지 투어를 마치고 미국 서부 지역을 소개하는 비디오테이프를 구매해서 귀국했다. 요세미티 국립공원, 라스베가스 등을 소개하는 영상이었다. 언젠가 수업시간에 활용할 기회가 있겠지라고 생각하고 교무실 서랍에 넣어둔 채 한동안 잊고 지냈다.

2학기 개학 후 어느 반에서 수업 진도를 다 나가고 시간이 애매하게 남았을 때 미국에서 사온 비디오테이프가 떠올랐다. 마침 잘 됐다 싶어 비디오테이프를 찾아 틀어줬다. 그런데 라스베가스를 소개하는 장면에서 일이 터졌다. 라스베가스에 있는 유명한 극장인 '물랑루즈'를 소개하는 대목에서 여성들이 탑 리스로 나오는 장면이 학생들에게 그대로 나간 것이다!

비디오 속 가이드가 물랑루즈를 방문했을 때 뭔가 찜찜한 생각이 들었지만, 교육용이니 괜찮겠지 하고 계속 비디오를 보고 있었다. 그래도 혹시나 하는 마음에 긴장해서 보고 있었는데 이게 웬일인가! 순간 상의를 벗은 물랑루즈 댄서들이 화면에 등장했다. 몇 초 안되는 아주 짧은 시간이었지만 나는 어쩔 줄을 몰랐다. 아마 내 인생에서 가장 긴 몇 초였을 것이다.

남학생들은 환호성을 지르고 난리가 났다. 1,2초 정도의 짧은 시간이었지만 나는 진땀을 흘리며 비디오를 급히 껐다. 남학생들이 능글맞게 웃으며 계속 비디오를 보자고 말했을 때 얼굴은 붉어지고 손은 나도 모르게 떨리고 있었다. 다시 생각해도 정말 어처구니없는 사건이 아닐 수 없다. 신참 교사와 학생들이 대형 모니터로 상의를 벗은 여자들을 보다니!

그 날을 돌아보면 피식 웃음이 난다. 이 사건에 대해 그 이후에 이야기하고 다닌 적은 별로 없다. 부끄럽기도 하고 내 자신이 한심하게 여겨졌기 때문이다. 번역을 하며 비슷한 에피소드를 접하고 나니 이런 실수를 나만 하는 건 아니라는 생각에 오히려 위로가 되고 안심이 되었다. 내가 다른 분의 글을 읽고 나만 이런 실수를 하는 건 아니라고 위로를 받았듯이, 이 에피소드를 접하고 위로를 받을 분이 있을 것이라고 생각하면 이런 이야기를 꺼내는 것도 부끄럽지 않게 느껴진다.

비단 신규시절에만 이런 실수를 하는 건 아니다. 나 또한 그 이후에도 정말 많은 실수를 했다. 교직이 어려운 것은 매일 교실에서 만나는 아이들과의 일상이 예측할 수 없기 때문이 아닐까? 1년차에 있었던 실수가 10년차 20년차에 일어나지 않는다는 보장이 없고, 20년 동안 없었던 실수가 30년차에 나타나지 않는다는 보장도 없다. 상대가 누구냐에 따라 상황에 따라 별 일 아닌 것도 큰 일이 될 수도 있고, 큰 일도 별 일 아닌 것이 될 수 있다. 당시에는 정말 심각하게 여겨졌던 상황들도 돌아보면 별 것 아닌 것이 될 수도 있다.

인간은 누구나 성공이든 실패든 경험을 통해 성장한다. 그 경험을 어떻게 해석하고 내 것으로 만드느냐에 따라 충만한 인생이 되기도 하고 그렇지 않기도 하다. 충만한 인생을 살기 위해서는 나에게 주어진 상황을 정면으로 마주할 용기가 필요하다. 이런 글을 쓰면서 감히 그런 용기를, 내 인생을 정면으로 마주할 용기를 내어볼 수 있는 것 같다. 신규 시절이나 경력이 쌓인 후에라도 지나간 일들을 되돌아보면 부끄러운 장면들이 많다. 하지만 그런 실수를 통해 현재의 내가 있다. 나의 실수를 인정하고 오히려 실수를 통해 조금 더 현명해지도록 노력하는 내가 되어야겠다. 내일의 나는 분명 더 현명해져 있을 것이라 믿는다.

# 05

# 영어 부전공자의 열등감 vs 노력

　　내 주전공은 불어교육이며 부전공은 영어교육
이다. 고등학교 때 영어영문학과로 진학하는 것이 목표였고, 대학 입
학 원서를 쓸 때도 영어교육과로 진학하지 못한 것에 대해 약간의 열
등감이랄까 아쉬움은 있었다. 하지만 막상 대학교에서는 동기들과 불
어를 공부하면서 불어에 매력에 푹 빠졌다. 프랑스어 능력시험인
DELF와 DALF 시험을 준비하고 치기도 했다. 내가 다니던 대학의
사범대학교 불어교육과 정원은 10명이다. 국어교육과 정원이 40명인
것에 비하면 턱없이 적은 숫자이다. 보통 강의 하나가 개설이 되려면
최소 5명 이상은 수강 신청을 해야 했다. 그런 구조에서 독어교육과
나 불어교육과 학생들은 다른 과목을 부전공하여야 졸업 학점을 채울
수가 있었다. 1학년 2학기 때였는지 2학년 때였는지 정확하게 기억이

나지는 않지만, 부전공을 정하는 시점에서 한참 고민을 했던 기억이 난다. 공부하기에는 국어가 나을 것 같기도 했지만, 중·고등학교 시절부터 외국어를 좋아하던 나는 영어가 더 맞는 것 같기도 했다. 친구들도 고민하기는 마찬가지였다. 나의 단짝친구 두 명은 각각 국어, 영어를 부전공으로 택했다. 그 중 한 명은 지금 국어교사를 하고 있다. 같은 학번 동기들 10명 중 2명은 초등학교 교사로, 3명은 국어 교사로, 나는 영어교사로 근무하고 있다. 가끔씩 나의 선택을 후회하기도 한다. 그 때 국어교육을 부전공으로 선택했더라면 내 인생이 지금 또 많이 달라져 있을 텐데.

　대학교 입학 때는 사범대를 들어가서 졸업만 하면 누구나 다 교사가 되는 줄 알았다. 입학을 하고 나서야 교사가 되는 것이 얼마나 어려운지 알게 되었다. 신입생 때 사범대를 폐지하자는 여론이 있었고, 사범대 선배들이 모여 데모를 하는 것을 보았다. 다행히 사범대가 폐지되는 것은 막았지만, 임용이 쉬워진 것은 아니었다. 특히 불어교육과나 독어교육과의 경우 내가 졸업을 앞둔 몇 년 전부터 전국적으로 임용 티오가 거의 없었다. 티오가 없다는 것은 수요가 없다는 것, 불어를 가르치는 학교가 없다는 것이었다. 졸업반 때는 진로에 대해 고민하지 않을 수 없었다. 일단 대학원에 진학하여 불어 실력을 쌓고 있으면 불어 교사 티오가 생길 거라는 막연한 희망을 가졌다. 전국에서 단 한명이라도 불어교사를 뽑게 되면, 반드시 시험에 붙을 것이라는 강한 의지를 가지고 대학원에 진학했다. 당장 불어교사가 될 수는 없겠지만, 언젠가는 기회가 올 거라고 생각하며 지냈다. 대학원에 다니면서는 학부 때와는 다른 수업 방식에 대학원으로 진학하기를 잘했다는 생각을 했다. 여유 있는 시간에 과방에서 마음껏 책을 읽을 수 있었다. 세상에는 내가 읽어야 할 책이 이렇게나 많구나, 어릴 때부터 책을 읽었으면 정말 좋았을텐데라는 생각이 들던 시기였다. 학부 때처럼 작품의 일부분만을 읽거나 이론을 공부하는 것이 아니라, 한 작품을 읽고 나의 시선에서 분석하여 발표하는 방식의 수업도 마음에 들었다. 내가 작품 분석한 관점에 대해 교수님께 칭찬을 받은 적이 있다. 그런 과정에서 진정한 공부는 남이 알려주는 지식을 그냥 외우고 받아들이는 것이 아니라, 내 생각을 깊게 하고 넓히는 과정이라는 것을 알게 되었다. 공부의 참맛을 깨닫게 되었다.

대학원 수업은 너무 재미있었지만, 대학원 졸업 후에는 무엇을 하며 살까를 고민하는 날의 연속이었다. 불어불문학과 대학원은 불어교육과와 분위기가 달라서 집안이 좋아 보이는 학생들도 많았다. 대체로 졸업 후 취업을 하기보다는 결혼해서 살림을 하는 분위기였다. 아무리 생각해봐도 나는 결혼해서 집에만 있을 성격은 못된다고 판단을 했다. 이대로 있다가는 정말 대학원까지 졸업하고도 백수로 사는 게 아닌가라는 걱정이 생겼다. 당시 학과 사무실에서 근무하던 시간강사 선생님을 학부 때는 교수님으로 정말 우러러 보고 다녔는데, 그 분이 영어 임용고시를 준비한다는 사실을 알고 충격에 빠졌다. 박사과정까지 마치고 대학에서 강의를 하는 분조차도, 영어 임용을 치려고 다시 준비하고 있었던 것이다. 그 때 휴학을 결심하게 되었다. 불어교사가 되는 것은 당장 불가능한 일이니 일 년간 쉬면서 영어 임용고시를 준비하자는 생각이었다. 초 · 중 · 고 12년뿐만 아니라 대학교 4년도 휴학 한 번 없이 바로 졸업한 내가 휴학을 결심하기는 쉽지 않았다. 지금 생각하면 차라리 학부 때 휴학하고 어학연수도 가고 해외여행도 좀 다녔더라면 하는 후회도 든다.

노력 끝에 결국 임용고시에 합격을 했다. 시험에만 붙으면 모든 것이 다 될 줄 알았는데, 막상 학교에 발령을 받고 나니 내 영어 실력이 너무 형편없게 느껴지고 열등감이 생기기 시작했다. 소위 잘나가는 학군에 있는 학교에 발령을 받게 되었다. 학생들 중 외국여행을 갔다오거나 외국에서 살다가 온 학생들이 많았다. 나의 학창시절과는 너무나도 다른 분위기였다. 다들 내 발음을 비웃는 것 같고, 내 영어 실력을 시험하는 것 같고, 내가 불어 전공자라는 사실이 부끄럽게 느껴지기도 했다.

그래서였는지 영어 교사로서 학생들을 잘 가르쳐야겠다는 생각도 있었지만, 나 자신의 영어실력 향상이 무엇보다 중요하다고 생각했다. 내가 영어를 잘하고 많이 알고 있어야 학생들을 잘 가르칠 수 있다고 생각했다. 학생들 앞에 당당하게 서기 위해서는 내 자신의 영어

실력이 탄탄해야 한다는 생각이 지배적이었다. 내가 많이 알고 있어야 학생들을 잘 가르칠 수 있다는 생각 외에 그래도 명색이 영어 교사인데 이 정도는 해야 하지 않을까라는 스스로의 높은 기준도 작용했다. 또한 '영어 교사가 영어를 저 정도 밖에 못해? 발음은 왜 저래?' 등 주변에서 비난을 받게 될까봐 영어 공부를 더 해야겠다는 생각을 했던 것 같다. 이 역시 내가 영어 전공자가 아니라 부전공자라서 늘 부족함이나 자격지심을 느꼈기 때문이 아닌가 싶기도 하다. 그렇지만 그런 생각이 들수록 교재 연구를 더욱 열심히 했다. 그럴수록 학습지와 파워포인트 등 수업자료를 만드는데 더 공을 들였고 영어 공부도 열심히 했다.

영어 공부의 일환으로 여름방학 3주간 어학 프로그램에 참여한 적이 있었다. 미국에서 어학 프로그램에 참여하면서 나의 영어 실력이 부족한 것이 아니라, 표현능력이 부족함을 깨달았다. 3주간 미국 현지인 집에서 홈스테이를 하게 되었다. 침실이 5개 정도 있었고 수영장도 있는 집이었다. 호스트는 전문적인 홈스테이 사업을 하고 있다고 했다. 당시 10명 정도가 한 집에 머물고 있었다. 일본, 중국, 프랑스 등 다양한 곳에서 온 학생들과 이야기를 나눌 수 있었다. 나보다 10살 어린 학생이 있을 정도로 대부분 연령이 낮았다. 동양권 학생들의 특징은 영어 실력에 상관없이 대부분 말수가 적고 부끄러움을 많이 타는 것이었다. 반면 서양 문화권 학생들은 영어 실력이 그리 뛰어나지는 않았다. 자세히 들어보면 문법적으로 틀린 문장도 많았다. 하지만 영어로 말하는 것에 크게 두려움이 없다는 점이 놀라웠다. 나에게는 문화충격이었다. 대학 3학년 때 갔던 유럽 배낭여행 이후 해외여행은 처음이었다. 한 팀으로 움직였던 그 때와는 또 다른 느낌이었다. 홈스테이에서나 어학원 수업 중에 유럽이나 미국 학생들이 거침없이 본인의 생각을 표현하는 것을 보며 '아! 이래서 서양 문화권 사람들이 영어를 잘 하는구나' 라는 사실을 깨달았다.

같이 간 친구와 나는 입학 테스트에서 높은 성적을 받아 상급반에서 수업을 들었다. 문법 수업 시간에는 탑을 달렸다. 강사가 묻는 질문마다 대답을 잘해서 칭찬을 자주 들었다. 하지만 연극 수업이나 나머지 다른 수업에서는 늘 입을 다물게 되었다. 개인 의견을 묻는 질문에는 좀처럼 우리 의견을 말하지 않았다. 신기한 것은 문법 문제를 푸는 수업에서조차 서양 문화권 학생들은 강사에게 많은 질문을 했다는 점이다. 우리는 그냥 정답이 정해져 있다는 생각뿐이었다. 따라서 기계적으로 빈칸에 들어가는 단어는 이거네, 스펠링은 이거지라고 정답을 맞히기 급급했다. 반면에 서양 문화권 학생들은 문맥 속에서 그 단어가 어떻게 쓰이는지에 관한 의문점들을 스스럼없이 강사에게 질문하고 대화를 나누는 모습이 신선했다. '아, 이런 점이 우리나라 교육의 문제구나! 나는 아이들에게 어떤 수업을 해야할까' 를 생각해보는 계기가 되었다.

그들을 통해 깨달은 영어를 잘 하는 방법은 우선 말하는 것을 두려워하지 않는다는 것이다. 그들은 수업 중에 궁금한 것이 있으면 언제든지 손을 들고 질문하고 자신의 의견을 말하는 것을 주저하지 않았다. 어학연수에 참여한 친구와 나는 보편적인 한국인들과 마찬가지로, 내가 알고 있더라도 손을 들어 잘 이야기를 하지 않았다. 강사가 우리를 지목하여 문제의 답을 물었을 때 대부분 정답을 말하기는 했다. 대화는 딱 그 정도였고 그 외에 깊이 있는 대화로 이어지지는 않았다. 유럽 사람들이 영어를 잘 할 수밖에 없는 이유는 영어나 프랑스어, 독일어 등이 어순이 같아서 받아들이기 편한 것도 있겠지만, 가장 중요한 차이는 수업 중에 교사-학생, 학생-학생 간에 토론이 일어난다는 점일 것이다.

스스럼없이 질문하고 자신의 의견을 말하는 문화 외에 하나 더 들자면, 틀리는 것을 두려워하지 않는 문화가 있다는 사실이다. 어쩌면 이 두 가지는 서로 연결되어 있는 문화이다. 틀리는 것을 두려워하지 않기 때문에 또 아무도 네가 틀렸다고 지적하거나 탓하지 않기 때문에 '안전한' 분위기 속에서 자신의 의견을 이야기하게 되는 것 같다.

한국인들은 남의 시선에 신경을 많이 쓴다. 내 의견이 틀리면 어떡하지, 내가 이런 질문을 했을 때 다른 사람들이 어떻게 생각할지를 먼저 따진다. 영어 발음이나 문법에도 신경을 많이 쓴다. 그런 분위기 속에서 자라온 터라 나 자신도 문법적으로 틀린 문장을 말할까봐 완벽한 문장을 이야기 하려고 늘 신경을 쓰고 주눅이 들어 있다. 영어를 전공하게 되면서는 그런 부담이 더 큰 것 같다. '영어 교사가 영어를 저 정도밖에 못해?' 라는 부담에서 벗어나기가 쉽지는 않다. 발음도 마찬가지이다. 혀를 많이 굴리고 꼭 혀 꼬부라진 소리를 내야 영어를 잘하는 것처럼 생각한다. 한동안 조기영어교육이 이슈가 되고 혀 수술 이야기까지 나올 정도였으니 우리나라 사람들의 영어발음에 대한 집착은 남다르다고 하겠다.

어느 날 홈스테이 집에서 호스트와 단둘이 대화를 나눌 기회가 생겼다. 유럽 학생들은 영어를 참 잘하고 발음도 좋은 것 같다고 하니 자신이 느끼기에는 그렇지 않다고 했다. 호스트는 백인이었는데 본인이 듣기에 유럽 사람들은 특유의 악센트가 있어서 알아듣기 힘들다는 것이었다. 그만큼 자신만의 스타일로 영어를 한다는 것이다. 정통 아메리칸의 시선으로 봤을 때, 오히려 내 발음이 평탄하고 알아듣기 더 쉽다고 했다. 그러면 어떻게 하면 영어를 더 잘 할 수 있느냐고 물었다. 호스트는 나와 같이 생활하고 있는 한 중국 여학생의 예를 들면서 무조건 말을 많이 해봐야 한다고 했다. 그 여학생이 홈스테이 집에 도착한 후 몇 주간은 한 마디도 하지 않고 조용히 지냈다고 한다. 하지만 어느 날 주인아저씨와 말문을 트고 난 후 매일 주인아저씨에게 끊임없이 이야기하기 시작했고 그 때부터 영어 실력이 비약적으로 발전했다고 한다. 그 여학생의 경우 어학 프로그램도 도움이 되었겠지만,

주인아저씨와의 수다가 영어 실력 향상에 큰 도움이 된 것이다. 나는 체류기간이 그 학생만큼 길지가 않아서 말문이 트일 정도로 실력이 향상된 것은 아니었지만, 어느 정도의 자신감을 가지고 돌아왔다. 지금도 한번씩 3주간 지냈던 그 홈스테이 집과 호스트가 생각난다. 미국에 갈 기회가 생겼을 때 그 분과 연락하여 만나고 싶은 마음에 수소문을 해보았지만 연락이 닿지는 않았다.

　방학마다 미국에 연수를 갈 수는 없었기에 매일 저녁 퇴근 후 영어 회화 학원을 다녔다. 방학 때마다 교육청에서 주관하는 각종 영어교사들을 위한 연수에 참여한다든지, 토익이나 텝스 시험에 응시를 한다든지 하면서 영어실력 향상을 위해 열심히 노력했다. 신규교사 연수에서 만난 선생님들과 북클럽을 하기도 했다. 영어 원서를 하나 정해서 같이 읽고 질문을 준비해서 서로 의견을 나누기도 했다. 초중고 시절 영어 원서를 한 번도 접할 기회가 없었던 나는 이 시기에 영어 원서로 문학작품을 읽으면서 영어에 대한 흥미가 새롭게 생겨났다. 한국어로 번역된 책에서는 느끼지 못하는 영어 원문 자체가 주는 감동이 남달랐다. 좋은 문구는 노트에 옮겨 적기도 하고 그 표현을 활용해보는 과정에서 영어 실력도 많이 향상되었다. 또한 정서적으로도 많은 감동을 받았다. 특히 기억에 남는 작품은 『호밀밭의 파수꾼』이었다. 이 책은 한글판을 접하기 전에 스터디 그룹에서 영어 원서로 먼저 읽었다. 스토리가 너무 흥미진진하고 재미있어서 그 이후 영어 원서 읽기 스터디에 더욱 적극적으로 참여하는 계기가 되었다. 『진주 귀걸이를 한 소녀』와 『먹어라, 기도하라, 사랑하라』를 영어 원서로 읽고 스터디 멤버들과 동명의 영화를 같이 보기도 했다. 책을 워낙 재미있게 읽었던지라, 영화 내용이 책만 못하다고 다 같이 실망하기도 했다. 영어 원서 읽기 스터디를 통해 영어 실력도 향상되었지만 동료들과 함께 이야기를 나누고 문학작품을 통해 감동을 받고 영어 공부를 꾸준히 하고 있다는 안도감이자 만족감도 얻으면서 몇 해 동안은 안정적으로 영어공부에 매진했다. 남들은 퇴근하고 피곤한데 학원을 다니고 스터디를 하고 그걸 어떻게 다 하냐고 했다. 뭐라도 하는 것이 아무것도 하지 않는 것보다는 낫다고 늘 생각하기 때문에 나 자신의 정신 건강을 위해 만족을 위해 힘들어도 피곤해도 영어 공부에 매진했다.

이제 교직생활 20년이 되어 가는 나는 교사 대상 연수 강사로 나간다. 임용에 합격하고 교사로 발령 받은 지 4년이 된 선생님들을 대상으로 1정 연수라는 것이 있다. 사범대를 졸업한 학생들에게는 중등 2급 정교사 자격증이 주어진다. 사범대를 졸업하면 일단 교사가 될 자격을 갖추게 된다는 뜻이다. 교직경력 4년이 지나면 1급 정교사가 된다. 이때 반드시 거쳐야 하는 연수가 1정 연수이다. 전공에 대해 다시 한 번 공부하게 되는 기회인 셈이다. 나는 2,3년 전부터 중등 영어과 1정 연수 강사로 나가고 있다. 2018년에는 경기도, 전라도 등으로도 1

정 연수를 받는 후배 교사들을 만나러 갔다.

2000년에 발령을 받고 2004년에 1정 연수를 받을 때 연수 강사님들을 보며, '아, 저 분들은 어떤 분들일까? 정말 대단하다' 는 생각을 많이 했었다. 감히 나도 저렇게 되고 싶다는 생각조차 못했었다. 그런 내가 지금 1정 연수 강사로 나가다니! 1정 연수뿐만 아니라 단위학교 연수, 내가 살고 있는 지역뿐만 아니라, 전라도, 충청도, 경기도, 경북 등 전국적으로 교사 대상 연수 강사로 나가고 있다. 책을 번역하기도 하고 원격연수를 촬영하기도 하는 등 다양한 활동을 하고 있다.

비록 내가 영어 전공자는 아니지만, 여러 가지 노력과 시도를 통해 영어 전공자 이상으로 활동을 하며 여러 선생님들에게 도움을 주고 있다. 연수에서 내가 수업을 잘한다고 실력이 뛰어나다고 자랑을 하는 것이 아니다. 학생들과 한 수업 활동, 나의 고민들을 진솔하게 나누다 보니 선생님들에게 감동을 주기도 하는 것 같다. 지금도 여전히 내 영어실력이 부족해서 공부가 필요하다고 생각한다. 내가 부족하다고 생각하는 자세로부터 더욱 열심히 노력할 동기부여가 된 것 같다. 그런 결핍 때문에 끊임없이 공부를 하게 되고 새로운 것에 도전하게 되는 것 같다. 적절한 부족함과 적절한 도전과제가 있어야 발전이 이루어진다고 한다. 나 역시 언제나 부족함을 느끼기 때문에 노력하게 된다. 그런 노력을 통해 과거와 비교했을 때 조금이라도 발전한 내가 있는 것 같다.

# 06

# 직업으로서의 교사 VS 소명으로서의 교사

　　관운이 있는 사람만 교직에 들어올 수 있다, 되고 싶어도 아무나 되는 것이 아니고 관운을 타고나야 한다는 말을 들은 적이 있다. 교직이 그만큼 중요하다는 것을 상징적으로 표현하는 말이 아닐까? 임용고시를 준비하고 있던 시기, 사주카페에 가서 손금을 본 적이 있다. 관운은 있으나 뺨에 있는 큰 점을 빼야 시험에 붙을 거라고 했다. 물론 그 점을 빼지 않고도 임용고시에 합격했지만, 나한테 관운이 있다는 이야기를 듣기만 했는데도 왠지 기운이 났다. 주변 동료교사들을 봐도 다른 직업군보다 교사는 확실히 교직에 대한 자부심도 강하고 학생들에 대한 사랑도 넘쳐난다. 기본적으로 아이들을 사랑하는 마음이 있고 학생들을 내 자식처럼 대하는 분들이 대부분이다. 간혹 학교 수업은 부업쯤으로 여기고 취미활동이나 자산을

늘이는데 더 몰두하는 분들을 보면 안타깝다. 적어도 교사라는 직업을 택하였으면 거기에 걸맞는 본인의 책무를 다해야 한다고 생각한다.

교사를 직업으로 인식하든 소명으로 인식하든 교사라는 직업을 떠나 모든 직업인들이 기억해야 할 것은 자신이 지금 하고 있는 일에 책임을 다하는 것이다. 책무성이야 말로 모든 직업인들이 갖추어야 할 기본 덕목이 아닐까? 일단 교사가 되기로 마음을 먹었다면 본인 스스로 '선생님'이라는 직책에 맞는 마인드를 가지고 행동해야 한다. 교사란 학생은 물론 사회에 선한 영향력을 미치는 존재이다. 따라서 학생의 꿈을 밝혀주고 인도해줄 수 있는 가치 있는 일을 한다는 것에 자부심을 가져야 한다. 더불어 그만큼 생각과 행동에 있어 주의해야 할 것도 많음을 명심해야 한다. 교사 개인의 실력보다 더욱 중요한 것은 학생들이 공부하도록 지도하고 실력을 쌓을 수 있도록 옳은 방향으로 이끄는 것이다. 그런 의미에서 자신이 학생을 끝까지 책임지겠다는 마음가짐을 가져야 한다. 학생을 끝까지 책임지겠다는 자세와 교과 전문가로서의 실력과 내공을 쌓겠다는 신념을 가지고 교직생활에 임해야 한다. 학생을 지도하는 큰 가치를 지닌 직업임을 명심하고 철저한 준비와 소명 의식을 가져야 한다.

교직 생활을 쉽게 봐서는 안 된다. 경력이 쌓인다고 아무런 연구 없이 수업 능력이 성장하지는 않는다. 수업연구를 철저히 해야 한다. 본인이 많이 알고 있는 것과 잘 가르치는 것은 다르다. 잘 가르쳤다고 해서 학생들이 다 배워서 흡수하는 것은 아니다. 학생들의 특성을 잘 분석하고 그에 맞게 수업연구를 철저히 하다보면 자신의 교과 전문 지식도 저절로 향상될 것이다. 당장 자신에게 그런 소명의식이 없다 거나 교과 전문 지식과 학생들을 지도하는 능력이 부족하다는 이유로 두려워하거나 부끄러워 할 필요는 없다. 다양한 경험을 통해서만이 진정한 교사로 거듭날 수 있다. 노련한 수업 운영도 하나의 소소한 생각과 결심, 그리고 실행에서 비롯된다.

교사라는 직업은 보람 있는 직업이라고 생각한다. 학생들과 생활하는 것이 결코 쉬운 일은 아니다. 하지만 학교 적응에서, 교우 관계에서, 학업 면에서 어려움을 겪는 학생들이 지금 당장은 아닐지라도 서서히 변화하는 모습들을 지켜보면서 교사로서 나의 존재 가치를 깨닫게 된다. 교사는 어떤 경우에도 학생들을 믿고 사랑하는 마음을 버려서는 안 된다고 생각한다. 교사는 아이들에게 디딤돌 같은 존재가 되어주어야 한다. 단지 지식을 전달하고 가르치는 존재가 아니다. 아이들 곁을 지켜주면서 울타리가 되어 주어야 한다. 학생들이 마음 놓고 학교라는 울타리 안에서 여러 가지 시도를 해보고, 실패도 경험해 보고, 그 경험들을 통해 성장해 갈 수 있도록 같이 웃어주고 울어주는 그런 존재가 되어야 한다.

이런 나의 믿음, 내가 교직에 어떤 의미를 부여하고 있는지는 3월 첫 날 학부모에게 보내는 편지글에 잘 드러나 있다. 그 중 일부를 옮겨온다.

## 2006학년도 2학년 8반 학급경영은 이렇게...

안녕하십니까? 저는 2006학년도 2학년 8반 담임을 맡은 최선경입니다. 저의 학급경영에 대한 평소 생각들과 올 한해 학급경영의 계획들을 부모님들께 말씀드리고 학급경영에 협조를 구하고자 이렇게 인사를 드리게 되었습니다. 저의 학급경영에 있어서 혹시 궁금한 점이나 건의할 사항이 있으시면 언제든지 연락을 주십시오. 비록 많이 부족하지만 1년 동안 자녀들의 담임을 맡은 저에게 부모님들께서 믿음을 많이 실어주셨으면 합니다. 부모님들이야말로 학생들과 저의 든든한 후원자시니까요. 믿음 주시는 만큼 힘내서 열심히 하겠습니다. 항상 건강하시고 행복하십시오.

### 1. 교육에서 가장 중요하다고 생각하는 것

아이들에 대한 사랑과 믿음. 모든 문제는 이 두 가지로 다 해결된다고 생각합니다. 어떤 경우에도 교사가 학생을 포기해서는 안되겠죠. 저는 교사로서 아이들에게 마지막 비빌 언덕이 되어주고 싶습니다.

### 2. 학급 담임으로서의 목표

중학교 3년 생활 중에서 학생들이 가장 흐트러지기 쉬운 때가 바로 중학교 2학년 시기라고들 합니다. 1학년 때 배운 기초학력과 기초 생활습관을 잊지 않고 잘 연계하여 3학년 생활의 토대를 마련할 수 있도록 지도하겠습니다. 특히 겸손하면서도 당당하고 솔직한 사람으로 자라날 수 있도록 생활지도에 많은 신경을 쓰겠습니다. 이런 목표를 달성하기 위해서 저는 학생들의 모둠활동을 활성화하고 학생들이 좋은 책을 많이 읽을 수 있도록 지도하겠습니다.

  내 자리를 꿋꿋이 지키고 있는 그 자체만으로도 아이들에게는 큰 힘이 될 것이라고 믿는다. 먼 훗날 가끔씩 학창시절을 떠올렸을 때, '아, 그래도 우리 선생님이 나를 언제나 따뜻한 시선으로 바라보시고 내가 잘못한 것을 바로 잡아주셨지' 라는 기억들만으로도 세상을 살아가는 데 소중한 힘이 될 수 있을 것이라고 믿어 의심치 않는다.

  첫 발령지의 마지막 해에 처음으로 남학생 반 담임을 맡았다. 남학생 반을 맡아야 한다는 사실을 알았을 때 너무나도 걱정이 컸다. 나보다 덩치도 다들 더 큰 40명의 남학생을 어떻게 이끌어 가야 할지 막막했다. 오토바이 절도로 경찰서에서 연락이 온 아이, 엄마의 가출로 사춘기를 겪고 있던 아이의 집을 찾아가 등교시킨 기억 등 아이들과 함께 했던 1년은 다사다난했지만, 좋은 추억도 많았다. '선생님하고 결혼하고 싶어요' 라고 할 만큼 나를 많이 따르던 아이들도 있었다.

  그 해에 학급문집을 만들었다. 졸업식 날 문집을 나누어 주었다. 그렇게 쓰기 싫던 일기가 책으로 나온 것을 본 아이들은 적잖이 감동하는 눈빛이었다. 중학교 3학년 졸업과 동시에 서울로 이사를 가게 된 한 아이는 기차 안에서 문집을 읽다가 울었다는 이야기도 전해 들었다. 학교 다닐 때는 매일 혼나기만 해서 나에게 안 좋은 감정이 있었던 것 같은데, 문집을 읽으며 그간의 추억이 떠오르고 나에 대한 미안함을 느꼈던 것 같다. 지금도 그 문집을 간직하고 있다.

몇 년 만에 그 제자들을 만났다. 이제는 30대가 된 제자들을 보니 정말 이제는 같이 늙어간다는 표현이 딱 들어맞을 정도로 선생과 제자의 구분이 없었다. 모두들 예전에 코 흘리게 아이가 아닌 어른이 되어 있었다. 이미 한 가정의 가장이 된 애 아빠도 있었고, 곧 결혼한다며 청첩장을 건네는 제자도 있었다. 그동안 살아온 이야기들도 나누고 요즘 참 먹고 살기 힘들다는 대화가 오고 갔다. 그러다가도 중학교 시절 나한테 혼났던 얘기며 혼나면서도 그저 놀고 싶어 급식도 먹는 둥 마는 둥 하고 운동장으로 뛰어나가 놀았던 얘기를 할 때는 다시 해맑은 아이들로 돌아가 있었다. 나보다 더 그 시절을 생생하게 기억하고 있었다. 그 정도 혼났으면 선생님이 미울 만도 한데 자신이 잘못했으니 당연히 혼난다고 생각했다는 아이의 말에서, 나의 진심을 누군가 그렇게 알아주고 세월이 흘러서도 찾아주었다는 점이 새삼 고마웠다. 이런 맛에 선생하는 거겠지!

아이들의 입을 통해 나의 믿음이 헛되지 않았음을 깨닫게 된다. 교육의 효과는 당장 나타나지 않을지도 모른다. 지금 당장 내가 지도하고 있는 학생이 바뀌지 않는다고 조바심내지 말자. 내가 그들에게 한 말과 행동의 영향력이 1년 후에 나타날지 10년 후에 나타날지 20년 후에 나타날지는 아무도 모른다. 하지만 분명한 것은 교사들은 학생들에게 아주 작고 사소한 영향에서부터 어마어마한 영향력을 끼칠 수 있는 존재이니만큼 그 역할에 충실하고 부끄럽지 않게 행동해야 한다는 점이다.

학생들에게 비빌 언덕이 되어주고 싶다는 생각을 늘 해왔었다. 이렇게 졸업 후에도 인연을 맺은 학생들이 나를 찾아와주니 반갑다. 항상 내가 있는 자리를 지키고 있어야 이렇게 먼 훗날 성인이 된 학생들이 찾아와 학창시절을 추억하며 지친 일상에 위로를 받을 수 있지 않을까? 내가 하는 일이 더욱 소중하고 가치 있게 느껴진다. 내가 있는 이 자리를 더욱 굳건히 지키고 꿋꿋하게 내 일을 해나가야겠다는 다짐을 새롭게 해본다.

# 07

# 선배교사로서의 책임

2008년, 결혼 후 4년 만에 어렵게 아이를 낳고 2년간 육아휴직에 들어갔다. 2010년 복직을 하면서 초임 발령 당시 느꼈던 그런 막막함과 적응의 어려움을 다시 한 번 겪게 되었다. 2010년의 상황은 2000년의 상황과는 또 달랐다. 2000년에는 신규교사라서 뭔가 실수를 해도 선배교사들이 많은 도움을 주고, 신규니까 실수할 수 있다는 분위기였다면, 2010년은 이야기가 달랐다. 학교 규모부터 이전 학교와는 확연하게 차이가 났다. 2010년 내가 맡은 3학년은 6반까지 있었다. 나는 3학년 2반 담임을 맡았다. 충격적이었던 것은 50대인 3학년 1반 부장교사 다음으로 내가 제일 나이가 많았던 것이다. 휴직 전에 근무했던 두 학교는 학교 규모도 크고 신규교사 발령이 거의 나지 않던 곳이라 젊은 순서로 치면 열손가락에 꼽힐 정도였다. 복직하고 보니 나는 나이가 많은 축이었다. 나이도 나이지만 교직경력도 많은 편이라서 같은 학년을 담당하는 동료교사들은 자주 나에게 학급경영이나 학생지도에 대한 조언을 구했다. 그럴 때마다 내가 줄 수 있는 도움을 주긴 했지만 속으로는 늘 나도 힘든데, 내 코가 석자인데, 나도 제대로 못하는데라는 생각이 들었다. 내 신세가 신규교사보다 못한데 내가 누구한테 조언을 줄 수 있겠나라며 한탄하기도 했다.

복직하니 나이스 시스템도 새롭게 구축되어 있고, 교원평가도 새롭게 시작되는 등 모든 것이 낯설었다. 2010년 3월 출근 첫 날은 정말 울고 싶은 심정이었다. 퇴근길에 집 앞 횡단보도 앞에서 눈물을 훔칠 정도로 학교에 적응하는 것이 막막하기만 했다. 컴퓨터를 켜고 화면에 있는 글씨를 읽어도 그게 무슨 뜻인지 머릿속에 입력되지 않을 정도로 정신이 없었다. 남편에게 학교 그만두고 교육공무원 행정직 시험이나 쳐야겠다는 말을 한동안 계속 했다. 아이들을 지도하는 것도, 수업을 하는 것도, 업무를 하는 것도 다 막막했다.

세 살 아이는 어린이집 종일반을 다니다 보니 감기나 유행하는 병을 늘 달고 살았다. 병원에 며칠 동안 입원을 한 적도 여러 번이었다. 그럴 때마다 병원에서 밤새 아이를 돌본 후, 바로 학교로 출근해야 했다. 학교일과 육아에 치이다 보니 자주 병이 났다. 병가도 여러 번 냈다. 목은 수시로 잠겨서 목소리가 나오지 않았으며 감기몸살을 달고 살았다. 그만큼 몸도 마음도 힘든 시기를 보냈다.

돌이켜 생각해보면 신규교사 시절 선배교사들에게 받은 사랑만큼 나는 후배교사들에게 돌려주지는 못했던 것 같다. 그 당시는 학교 일에 육아에 마음에 여유가 없다보니 그랬을 수도 있지만, 지금 현재 모습을 떠올려 봐도 예전에 만났던 나의 선배 교사들만큼 후배 교사들을 사랑으로 챙기고 있는지 반성하게 된다.

선배교사로서 어떻게 살아가야할지를 생각할 때 떠오르는 분들이 몇 분 있다. 신규교사 첫 발령지에서 만난 선배교사들이 가장 먼저 생각난다. 그 분들은 애정 어린 시선으로 우리 신규교사들을 바라봐 주고 우리가 하는 실수를 예쁘게 봐주셨다. 호칭도 그냥 최선경 선생님이 아니라 '예쁜 최선경~'이라고 할 정도였다. 후배교사에 대한 애정을 말과 행동으로 표현하기도 했지만, 나에게 가장 크게 남아 있는 것은 그 분들이 학생들을 대하는 태도와 수업에 임하는 자세 등이다. 이래라 저래라 하는 지시나 조언이 아닌, 선배 교사들 스스로가 학생들을 존중하고 위하며 한 명의 아이라도 포기하지 않고 끝까지 지도하려는 모습을 보여주었기 때문에 더 기억이 남는다. 학생들과의 관계도 물론 좋았고 학급경영이면 경영, 수업이면 수업 모든 일들을 훌륭하게 해내셨다. 그렇게 할 수 있었던 것은 그 분들이 학생들을 진심으로 대했기 때문이 아닐까? 학생들을 위하는 마음, 하나라도 더 학생들에게 알려주고 도움을 주려고 하는 그 자세들이 너무 보기 좋았다.

나도 은연중에 그렇게 되려고 노력했던 것 같다.

학교 업무적인 부분에서도 주변 동료들이 어려움에 처했을 때 기꺼운 마음으로 발 벗고 나서 도와주셨다. 후배 교사들이 어려운 상황에 처하면 교장실로 달려가 개선을 요구할 정도로 용기 있는 분도 있었다. 신규교사가 당돌하게 이 업무는 내 업무가 아니니 하지 않겠다고 했을 때, '그래~ 그렇게 해. 그 업무는 내가 할게~'라고 웃으며 말씀하셔서 오히려 내가 더 부끄러웠던 적도 있다. 교장, 교감 선생님께서도 신규 교사들의 교육 활동을 많이 지지해 주시고, 젊은 패기에 저지른 실수들도 다 품어 주셨다. 학부모 민원이 있어도 그만큼 열심히 하다 보니 생긴 실수라고 오히려 대변해주는 등 선배교사들 모두가 후배교사를 보듬어 주는 그런 환경이었다. 이런 이야기들을 하다 보니 그 시절이 그리워지고, 요즘의 세태가 안타깝게 느껴진다. 학부모의 부적절한 민원에 녹초가 되는 교사를 보호해 주는 아무런 장치가 없는 현실이 안타깝다.

당시 교무부장을 맡았던 선생님은 현재 교사전문학습공동체 회장을 맡고 있고 수석교사로 근무 중이시다. 또 한 분은 전교조 활동으로 해직되었다가 내가 발령받은 해에 복직된 선생님으로, 연배는 우리보다 높았지만 권위의식 없이 우리를 편하게 대해주셨다. 학교에서 컴퓨터 수리 등 궂은 일을 마다하지 않으셨다. '선생님, 이거 좀 알려주세요'라고 하면 본인이 아무리 바쁘더라도 도움을 주려고 애를 쓰셨다. 이 분 또한 지금은 수석교사로 활동하며 배움의 공동체를 전파하고 계신다. 이 분들 외에도 당시 같이 근무했던 선생님들이 이제는 수석교사나 장학사로 그 역할을 다하고 있다. 또한 평교사로서 자신의 자리에서 늘 수업에 대해 고민하고 여러 분들과 나눔을 하고 있다.

지금 내가 여러 선생님들에게 수업 나눔을 하고 학생들과 좋은 관계를 유지할 수 있는 것도 다 선배교사들이 하는 것을 보고 배운 것들이 몸에 베여서 나오는 것이라고 생각한다. 물론 누구나 이런 선배교사를 만나면서 교직을 시작하는 것은 아닐 것이다. 그런 면에서 내가 참 운이 좋다고 생각한다. 여러 연구회 활동과 블로그 등을 통해 수업 나눔을 하고는 있지만, 정작 내 옆에 있는 동료교사의 아픔을 함께 하고 있는지, 예전 선배교사들이 그랬던 것처럼 그들의 어려움에 내 일처럼 발 벗고 나서고 있는지 돌아보게 된다. 소위 멘토라는 말로 영어과 신규교사 대상으로 멘토-멘티 활동도 해봤고, 국립학교에 근무하고 있는 지금은 교육실습생 지도도 하고 있다. 교직생활이라는 것이 정말 다양한 능력을 요구하는 것이기 때문에 멘토로서 어떤 모습을 보여줘야 할지 교직 생활 20년이 다 되어 가는 지금도 막연하기만 하다. 그래도 나름의 기준은 생겼다. 교사의 수업 스킬도 중요하지만 무엇보다 학생들이 내 이야기에 집중할 수 있는 분위기부터 조성되어야 교과 지식을 머리에 넣을 수 있는 기회도 생긴다. 따라서 수업도 중요하지만 무엇보다 더 중요한 것이 학급경영이라고 생각한다. 학교에서 담임교사는 가정에서 부모님의 역할과 같다. 학교 업무의 90% 이상이 학급 담임을 통해 이루어진다고 해도 과언이 아니다. 각 부서별 보직교사들이 부서별 업무를 하기는 하지만, 담임교사의 협조를 받지 않으면 실행할 수 없는 업무들이 대부분이다.

신규교사들이 수업과 학급경영, 학생들과의 관계 못지않게 어려워하는 부분은 부서별 업무처리이다. 교과수업이야 각자 준비해서 본인의 수업시간에 가르치면 되겠지만, 학교 업무 같은 경우는 하나부터 열까지 다른 교사들과 연결되어 있어서 실수를 하게 되면 타격이 크다. 해마다 어떤 업무를 맡을지 알 수 없고 새로운 업무를 맡아서 하다 보니 창의적인 방식보다는 작년 담당자가 했던 업무를 그대로 답습하는 경우가 많다. 3월 첫 발령을 받고 자신이 맡은 업무를 손에 받아들면 그저 멍할 뿐이다. 옆에 앉은 동료 교사에게 물어서 업무를 처리하기는 하겠지만, 그 일을 왜 해야 하는지 어떻게 하면 더 효율적으로 할 수 있는지에 대해 고민해 볼 시간은 없다. 그냥 작년 담당자가 올린 공문을 재작성 버튼을 누르고 연도만 바꿔서 상신을 올리는 경우도 허다하다. 대학교 수업에서나 임용고시에서는 다루지 않는 것이기 때문에 공문을 찾아보고 결재를 올리고 물품을 주문하는 업무 등 새롭게 배워야할 내용이 한두 가지가 아니다. 신규교사 대상으로 하는 연수가 있기는 하지만, 나이스에서 결재 올리는 방법과 에듀파인에서 품의를 올리는 방법 등 세세한 것까지 교육을 받지는 않는다. 설사 교육을 받는다고 하더라도 학교라는 조직에서 벌어지는 상황이 워낙 천차만별이다 보니 몇 시간의 연수로 그 모든 상황을 아우르기에는 무리가 있다. 신규교사 연수에서 자세히 다루지 못한 내용은 따로 매뉴얼을 만들어 보급하는 것이 좋겠다. 현재 상황에서는 신규교사들의 경우, 학교 업무에 관해서 의문이 생기면 같은 학교 내 선배 교사에게 주저 없이 질문을 하고 배워나가는 것이 큰 실수를 막는 길이다. 앞으로 학교 내에서나 학교 간에 멘토-멘티를 맺거나 신규교사가 필요한 도움을 요청하면 바로 해결해주는 SOS 프로그램을 만드는 등 신규교사가 학교 현장에 적응할 수 있도록 도움을 주는 시스템에 대한 고민이 더 필요할 것 같다. 우리 교육 시스템이 과연 신규 교사들이 교직생활에 잘 적응할 수 있는 체계적인 교육 시스템을 갖추고 있는지 다시 한 번 고민해 봐야한다고 생각한다.

선배교사라는 이미지를 떠올릴 때, 롤 모델로 삼고 싶은 분이 또 있다. 몇 해 전 『선생하기 싫은 날』을 읽고 블로그에 기록해둔 글을 여기에 옮겨본다.

### 『선생하기 싫은 날』을 읽고(2016.1.3)

눈물 흘리면서, 그것도 여러 번의 눈물을 흘리며 티슈를 옆에 끼고 책 읽은 것도 참 오랜만인 것 같다. 요즘 계속 수업 철학, 기법에 관한 책들만 읽다가 감성적인 글을 읽으니 느낌이 새롭다.

일단 책을 읽고 난 느낌은 작가분이 나랑 비슷한 면이 많은 분이구나 하는 것이다. 잘 울고 잘 웃고 마음이 여리고 그렇지만 일에는 욕심이 많고 새로운 수업방식에 도전하고 학생들을 사랑하고 그들에게 사랑받고 싶어 하는 등.

육아와 일을 병행하고 있는 워킹맘의 심정도 너무 공감이 갔고, 교직 16년째(육아휴직 2년 빼면 14년)인 내가 몇 년 전부터 갖고 있던 선배교사로서의 역할에 대한 나의 생각과도 일치하는 부분이 많아 반가웠다. 무엇보다 학생들을 사랑하고 학생들에게 사랑을 받고 싶어 하는 그 마음에 너무 공감이 가서 눈물이 자주 났던 것 같다.

2014년 거꾸로교실을 실천하며 얻은 노하우로 2015년부터 교사 대상 연수 프로그램에 강사로 활동하면서, 2010년 테솔연수TESOL(Teaching English to Speakers of Other Languages, 영어를 모국어로 하지 않는 사람에게 영어를 가르치는 교수법)를 들으며 처음 품었던 영어교사 트레이너trainer라는 꿈에 한 발자국 다가갔다. 앞으로 이를 어떻게 더 발전시켜 나갈지가 고민이었는데 이 책을 통해 멘토의 역할에 대한 가이드라인도 엿볼 수 있었고, 중년의 나이에 접어든 나의 진로에 대한 고민의 방향, 무엇보다 가슴 속에 품은 작은 꿈이 있다면 버리지 말고 꼭 끝까지 키워내라는 말이 지금 신년 계획을 세우고 있는 시점과 맞물려 내 속에 많이 남는다.

다른 이의 아픔을 함께 아파하고 눈물 흘릴 수 있는 동료교사, 선배교사가 되어야겠다는 결심을 하게 된다. 그리고 기회가 된다면 나의 이야기를 한번 책으로 펴내고 싶다는 생각도 해본다.(아마도 말은 안했지만 오래전부터 내 맘 속에 자리 잡고 있던 꿈 중 하나인 것 같다.) 이번 방학에는 2015년 학생들과 했던 1년간의 활동을 정리하여 문집 같은 걸 한번 만들어 볼 계획이다.

12시 넘어 읽기 시작한 책인데 새벽 3시가 다 되어간다. 나의 삶에 멘토, 롤 모델을 오늘 만난 느낌이다. 꼭 한번 뵙고 여러 말씀 나누고 싶다. 기억하고 싶은 표현들을 내 다이어리에 적어두고 사진으로도 남겨둔다.


내가 쓰고 있는 이 글을 읽고 누군가는 앞에 소개한 글 속의 나처럼 다른 이의 아픔을 함께 아파하고 눈물 흘릴 수 있는 동료교사나 선배교사를 꿈꾸기도 할 것이다. 자신의 이야기를 한 번 책으로 펴내고 싶다는 꿈을 꾸기도 할 것이다. 어떤 꿈을 꾸든 그 분들에게 해주고 싶은 말이 있다. 가슴 속에 품은 작은 꿈이 있다면 버리지 말고 꼭 끝까지 키워라. 그리고 도전해라. 꿈을 품고 있는 한 그 꿈은 언젠가는 이루어지기 때문이다. 단 도전하는 자에게만.

# 08

# 영어 교사로서의 정체성

나는 영어교사이다. 학생들에게 영어를 가르치는 사람이다. 신규교사 시절에는 영어 교과서 내용을 학생들이 완전히 이해하고 머릿속에 넣게 하는 것이 영어교사로서 내가 해야 할 책임이라고 생각했다. 그래서 우선 교과서 내용을 하나하나 자세히 설명했다. 설명이 끝난 후에는 학생들이 배운 표현들을 익힐 수 있도록 복습을 열심히 시켰다. 단순히 익히는 정도가 아니라 완전히 암기하도록 했다. 교과서에 실린 읽기 자료 내용을 한 글자도 빠뜨리지 않고 암기하는 미션을 내곤 했다. 외우지 못하면 방과 후에 남아서라도 내용을 다 외우고 가야했다. 암기 미션을 힘들어 하는 학생들이 한 반에 한 두 명은 꼭 있었다. 8시, 9시까지 학교에 남아 그런 학생들을 공부시키는 것이 나의 일상이었다.

학생들은 힘들어하면서도 그렇게 영어 공부를 하니 성적이 오른다고 좋아하기도 했다. 내가 수업을 들어가는 반에 특수반 학생이 한 명 있었다. 이 학생은 항상 반에서 혼자 앉아 있고 다른 사람들과 의사소통에 어려움이 있는 학생이었다. 지금 같으면 그런 학생은 열외를 시키고 미션에서 제외시킬 수도 있겠지만, 당시에는 의욕이 넘치는 신규였던지라 한 명도 빠짐없이 미션을 통과하도록 해야 한다는 의지가 강했다. 다행히 이 학생도 나의 지도를 잘 따라주었다. 암기 테스트가 있는 날이면 능숙하게 읽기 자료를 암송하여 반 아이들에게 박수를 받기도 했다. 그 학생은 매번 미션을 완수하면서 영어에 대한 흥미와 자신감이 많이 올라갔다. 오죽하면 자신의 꿈이 영어 전문가가 되는 것이라고 했을까! 그만큼 그 학생에게는 영어 암송을 해냈다는 경험이 자존감을 높이는데 도움이 된 것 같다.

여기서 중요한 것은 이 학생이 본문 암기를 통해 10문장, 20문장, 100문장을 암송했다는 사실보다는, 이 학생이 그런 과정을 통해 영어를 좋아하게 되고 영어에 대한 자신감을 가지게 되었다는 점이다. 나는 학생들에게 영어 문장을 많이 외우는 습관이 영어공부에 도움이 된다는 것을 가르쳐 주고 싶었다. 영어를 잘하려면 매일 꾸준히 공부하면서 영어에 최대한 많이 노출되어야 한다는 것, 귀찮지만 외워야 한다는 것, 꾸준히 하다보면 발전이 있다는 것을 스스로 깨닫게 되기를 바랐다.

내 수업 방식에 학생들은 괴로웠을 수도 있지만, 학부모들은 내 영어 지도 방식을 좋아했다. 중학생들은 이미 사춘기라서 집에서 엄마가 공부하라고 하면 잔소리로 듣고 제대로 말도 듣지 않는 경우가 많다. 학교에서 선생님이 아이를 붙들어 공부를 시키고, 영어 문장을 입으로 술술 외우게 하니 당연히 좋아할 수밖에 없었다. 중학교 1학년 때 영어수업을 담당했던 학생들을 중학교 3학년 때 담임으로 만나게 된 적이 있다. 학생들은 한숨을 내쉬었지만, '선생님~, 저희 엄마가 선생님이 담임이 돼서 잘됐대요. 너 영어 공부 열심히 해야겠네라고 하셨어요' 라는 이야기를 들었을 때 싫지는 않았다.

신규 때부터 내가 만든 학습지는 학생들뿐만 아니라, 동료 교사들 사이에서도 인기가 많았다. 체계적으로 정리가 잘 되어 있다며 첫 학교를 떠난 이후에도 내가 남기고 간 학습지를 영어과 교사들이 계속 활용할 정도였다. 심지어 같은 학교에 근무를 하다가 다른 학교로 옮긴 선생님이, '선생님, 어느 출판사 교과서 써요? 선생님 학습지를 좀 받고 싶어요' 라고 전화가 온 적도 있다.

두 번째 발령 받은 학교에서는 가르치는 방식이 조금 달라졌다. 1학년 학생들 중에는 외국 연수를 다녀온 아이들도 많았고, 외국에서 1년 이상 체류하다 온 학생들도 한 반에 여러 명이었다. 이 때는 교과서 내용을 가르치고 암기하게 하는 것도 병행했지만, 학생들이 이미 알고 있는 영어 표현을 잘 활용하게 하는데 중점을 두었다. 교과서 내용

외에 다양한 읽기 자료를 제공하여 학생들이 실제적인 영어표현에 많이 노출되도록 했다.

첫 학교에서 가르친 한 남학생을 그즈음 만났다. 이 학생은 소위 말하는 영어 부진 학생이었다. 정규 수업시간에도 부진반 수업에서도 항상 뒤처지는 학생이었다. 읽기 자료 암기 미션을 수행하지 못해 저녁 늦게까지 남아 있는 경우가 많았다. 중학교 졸업 후 인근에 있는 특성화고등학교로 진학을 했다. 어느 날 길거리에서 누군가 반갑게 '선생님~' 하고 부르면서 인사를 했다. 처음에는 누구인지 알아보지 못했다. 잘생기고 훤칠한 청년이 나를 보고 웃고 있었다. 자세히 보니 내가 가르쳤던 학생인 것이 기억이 났다. 이 학생의 모습에 놀랐다. 키는 훌쩍 자라 있었고 얼굴은 예전에 비해 하얘지고 표정도 많이 밝아져 있었다. 이후 이 학생의 친구들에게 전해 듣기로는 학교에서 킹카라고 불리며 학교생활을 즐겁게 잘하고 있다고 했다. 이 학생과의 만남을 통해 깨닫게 된 것이 있다. 먼저 영어를 못한다고 그렇게나 구박(?)을 많이 했는데 반갑게 뛰어와서 인사하는 그 학생이 너무 고마웠다. 영어를 못한다고 구박한 것이 아니라, 영어를 잘했으면 하는 안타까운 마음에서 따로 남겨서 공부를 시킨 진심을 그 학생이 알고 있어서 다행이라는 생각이 들었다. 한편 영어를 잘하지 못해도 자신의 주어진 삶에 만족하며 행복하게 살 수 있는데 왜 그렇게 아이들에게 영어 공부를 강조해 왔는지 회의가 들었다. 이 경험은 모든 학생들이 영어를 꼭 잘하고 열심히 해야 한다는 강박을 조금은 내려놓는 계기가 되었던 것 같다.

2010년 복직한 학교는 학업성취도가 상당히 낮은 편이었다. 학원에 다니는 학생들 비율도 낮았다. 수업시간에 제대로 교과서 내용을 전달하지 않으면 방과 후나 집에서 따로 영어공부를 하지 않는 아이들이 대부분이었다. 수업시간에 교과서 내용을 하나하나 자세히 설명했다. 설명 후에는 교과서 내용을 복습하도록 했다. 가정 형편상 학생들을 돌봐주지 못하는 집들이 많아서 담임교사나 교과 교사들이 학생들에게 신경을 많이 써야 했다. 심지어 영어 교사인 내가 중학교 3학년 학생에게 수학을 지도하기도 했다. 조금만 더 옆에서 신경을 써 줬으면 학습부진아가 되지는 않았을 안타까운 마음이 드는 학생들이 많았다.

수업시간에 학생들을 엄하게 대하는 편이었다. 숙제를 해오지 않으면 야단을 치고 필요하면 때리기도 했다. 학교 규칙을 지키지 않거나 예의에 어긋나는 행동을 해도 마찬가지였다. 신규교사 때는 학생들이 나를 만만하게 대할까봐, 웃고 친절한 이미지보다는 어떻게 하면 무섭게 보일까를 늘 생각했다. 잘 웃지도 않고 학생들에게 엄하게만 대했던 것 같다. 첫 학교 마지막 해에 이웃 학교로 발령이 난 것을 알고 한 학생이, '선생님~, 그 학교 학생들은 우리와는 달라요. 거기 가서는 절대로 웃으시면 안돼요. 절대로 웃지 마세요' 라는 조언을 해주기도 했다. 그 이야기가 뇌리에 박혀서 그런지 두 번째 학교에서는 더

**77**

웃지 않았던 것 같다. 두 번째 학교로 옮긴 바로 그 해 5월에 결혼을 하게 되면서 이전과는 달라진 생활 패턴에 학교생활과 가정생활을 병행하는 것에 적응이 필요한 시기였고, 마음의 여유가 없어서 그랬던 것 같기도 하다.

　영어교사는 영어를 가르치는 사람이다. 그런데 영어 말고도 가르쳐야 하는 것들이 많다. 담임업무는 차치 하고서라도 교과 시간에도 영어 지식적인 면뿐만 아니라 협업능력, 창의력, 비판적 사고력, 의사소통 능력, 자기주도 학습능력 등 학생들에게 키워줘야 할 역량들이 많이 있다. 2014년부터 한동안은 교과지식보다는 이런 역량을 길러주는 것이 더 중요하다고 생각하여 다양한 활동들을 통해 영어지식을 자연스럽게 습득할 수 있는 방법을 많이 고민했다. 2016년부터는 PBL 실천학교에 근무하게 되면서 프로젝트 수업을 적용하게 되었다. PBL을 적용하면서 이것이 과연 영어 수업인가라고 생각될 정도의 주제도 있었다. 실제로 이런 고민은 계속해서 이어지고 있다. 과연 모든 학생들이 영어를 잘해야 할까? 프로젝트 수업을 통해 학생들의 역량이 제대로 길러질까? 이런 프로젝트 상황에서 영어를 꼭 써야 하는지 등 생각할 거리가 한두 가지가 아니다.

　흔히 영어 교과의 목표를 영어로 듣고 읽고 쓰고 말하는 능력(4 Skills)을 키우는 것이라고 말한다. 그렇지만 영어과 교육목표를 보면 문화이해나 의사소통도 강조되고 있다. 2015 개정교육과정의 중학교 영어의 목적을 살펴보면, "중학교 영어는 초등학교에서 배운 영어를 토대로 학습자들이 기본적인 일상 영어를 이해하고 이를 사용할 수 있는 능력을 기름으로써 외국의 문화를 이해하고, 고등학교의 선택 교육과정 이수에 필요한 기본 영어 능력을 배양시키는 데 역점을 둔다. 중학생의 인지적, 정의적 특성에 부합하는 다양한 교수 · 학습 방법을 활용하여 영어 의사소통능력을 함양할 수 있도록 한다. 또한 영어 학습과 언어 이해, 습득, 활용에 있어서 필수적인 요소인 문화 학습을 유기적으로 연결시켜 영어학습의 효율성을 꾀할 뿐만 아니라 외국의 문화에 대한 개방적인 태도 및 글로벌 시민 의식을 함께 기르고, 우리 문화를 외국인에게 소개할 수 있는 의사소통능력 배양을 유도한다."라고 되어 있다. 영어교사로서 어떤 지식과 역량을 학생들에게 길러주어야 할지 여전히 고민이지만, 학생들이 사회에 나가 살아갈 힘을 길러주고 싶은 마음이 가장 크다.

영어는 도구교과이다. 어떤 원리나 이론을 깊게 연구하는 것이 아니라 실생활에서 영어를 어떤 상황에서 어떻게 활용하느냐가 중요한 것이다. 특히 학생들에게 영어의 필요성을 느끼게 하는 것 자체가 영어수업의 하나의 목표라고 생각한다. 영어 과목뿐만 아니라 모든 과목에서 학생들이 공부에 몰입하지 못하는 이유는 지금 배우고 있는 이 내용이 나랑 무슨 상관이 있는지 알지 못하고 공부의 필요성을 깨닫지 못해서 인 것 같다. 영어가 자신의 삶과 어떻게 연결되어 있는지, 자신이 세상과 어떻게 연결되어 있는지를 깨닫는다면 공부해라는 잔소리를 하지 않아도 저절로 빠지게 되지 않을까 싶다. '미래에 좋은 직업을 구하기 위해 지금은 참고 공부해야 하는 거야'가 아니라, 지금 당장 현재의 자신의 삶에 활용하기 위해 영어가 필요하다는 깨달음을 주고 싶다. 영어를 단순히 책으로만 배우고 익히는, 현실과는 거리가 있는 교과목이 아니라 자신의 삶과 밀접한 관련이 있음을 알게 하고 영어에 대한 성취감과 흥미를 유발하는 것이 영어교사로서의 목표 중 하나이다.

# 임용을 준비하고 있는 예비교사들을 위한 팁

1. 임용을 준비할 때는 마음가짐이 가장 중요하다. 스스로를 믿고 나아가는 것이 중요하다. 치열하게 일을 하려면 자신을 벼랑 끝에 세워야한다. 무조건 된다고 생각하자. 부정적인 생각은 빨리 지워버리자. 부정적인 생각에 머무르는 대신 현재 상황을 분석하고 개선해 나가야 한다. 마음속으로 즐거운 생각 긍정적인 생각만 한다. 걱정할 시간에 최선을 다한다.

2. 전공 공부를 할 때는 스터디 모임을 조직하는 것을 추천한다. 단순히 내용을 외운다고 생각하지 말고 다른 사람에게 설명하면서 그 내용이 내 것이 되도록 한다. 혼자 하는 것보다 같이 하게 되면 책임감도 더 느끼게 되고 지칠 때 서로 위로가 될 수도 있다.

3. 임용 시험이 가까워 올 때는 실전처럼 시간을 정해놓고 답안을 작성해 본다. 기출문제를 시간을 정해 놓고 풀어보거나 자신이 뽑은 예상 문제를 풀어보는 것도 좋다.

4. 면접에서는 자신감이 가장 중요하다. 열심히 할 수 있다는 열정과 자신감을 보여야 한다. 자신의 솔직한 이야기를 하되 열정과 자신감을 보여주는 것이 중요하다. 면접에서는 면접관들이 대화를 나누며 면접자의 열정이 어느 정도이고 학생에 대한 책

임감이 충분한지를 파악한다.

5. 면접은 주제에 대해 자신의 생각을 얼마나 열정적으로 근거를 통해 피력할 수 있는지를 분석하는 자리이다. 즉, 어떤 질문을 받더라도 긴장하지 말고 평소의 자신의 생각을 있는 그대로 말하면 된다. 그렇다면 어떻게 준비하면 되는가?

긍정적인 마인드와 의식, 성공한 사람들의 이야기가 담긴 책을 읽으면 좋다. 독서를 통해 다양한 주제에 대한 생각의 폭이 넓어지고 그 안에서 교사로서 갖춰야할 여러 가지 덕목을 생각해볼 기회가 생긴다. 여행도 좋고, 영화 감상도 좋다. 시야를 넓히고 자신의 경험치를 끌어올려야 한다. 자신의 경험담을 이야기해도 좋다. 그 경험을 통해 깨달은 바가 무엇인지를 말하면서 자연스럽게 자신이 어떠한 생각과 책임감을 갖추고 있는지 간접적으로 표현할 수 있다.

6. 수업실연은 자신이 얼마나 많이 알고 있는지를 알리는 자리가 아니라, 알고 있는 내용을 얼마나 효과적으로 표현하는지를 보는 자리이다. 수업실연에서 가장 중요한 것은 자신감이다. 밝은 표정과 경쾌한 목소리이다. 당당함이 중요하다. 판서나 설명하는 방식은 앞으로 얼마든지 훈련하고 경력이 쌓이면 좋아진다. 지금 당장 수업을 맡기더라도 학생들 앞에서 떨지 않고, 재미있게 수업할 수 있다고 판단되면 무조건 합격이다.

긍정의 힘으로 교직을 다자인하라

대한민국 교사로
살아남기

Chapter

02

교사 일상-
수업 전문가

거꾸로교실은 학생들 사이의
소통과 협업을 중시하고 학생 활동 위주라는 점에서
배움의 공동체와 일치하는 면도 많았다.

# 01

# 내가 기억하는 영어 수업

　　　　　　중학교 1학년 입학 후에야 알파벳 A,B,C를 처음 접했다. 당시에는 교육과정상 중학교 1학년 때부터 영어를 배우게 되어 있던 시기였다. 그 때까지 사교육이라고는 한 번도 받아본 적이 없는 나는 말 그대로 수업시간에 영어 알파벳을 처음 익혔다. 칠곡 읍내동에서 초등학교를 다녔다. 6학년 2학기 졸업을 얼마 남겨두지 않고 시내로 이사를 나왔다. 초등학교 1학년 때 말수가 적고 발표하기를 주저할 정도로 부끄러움이 많던 나는 학년이 올라가면서는 친구들을 사귀며 성격이 많이 활달해 졌었다. 매 학년 올라갈수록 다양한 프로그램에 참여하며 적극적으로 생활했다. 5학년 학급 구성원 그대로 6학년으로 올라가는 전통이 있던 학교라 특히 6학년 때 같은 반 아이들과는 정이 많이 들었었다. 그런 친구들과 함께 졸업하고 싶어서 이사를 간 후에도 버스로 편도 40분 거리를 통학하며 다녔다. 워낙 멀미가 심한 체질이라 아침마다 버스에서 멀미를 하면서도 6년간 다니던 학교를 끝까지 다녔다.

막상 중학교 입학을 하고 나서는 진작 전학 가지 않은 것을 후회했다. 배치고사를 치러 갔을 때 감독 교사가 내가 적은 초등학교 이름을 보고, 거기 어디냐고, 어디서 왔느냐고 신기해하며 물어본 기억이 아직도 남아있다. 뭔가 어색하고 소외된 느낌을 중학교 다니면서 한동안 느꼈던 것 같다. 전교에서 나를 아는 친구는 아무도 없었고 소심한 성격이 다시 나를 주눅 들게 했다. 특히 영어시간에 영어 알파벳을 모르는 아이들이 나를 포함해 몇 명 되지 않는 것을 보고 적지 않은 문화충격을 받았다. 나는 초등학교 시절 엄마가 저녁 먹으라고 찾아올 때까지 동네 어귀에서 친구들과 숨바꼭질을 하고 놀았는데, 시내 아이들은 그 당시에도 학원에 다녔던 모양이었다.

중학교 1학년 때까지 피아노 학원을 다니고 대회에도 나가던 나는 음악 수업 시간 반주를 맡게 되었다. 무척이나 소심하다고 생각했던 내가 어떻게 그런 활동을 하게 되었는지 지금도 그 용기가 가상하다. 1학년 담임선생님은 바이올린을 전공한 음악 선생님이었다. 음악 수업 첫 시간에 피아노 학원 다니는 사람이라고 했는지, 음악 시간에 반주할 사람이라고 했는지 아무튼 어떤 질문을 던지셨는데 내가 손을 들었다. 아마 손 든 사람이 나밖에 없었던 것 같다. 보통 초등학교 때까지 피아노 학원을 다니고 중학교 때는 잘 다니지 않았다. 그런데 중학교 1학년인 내가 피아노 학원을 다닌다고 하니 선생님께서 좋아하시면서 반주를 맡기셨다. 담임선생님 바이올린 연주에 내가 반주를 넣으며 공연했던 기억도 있다. 담임선생님이 나를 무척이나 예뻐한다는 느낌을 받았다. 아이들과는 서먹하고 뭔가 어색하고 나만 소외되는 그런 느낌이었지만, 다행히 선생님의 사랑을 느낄 수 있어서 중학교 생활에 잘 적응할 수 있었던 것 같다.

중학교 첫 영어 수업이 생각난다. 선생님이 알파벳을 가르쳐주신 후에 자기 이름을 영어로 적어보게 했다. 다른 아이들은 무척이나 쉽게 자기 이름을 영어로 쓰는데, 아무리 생각해도 내가 쓴 스펠링에 자신이 없었다. 물론 이후 수업을 잘 따라가기는 했지만, 순간적으로 느꼈던 당혹스러운 감정들은 아직까지도 남아 있다. 그런 기억 때문인지 몰라도 학기 초마다 학생들에게 영어 로마자표기법을 가르친 후, 자신의 이름을 영어로 꼭 써보게 한다. 그것이 영어 공부하는데 꼭 필요한 기초근육이라고 생각하기 때문이다.

당시 영어 선생님이 영어로 판서하고, 유창한 발음으로 영어를 말하는 것을 보고 정말 멋지다는 생각을 많이 했다. 특별히 사교육을 받지는 않았지만 수업시간에 열심히 참여하고 공부를 하다 보니 서서히 영어에 대한 자신감을 가지게 되었다. 영어 시간에 징글벨이라는 캐롤을 배운 적이 있다. 영어로 노래를 한다는 것이 당시로서는 얼마나 신기하던지! 수업시간에 영어를 접하는 것이 전부였기 때문에 정말 집중해서 수업을 들었고 모든 것이 흥미롭기만 했다. 영어로 문장을 쓰고 말을 하고 대화를 할 수 있다니! 또 다른 자아가 탄생하는 듯한 그런 느낌이 좋았다. 중학교 1학년 때 피아노 학원을 그만두고 공부에 집중하기로 엄마와 약속한 후, 학년이 올라갈수록 성적이 많이 향상되었다. 3학년 담임선생님은 성적이 1학년 때부터 꾸준히 향상되는 것을 칭찬하셨다. 우수상을 여러 번 받기도 했다.

고등학교 영어 수업은 중학교 때와는 많이 달라졌다. 영어 지문도 많이 어려워지고 독해 위주로 수업이 흘러갔다. 수업시간에는 선생님들이 주로 번호대로 아이들을 지적해서 해석을 시켰다. 내 번호가 걸리지 않기를 바라며 선생님과 눈이 마주치지 않으려고 애썼다. 영어를 좋아하던 나도 그 정도였는데 영어에 흥미가 없던 아이들은 얼마나 괴로웠을까라는 생각이 든다. 고등학교 영어 수업에 대한 기억은 선생님들이 문장을 분석하며 해석해 준 후, 나머지 지문을 우리에게 해석해보게 하고 문제를 풀게 했던 것이 전부이다. 학력고사에 맞는 수업방식이었을 것이다. 학력고사의 영어 지문은 어휘가 정말 어려웠고 문장 구조도 복잡했다. 학력고사 시험에는 문법 문제가 많이 나왔다. 지문 수준이 어려웠기 때문에 학력고사 문제 유형에 맞춰 기계적으로 문제를 많이 풀었다.

고등학교 2학년 때까지 학력고사를 준비하다가 고등학교 3학년 올라가던 해에 갑자기 교육정책이 바뀌었다. 대학수학능력 시험이 도입된 것이다. 학력고사 영어 시험 문제유형과 수능 문제유형은 많은 차이가 있었다. 문법 위주의 문제에서 내용 파악 위주로 바뀌면서 문법보다는 독해에 무게가 실리게 되었다. 고등학교 3학년 때는 수능 영어 문제집을 거의 한 달에 한 권 정도 풀었다.

학력고사를 준비할 때도, 수능을 준비할 때도 영어 수업 진행 양상은 비슷했다. 독해집을 주로 풀고 문법사항을 익히고 단어를 노트에 쓰거나 단어장을 만드는 등 말하기 보다는 읽기에 초점이 맞춰져 있었다. 소위 말하는 영어의 4가지 기능(듣기, 읽기, 쓰기, 말하기) 중에서 읽기에 집중된 수업이었지만, 워낙 많은 양에 노출이 되다보니 지금 생각하면 고등학교 3학년 때 내 영어 실력이 최상이 아니었나 싶다. 실제로 대학교 입학 후 어학원을 다니기 위해 레벨테스트를 하였는데 상급반에 배정을 받았다. 당시 강사 선생님이 나의 영어 실력을 많이 칭찬했다. 한 가지 방식이라도 어느 수준 이상 하다 보면 그것이 다른 영역에도 자연스럽게 전이가 되는 것 같다. 내가 영어 사교육을 받은 것은 중학교 때 빨간 기본영어를 배우기 위해 한 달 정도 학원을 다닌 것과 고등학교 때 성문 기본 영어, 종합 영어 학원을 방학 때 다닌 경험뿐이다. 요즘 학생들이 학원을 다니는 양에 비하면 학원을 다녔다고 말하기도 우스운 정도이다. 학원을 다니지 않았기 때문에 오히려 수업 내용에 집중하고 복습을 철저하게 했다. 시간이 걸리더라도 내가 직접 단어를 적어가며 단어장을 만들었다. 문장도 손으로 많이 적어보면서 온 몸으로 영어를 공부했다. 시간을 투자하면 투자한 만큼 실력 향상이 보였기 때문에 지속적으로 공부를 할 수 있었던 것 같다.

고등학교 3학년 이후 내 영어실력이 눈에 띄게 향상되었다고 느낀 때가 한 번 더 있었다. 바로 영어교사 선발을 위한 임용고시를 준비하던 때였다. 대학교 3학년 때 선배들을 따라 토익시험을 친 적이 있었다. 첫 토익시험 점수는 정말 입에 담기 민망할 정도였다. 주위의 친구들이나 선배들이 대기업 취업과 기타 필요에 의해서 토익을 공부하니까 나도 덩달아 토익을 공부했다. 학교 안에서 하는 토익 특강을 듣기도 하고, 토익 문제집을 사서 열심히 풀기도 했다. 몇 차례 더 토익시험을 쳤지만 성적이 그리 많이 오르지는 않았다. 토익에 대한 흥미도 떨어지고 나한테는 꼭 필요한 점수도 아니라서, 한동안 토익시험 응시는 생각하지 않았다.

영어 임용고시를 준비하면서 학원에서 만난 사람들과 영어 스터디를 했다. 임용 관련 전공서적을 나누어 읽고 번역을 하였다. 내용 요약을 하고 예상문제를 만들어 서로 교환해서 풀어보는 활동을 했다. 이렇게 1년 가까이 영어에 많이 노출되고 나니 영어 실력이 눈에 띄게 향상되었다. 그 해 말에 토익시험을 쳤는데 놀랄 정도로 성적이 올랐다. 300점 가까이 토익 성적이 올랐던 것 같다. 토익시험 유형에 익숙해지고 그 유형에 맞게 공부하는 것도 중요하지만, 영어 원서를 많이 읽고 정리하고 영어 노출 양이 많아지다 보니 자연스럽게 시험 성적도 올랐던 것 같다. 이 경험을 통해 영어 공부하는 법을 제대로 터득하게 된 것 같다. 학생들도 정답을 찾는 공부만 할 게 아니라, 필요한 내용을 스스로 찾아보고 정리하는 공부가 진정한 공부라는 것을 깨달았으면 한다.

나는 해외유학은커녕, 그 흔한 어학연수 한 번 다녀온 적도 없다. 하지만 영어 임용고시를 통과했다. 발령을 받은 후에 영어 교사 대상 직무연수로 1달간 미국에 다녀오고, 테드TED 초청으로 테드 컨퍼런스TED Conference에도 참가했다. 또한 번역 책을 2권이나 내기도 했다. 영어 실력만을 놓고 본다면 불가능한 일일수도 있다. 하지만 무엇보다도 관심 있는 분야를 찾고 꼭 해야겠다는 의지가 있었기 때문에 많은 일들에 도전하고 성과를 이루었던 것 같다.

영어 공부든 어떤 공부든지 간에 자신의 의지가 중요하고, 목표를 세우고 끝까지 실천하는 것이 중요하다. 공부에는 왕도가 없다. 영어 공부에도 왕도가 없다. 그저 최대한 많은 시간 영어에 노출될 수밖에 없다. 자신이 흥미 있는 분야에 대해 영어로 듣고 읽고 써보고 사람들과 이야기 하다보면 자연스럽게 영어실력도 향상되지 않을까?

# 02

# 테솔TESOL과의 만남

2010년 2년간의 육아휴직 후 복직을 하면서
달라진 학교 시스템 적응에 어려운 시기를 보내게 된다. 학급경영이
나 생활지도보다는 교과 전문가로서 특히 부족함을 많이 느꼈다. 아
무래도 영어 교과이다 보니 시대 변화에 민감할 수밖에 없기 때문이
다. 언어는 계속 사용하지 않으면 잊히는지라 2년이라는 물리적인 시
간이 큰 부담으로 다가왔다. 2010년, 이 어려움을 극복하기 위한 노
력으로 테솔 연수 과정을 신청했다. 이 연수가 나에게 하나의 터닝 포
인트가 되었다.

복직 전 여러 선생님들로부터 영어교사 대상 테솔 연수과정이 새로
생겼다는 이야기를 들었다. 대다수 영어 교사들이 기피하는 연수였
다. 그 연수에 대해 처음 들었을 때는 '음, 될 수 있으면 피해야겠군'

이라고 생각했지만, 어느 날 생각을 고쳐먹게 되었다. 2년간의 휴직 공백은 심리적으로 나를 위축하게 하는 요인이 되었다. '교직을 그만둘 생각이 아니라면 지금부터 정년 할 때까지 어쨌든 적응을 해나가야 한다. 이왕 할 거면 어차피 겪을 거라면 지금 당장 시작해보자, 복직 후 학교 적응의 두려움을 이 연수를 듣고 이겨 내보자'라고 마음먹었다. 그리하여 복직 첫 해 여름방학에 180시간 테솔 연수를 신청하게 되었다.

테솔TESOL(Teaching English to Speakers of Other Languages)은 '영어를 모국어로 하지 않는 사람에게 영어를 가르치는 방법(교수법)'을 배우는 과정이다. 즉, 영어교사 양성 과정이다.(www.tesol.org) 대한민국에서는 숙명여자대학교에서 처음으로 테솔을 도입했다. 내가 소속되어 있는 교육청에서는 2008~9년쯤 교원 연수 기관(http://www.eucc.or.kr)을 통해 SIT TESOL이 처음 도입되었다. 내가 접한 것도 바로 SIT TESOL이다.

이 프로그램은 트레이너(trainer)라고 불리는 원어민 교사가 진행한다. 연수 과정을 이끌어가는 원어민 트레이너들은 철저하게 학생활동 중심 수업을 보여주었으며, 연수 참가자인 나에게도 그런 수업을 요구하였다. 연수 과정 자체가 참여자들이 중심이 되어 사고하게 만드는 과정이었다. 특히 교사의 성찰(Reflection)을 중요시하는 부분, 경험을 통해 배운다는 ELC(Experiential Learning Cycle) 기법을 접하고 개인적으로 많은 깨달음이 있었다. 한 시간의 수업이 한 시간으로 끝나는 것이 아니라, 그 수업을 잘 분석하여 다음 수업의 발전을 위한 거름으로 삼는다는 것이 의미 있게 다가왔다.

트레이너들은 일종의 멘토가 되어 참가 교사들을 지도한다. 영어 듣기, 읽기, 말하기, 쓰기 기능을 잘 가르치기 위한 교수방법을 배울 뿐만 아니라 실제 수업을 위한 지도안을 작성한다. 트레이너들은 지도안 형식도 보지만 얼마나 창의적이고 적절한 활동들로 한 차시 수업을 구성하는지를 살펴보고 필요한 도움을 준다. 테솔 교육과정에서 가장 실질적인 부분은 참가 교사들이 학생들을 대상으로 45분간 수업을 한다는 점이다. 동료교사들이 지켜보는 가운데 자원한 학생들을 대상으로 자신이 짠 지도안으로 수업을 한다. 이 부분이 여러 영어 교사들이 테솔 연수 과정을 꺼렸던 가장 큰 이유일 것이다. 다른 사람 앞에서 자신의 수업을 공개한다는 것이 결코 쉬운 일이 아니기 때문이다.

45분간 수업을 공개한 후에는 협의회가 진행이 된다. 이 협의회를 피드백 타임(feedback time)이라고 부른다. 테솔 연수 과정에서 가장 마음에 들었던 부분이 바로 이 피드백 과정이다. ELC에 따라 피드백이 진행된다. 우선, 수업자가 수업 소감을 이야기 한다. 수업 후 느끼는 자신의 솔직한 감정을 이야기하기도 하고, 주로 수업에서 아쉬웠던 점이나 잘 된 점 등을 이야기 한다. 다음으로 참관자들이 피드백을 시작한다. 이 때 원어민 트레이너들로부터 제대로 된 피드백이 어떤 것인지를 배웠다. 단순히 수업을 잘 한다 못 한다가 아니었다. 트레이너들은 수업을 잘하는 것이 무엇인지 우리에게 반문할 정도로 잘 한다 못 한다의 개념이 없었다. 그냥 수업을 한 것이고 자신이 수업하는 과정에서 학생들의 배움이 일어났는지를 중요하게 생각했다. 수업을 관찰할 때도 교사가 얼마나 화려하게 수업을 잘 하느냐가 아니라 교사의 발문, 학생의 반응, 학생 활동 등을 면밀하게 관찰하여 교사나 학생의 말과 행동이 어떻게 학생들의 배움으로 이어지는지를 철저하게 분석했다. 보통 트레이너들은 속기사 못지않게 교사와 학생들의 발문을 낱낱이 기록한다. 그 기록을 피드백의 객관적인 근거로 제시하기 위해서이다.

처음에 그냥 수업이 잘 된 것 같다, 학생들이 수업에 잘 참여한 것 같다라고 막연하게 피드백을 제시하던 참가자들도 이후에는 객관적이고 제대로 된 피드백을 주기 위해 동료교사의 수업을 자세하게 기록하게 되었다. '교사가 설명(instruction)을 했을 때 학생들이 활동에 바로 들어갔고 활동지에 있는 문제를 짝과 이야기를 하며 해결한 것을 관찰하였다. 교사의 발문과 과제(task)의 난이도가 적절했던 것 같다.' 이런 식으로 구체적인 장면을 묘사하면서 자신의 판단의 근거를 대는 것이다. 수업자의 경우 성찰일지(reflection paper)를 작성한다. 성찰일지에는 다음의 내용을 기록하게 되어 있다. 1. 수업을 끝낸 지금의 기분은? 2. 수업이 잘 되었다고 생각하는 순간은?(그 상황을 자세하게 묘사) 3. 그 상황을 분석한다. 4. 앞에서 분석한 상황을 일반화하여 어떻게 하는 것이 교수 학습에 도움이 되는지를 적는다. 5. 액션 플랜(다음 수업에서는 어떻게 하겠다는 계획)을 세운다.

이렇게 분석적으로 한 차시 수업을 되돌아본다. 수업이 잘 된 순간뿐만이 아니라 반대로 수업이 잘 되지 않았다고 생각하는 부분도 분석한다. 그냥 수업이 안 되서 망했다가 아니라, 이런 분석을 통해 다음에는 어떤 점을 보완하여 수업에 적용해야 할지를 스스로의 성찰을 통해 배워가는 것이다. 피드백 타임이 좋은 것은 교사 스스로 이러한 성찰을 끌어낼 수 있도록 주변에서 도와준다는 것이다. 트레이너가 절대로 '너는 이런 부분이 잘못됐어, 이건 고쳐야 해' 라고 말하지 않는다. 동료교사들도 '선생님, 이렇게 하는 게 더 좋을 것 같아요' 라고 섣불리 조언하지 않는다. 다만 수업자가 '다음에 이런 수업을 할 때 이 부분은 어떻게 하면 좋을까요?' 라고 질문을 하면 그 때는 피드백에 참가하고 있는 모두가 의견을 낼 수 있다. 참가자들이 서로 질문과 답변을 주고받는 과정을 통해 수업자 스스로가 자신의 수업에 대해 돌아보게 된다. 이 성찰 과정은 내 삶에 큰 도움이 되었다. 테솔 과정 이후에도 이런 성찰을 수업에 끊임없이 적용하게 되었기 때문이다.

이 과정이 너무 좋아서 2011년에는 6개월 심화연수를 신청했다. 5개월은 파견 형태로 연수를 받고 한 달은 미국 샌프란시스코에서 생활하며 어학원 수업을 듣는 과정이다. 참가한 선생님들의 다양한 수업 노하우를 배울 수 있었고, 미국 연수를 통해 견문도 넓힐 수 있었다. 2013년 1년 과정인 교사교육자과정(TEC, Teacher Education Consultant)을 이수하면서 영어과 연수 최고 단계까지 이르렀다. 이 과정 역시 도움이 많이 되었다. 특히 온라인으로 글을 써서 올리는 과제가 있었는데, 이를 통해 영어 쓰기 능력이 많이 향상되는 것을 느낄 수 있었다. 졸업 워크숍(Capstone workshop)때 영어로 워크숍도 진행해 보았다. 무엇보다 나의 수업을 돌아보는 과정을 한 순간 집약적으로 배우고 끝내는 것이 아니라서 도움이 되었다. 방학 때 연수를 받고 학기 중에는 실천해서 기록으로 남기고 다시 방학 때 연수를 받는, 이론과 실제를 동시에 병행할 수 있는 시스템이라서 좋았던 것 같다.

2015년부터 수업 블로그를 시작하게 되면서 성찰 과정을 블로그 포스팅을 통해 실천하고 있는 셈이다. 오늘 내가 한 수업의 흐름을 쭉 정리하다보면, 잘 된 부분은 다음에도 적용해야지 좀 아쉬운 부분은 다음번에는 보완해야지라는 성찰이 저절로 일어난다. 기록해서 좋은 점은 성찰뿐 아니라, 시간이 지나서 잊고 있었던 수업에 대해 찾아보며 앞으로 할 수업에 참고가 되기도 한다는 사실이다. 예전에는 이런 생각을 하며 수업을 했구나라는 것을 알 수 있어서 좋다.

테솔 연수에서 배운 것 중에 성찰의 중요성을 깨닫고 실천하는 것과 함께 지금까지도 중요하게 생각하는 것이 있다. 발전의 조건에 관한 이야기이다. 발전은 적절한 자신감과 적절한 난이도에서 일어난다. 자신감이 지나쳐도 완벽하다고 생각해도 더 이상 발전할 필요성을 못 느끼기 때문에 진전이 없다. 주어진 과제가 너무 어려워도 감히 할 엄두를 내지 못할 것이기 때문에 '아, 저 정도면 내가 할 수 있겠다' 라는 생각이 들어야 발전이 있다. 그래서 내 경험담을 듣고 '아, 저 정도면 할 수 있겠네, 한 번 해 봐야겠네' 라는 생각을 가지고 바로 실천하시기를 바란다는 말씀을 연수 때마다 또는 만나는 분들한테마다 드린다.

테솔 연수에서 배워온 다양한 활동들을 수업 현장에서 지속적으로 적용하는 것이 쉽지만은 않았다. 잡무로 인한 수업준비 시간 부족과 학생들의 싸늘한 반응 등이 그 요인이었다. 분명 연수 때 선생님들 대상으로 혹은 학생들을 대상으로 했을 때는 정말 의미 있고 잘 되던 활동들이 왜 학교로만 가지고 오면, 내가 가르치는 학생들에게 적용하면 정작 제대로 구현되지 않는 걸까? 그런 상황이 반복되다 보니 어느덧 테솔에서 배운 다양한 활동들도 그냥 파일 속에 묻히고, 책꽂이에 꽂힌 채로 잊히는 신세가 되었다.

긍정의 힘으로 교직을 다자인하라

03

# 배움의 공동체와의 만남

2014년 3월, 처음으로 배움의 공동체를 접했
다. 물론 그 이전부터 있었던 교수방법이겠지만 내가 처음 접한 것은
그 때였다. 2년간의 육아휴직이라는 공백이 나에게는 교사로서 뒤쳐
질지도 모른다는 불안감으로 다가왔다. 그 불안감은 테솔 등 각종 연
수를 찾아듣게 하는 계기가 되었다. 배움의 공동체 연구회에서 주최
하는 세미나의 경우, 내가 신규 때 같은 학교에 근무하던 분이 연구회
회장을 맡고 계신 것을 알고 반가운 마음에 선뜻 신청하게 되었다. 세
미나에서 영어 교과 외의 사람들과도 학생활동 중심 수업, 수업 중 교
사가 아닌 학생의 배움 관찰, 교사의 수업 성찰에 대해 이야기 나눌
수 있다는 점이 기뻤다. 교사의 역할이 단지 영어 교과 지식의 전달뿐
만이 아니라, 학생들의 민주시민으로서의 자질과 태도를 길러내기에

있다는 사실도 깨닫게 되었다.

'이렇게 좋은 건 바로 내 수업에 적용해야지' 라는 마음으로 추천받은 책도 사고 관련 원격연수도 신청했다. 테솔 연수에서의 한계를 배움의 공동체로 극복할 수 있을 것이라는 생각으로 기초, 심화 연수도 이수하였다. 1학기 중간고사 이후 4월부터 바로 'ㄷ자'로 자리 배치를 하고 배움의 공동체식 수업을 시작하게 되었다.

'왜 이걸 진작 몰랐을까, 이런 수업방법이 다 있었나?' 라고 놀라기도 하면서 기뻤던 포인트가 몇 가지 있었다. 당시 함께 간 동료 교사에게 흥분해서 이것저것 말했던 기억이 난다. 우선 수업 관찰 방법이었다. 2010년 처음 접한 테솔 과정에서 트레이너들에게 배운 수업 관찰방법과 배움의 공동체 세미나에서 알려준 수업 관찰방법이 너무나도 비슷해서 놀라면서도 반가웠다. 그 동안 테솔 연수를 듣고 와서 그 내용이 좋다고 아무리 이야기를 해도 영어과 교사들만 듣는 연수였기 때문에 타 교과 교사들과 연수 내용에 대해 공감하는 데는 한계가 있었다. 45분 수업을 다 하고 서로 피드백을 준다고 하면 '와, 정말 힘들겠다, 어떻게 그런 연수를 받았어?' 라는 반응뿐이었다. 그 이상 연수 과정에 대한 이야기를 나누기는 힘들었다. 피드백 과정에서 학생들과 교사의 발문과 행동을 속기사가 하듯이 기록하고, 그 기록을 바탕으로 수업 나눔을 한다는 사실을 이야기 할 때면 아마 선생님들은 속으로 '나는 저런 연수 절대 안 들어야지' 라고 생각했을 것이다.

배움의 공동체 세미나에서 만났던 분들은 내가 테솔 과정에서 훈련을 받았듯이, 초 단위 분 단위로 교실 장면을 기록하고 학생 좌석 배치도를 보며 학생들의 말 하나하나며 행동 하나하나까지 관찰했다. 그 날 세미나 참석은 처음이었지만, 그간 테솔에서 쌓은 노하우로 협의회에서 이야기를 나누는 것이 전혀 어색하지 않았다. '아, 이제 이런 좋은 수업 협의회 형태를 영어과뿐만 아니라 모든 교과 교사들과 나눌 수 있겠구나'라고 생각하니 신이 났다.

단순히 지적을 위해 교사를 관찰하고 공격하는 것이 아니라, 학습자의 배움에 초점을 두고 있으며, 그것도 철저한 수업 관찰을 통해 의견을 나눈다는 점이 와 닿았다. 수업자의 수업을 단순히 잘했다 잘못했다로 가르며 판단하는 것이 아니라, 그 수업을 통해 내가 배운 것은 무엇이고 내 수업에는 어떻게 적용하겠다는 반성적 성찰을 강조하는 부분 또한 무척 마음에 들었다. 한 시간의 수업이 한 시간으로 끝나는 것이 아니라, 그 수업을 잘 분석하여 다음 수업의 발전을 위한 거름으로 삼는다는 점은 이미 테솔 과정에서 배운 것이기도 했다. 테솔 연수 과정에서 반했던 바로 ELC(Experiential Learning Cycle, 경험을 통해 배운다는 개념)를 배움의 공동체에서 거듭 만나고 보니 앞으로 모든 교사들과 수업에 대해 이야기를 나눌 수 있을 것 같았다. 나아가 내 수업이 획기적으로 변할 것만 같은 희망을 보았다.

Hop-Step-Jump로 이어지는 수업 구조도 테솔에서 접했던

Presentation-Practice-Use와 유사해 보였다. 배움의 공동체와 테솔 모두 수업을 구조적으로 짜임새 있게 구성하는 것이 기본이다. 교사에게 요구하는 것이 단순한 지식을 전달하는 강의식이 아니라, 학생들이 스스로 문제를 해결하게 한다는 점과 교사는 기다려주고 연결 짓고 되돌리기를 잘해야 한다는 개념도 테솔에서의 CCQ(Concept Check Question, 학생들의 이해도를 파악하기 위한 질문)나 Clear Instruction(명확한 지시, 학생들이 수행해야 할 활동에 대한 지시가 명확해야 한다는 개념) 등과 통하는 부분이었다. 교사는 학생들의 배움이 잘 일어날 수 있도록 수업을 설계하고, 수업 시간에는 학생들을 면밀히 관찰하면서 어려움이 있는 학생에게 도움을 주고, 한 명의 학생도 소외되지 않는 수업을 만든다는 철학도 좋았다. 실생활과 연계된 주제로 수업내용을 구성하기 위해 일상생활 속에서 관찰을 생활화하고, 이를 통해 발견한 아이디어를 수업에 어떻게 써먹을까 고민한다는 부분도 와 닿았다. 배움의 공동체 참관록을 살펴보면 그 철학이 잘 묻어나 있다.

## 1. 학습자의 배움

- 학습자는 어느 지점에서 배우고 어디에서 주춤거리는가?
- 학습과 관련된 의미 있는 모둠 활동은 어떻게 이루어지는가?
- 학습자의 점프가 있는 배움은 어느 지점에서 이루어지고 있는가?

- 모둠 활동에서 서로 가르쳐주고 배우고 있는 관계는 어떠한가?
- 협동적인 배움이 이루어지고 있는가?

## 2. 교사의 가르침

- 교사는 학생들 한 명, 한 명의 배움에 대해 놓치지 않고 있는가?
- 학습자와 학습자, 교재(대상 세계), 사건과의 연결 및 되돌리기가 어떻게 이루어지는가?
- 교실에서 배움과 상관없는 불필요한 언어와 행동은 없는가?

## 3. 자기수업 적용 및 성찰

배움의 공동체를 만날 무렵, 큰 충격으로 다가왔던 영상이 하나 있다. 바로 오마바 기자회견장 영상이다. G20 정상회담이 한국에서 열렸고 오바마는 개최국인 한국 기자단을 생각해서 한국 기자단에게만 특별히 질문권을 주었다. 그런데 한국 기자들 중 단 한 명도 손을 들고 질문하지 않았다. 'EBS 다큐프라임 우리는 왜 대학에 가는가' 라는 프로그램에서 다룬 내용이다. 여러 기자들을 불러 놓고 이 상황을 보여주며 과연 기자들이 질문을 하지 않은 이유가 무엇일지를 물었다. 기자들은 우리나라 토론 문화에 대해 언급했다. 취재를 위해 질문하는 것이 업인 기자들조차도 질문을 두려워하는 것이다. 괜한 질문을 하면 남들이 욕하지 않을지 눈치를 보게 된다는 것이다.

이 장면은 정말 큰 충격이었다. 혹시 나도 교실에서 학생들이 질문을 하지 못하도록 눈치를 주고 있었던 것은 아닐까? 이런 질문을 하면 친구들이 비웃겠지, 선생님한테 혼나겠지? 혹은 답변도 없이 그냥 내 질문은 무시당하고 말겠지? 이런 분위기를 조성하고 있었던 것은 아닐까라는 반성이 들었다. 더불어 우리나라가 이런 문화를 극복하지 않으면 절대 선진국으로 나아갈 수 없고, 더 이상의 발전은 어려울지도 모른다는 생각이 들었다. 비록 나는 그런 교육을 받고 자라지 못했지만, 내가 가르치는 아이들만큼은 자신의 의견을 당당하게 이야기하고 궁금한 것을 질문하고 탐구하고 스스로 생각하는 아이들로 길러야겠다는 생각을 하게 되었다. 수업이 바뀌지 않으면 우리 미래도 바뀌지 않겠구나라는 확신이 들었다.

이 프로그램에서는 또한 유태인의 교육인 하브루타에 대해 소개하면서, '말하는 공부방 조용한 공부방' 실험을 통해 메타인지의 중요성을 강조하였다. 내가 무엇을 아는지 모르는지를 정확하게 알아야 부족한 부분을 채울 수 있고, 제대로 된 배움이 일어날 수 있다는 것은 평소 내가 중요하다고 생각하는 성찰과 일맥상통했다.

나에게 커다란 울림을 준 또 다른 만남이 있었다. 2014년 교육과정 전문가 양성 과정에서 장곡중학교 박현숙 선생님 강의를 듣고 아차 싶은 생각이 들었다. 선생님이 우리나라 각 학교급별 교육목표에 대해 정리를 해 주셨다. 그 내용을 듣고 '아하! 모먼트'가 있었다. 나는 늘 어떻게 하면 영어를 잘 가르칠 것인가에만 초점을 맞춰왔다. 하지만 선생님 강의를 들으면서 교과별 목표를 뛰어넘는 학교급별 목표에 대해서는 한 번도 생각해본 적이 없었다는 사실을 깨달았다. 영어를 왜 가르치는지에 대한 고민 없이 그냥 가르치는 방법에만 몰두해왔던 것이다. 처음으로 영어교과가 하나의 단편적인 교과로 떨어져 있는 것이 아니라는 것, 그저 교과서 내용만 열심히 가르치는 것이 영어교사의 임무가 아니라 더 큰 그림을 보아야 한다는 것을 깨닫게 되었다. 박현숙 선생님은 학생들을 학교 밖에서나 어른이 되어서라도 시집을 사서 읽고 감동할 줄 아는 인간으로 키우기 위해 국어수업을 하신다고 했다. 우리가 교육을 하는 것은 사회에 나가 제대로 기능할 수 있는 민주시민양성을 목표로 하는 것이지 단순히 영어를 잘하는 학생, 수학을 잘하는 학생을 기르기 위한 것이 아니라는 말씀이 울림이 있었다.

강의식 수업을 버리고 학생활동 중심 수업을 반드시 실천해야겠다고 다짐을 굳히고, 2014년 4월 이후 배움의 공동체 방식으로 영어수업을 진행했다. 교사가 하나하나 해석해주고 문법을 설명해주는 대신 모둠원끼리 협력하여 스스로 해결해나갈 수 있도록 활동지를 구성했다. 쉬운 단계에서부터 차츰 어려운 단계로 과제를 주었다. 배움의 공동체를 적용하면서 가장 힘들었던 점은 학생들이 왜 가르쳐 주지도 않고 문제를 해결하라고 하느냐는 저항이었다. 교사가 설명을 하지 않으니 학생들이 불안해했다. 수업활동이 활동지에 초점이 맞추어지다 보니 수업 전에 활동지 구상에 많은 시간을 보냈다. 정작 그런 시간을 보낸 만큼 학생들이 잘 따라와 주지 않았다. 영어표현의 한계가 있기 때문에 영어로 표현하기 힘든 아이들의 경우 한글로 써도 좋다고 허용을 했다. 그러고 나니 이게 국어 수업인지 영어수업인지 학생들도 나도 혼란스러웠다. 나 또한 배움의 공동체는 이래야 한다는 틀에 갇혀서 교실에서 벌어지고 있는 눈앞의 상황에 적절하게 대응하지 못했다. 배움의 공동체에서는 설명은 하지 말라고 했으니까 학생들끼리 해결하게 하고 설명은 안 해줘야지라든가 활동지를 구상할 때도 영어과에 적합한 방법을 생각하기 보다는 다른 교사들의 실천 사례를 보고 따라가기에 급급했던 것 같다.

　배움의 공동체에서는 학생들의 내적 동기유발을 강조하다 보니 단순 게임이나 흥미유발 활동보다는 학생들이 앉아서 생각하고 이야기를 나누는 활동이 반복되었다. 학습지에 많이 의존하고 이러한 수업 방식이 반복되다보니 중학교 학생들의 특성상 지루해하는 모습도 많이 보였다. 학생활동 중심 수업이라고는 하지만, 여전히 교사가 수업을 컨트롤하고 교사의 수업구상이나 진행에 따라 수업이 좌우되었다. 말만 학생활동 중심으로 한다고 했지 여전히 내가 교실에서 주도권을 가지고 학생들을 몰아붙이고 있지는 않은가라는 회의감도 들었다.

04

# 거꾸로교실과의 만남

그렇게 배움의 공동체를 적용하며 많은 고민에
빠져 있던 어느 날, 운명적으로 거꾸로교실과 만났다. 2014년 9월
13-14일, 1박 2일간 거꾸로교실 캠프에 참가했다. 오아시스와도 같
은 시간이었다. 얼마나 감동을 받고 좋았으면 조모상 중에 수업용 밴
드를 개설했다. 학교로 돌아가자마자 학생들을 밴드에 초대하고, 9월
22일부터 거꾸로교실 수업을 바로 적용했다.

단시간에 학생들의 변화를 보았고, 내 수업에 큰 발전을 이루었다
고 생각한다. 거꾸로교실이 패러다임의 변화를 추구하고 있기 때문일
것이다. 동영상으로 강의를 비워낸 만큼 다양한 학생활동을 실행할
수 있었던 점이 영어 교과의 특성과도 잘 맞아떨어졌기 때문인 것 같
다. 하지만 만약 그 전처럼 나 혼자였다면 쉽게 지치고 포기했을 것이

다. 거꾸로교실 특유의 네트워킹을 통해 먼저 시작한 선배 교사들로부터 많은 도움을 받았다. 교사 네트워크의 중요성에 대해 깨닫게 된 이후, 나 또한 수업 아이디어를 여러 사람들과 나누는 수업 나눔을 실천하게 되었다. 이런 나눔이 늘 열심히만 하는 교사에서 나도 뭔가를 잘할 수 있다는 자신감을 갖게 한 계기가 되기도 했다.

거꾸로교실은 학생들 사이의 소통과 협업을 중시하고 학생 활동 위주라는 점에서 배움의 공동체와 일치하는 면도 많았다. 거꾸로교실 캠프에서 배운 여러 활동이 그동안 침체되어 있던 교실에 활기를 불어넣어 주었다. 무엇보다 짧은 시간 안에 학생들의 변화를 목격하자 거꾸로교실 전도사가 되었다. 실제로 2014년 10월부터 거꾸로교실 전국 운영진 활동을 하면서 온·오프라인을 통해 거꾸로교실을 전파하기 시작했다. 거꾸로교실을 시작한 지 한 달 후인 2014년 10월 23일, 대외 공개수업을 하게 되었다. 공개수업을 준비할 때는 부담이었지만, 참관 교사들의 긍정적인 반응을 보니 큰 힘을 얻었고 계속해나갈 수 있는 동기 부여가 되었다. 특히 수업을 참관한 동 학년 교사들이, '상반 수업인 줄 알 정도로 학생들 모두가 수업에 몰입하는 모습이 인상적이었다. 자신의 시간에는 맥없이 앉아 있는 학생들이 다들 열심히 하고 있어 부럽다'는 의견을 주어 정말 으쓱했다.

학생 설문 결과도 긍정적인 반응이 많았다. 단순하게 좋았다가 아니라, 이 방법이 진짜 효과가 있구나라는 객관적인 자료가 나오기도 했다. 2014년 10월 7일, 3학년 중간고사와 11월 19일, 기말고사가 치러졌다. 한 달 남짓한 기간 동안 영어 성적이 20~30점 이상 오른 아이들이 반에서 최소한 2-3명은 되었다. 이제까지 내가 야단을 치고, 남겨서 따로 공부시키고, 별짓을 다 해도 중간·기말점수가 20~30점에 머물던 학생들이었다. 이들이 60점, 70점, 80점을 받는 것을 보고 적잖이 충격을 받았다. 교사도 포기한 중하위권 학생들이었다. 2년간 같은 학생들을 가르쳐 오면서 볼 수 없었던 변화였다. 성적이 오른 원인이 뭘까? 너무나도 궁금해서 반마다 20점 이상씩 오른 학생들을 대상으로 자체 설문조사를 실시했다. 한 명씩 불러서 인터뷰를 했다. 여러 케이스를 두 가지 부류로 나누어 볼 수 있었다.

첫 번째는, '수업시간 활동만으로도 충분 했어요' 유형이었다. 주로 남학생들이 많았다. 이들은 집에서 동영상을 거의 보고 오지 않았다. 2년간 담임을 하며 영어를 지도한 한 남학생의 경우, 2학년 때 영어는 늘 30점대였지만, 수학은 90~100점을 받았다. 영어가 적잖이 싫었던 모양이었다. 그래도 3학년 2학기에 거꾸로교실을 시작하고 나서 10월 중간고사를 치고 나더니, '선생님, 저 이번에 한 80점은 나올 것 같아요'라고 했다. 그래서 기대를 했는데 막상 점수를 보니 44점이었다. 나도 학생도 조금은 실망했다. 그렇지만 실망할 일이 아니었다. 한 달 후 11월 기말고사에서 그 학생이 76점을 맞은 것이다. 너무 흥분한 나머지 그 학생을 불러 물었다. '너 최근에 집에 가서 영어공부 따로 했니? 영어 학원 다니기 시작했어? 선생님이 찍어서 올린 영상 본 거야?' 아이가 코웃음을 치며, '아니 동영상을 왜 봐요?' '그러면 어떻게 성적이 올랐어?' '그냥 수업시간에 활동하면서 익힌 문장들이 시험 칠 때 다 기억이 나던걸요.' 오 마이 갓! 바로 이거였구나. 왜 이제까지 이걸 몰랐지라며 무릎을 쳤다. 눈에 불을 켜고 억지로 활동지에 빈칸을 채우게 하고, 단어 시험을 치게 하고, 문장을 외우게 할 때는 마지못해 하던 아이였다. 그런 아이가 친구들에게 문장을 해석해주고, 문법을 설명해주고, 게임을 하는 과정에서 자연스럽게 문장을 익히다 보니 따로 공부를 하지 않아도 기억이 잘 되었던 것이다. 본인이 원해서 좋아서 스스로 공부한 문장들이라 오래도록 기억에 남았던 모양이다.

또 다른 유형의 학생도 있었다. 성적이 오른 원인이 뭔지를 물어보니, '필요할 때마다 동영상을 볼 수 있어서 좋았어요' 라고 했다. 자기자신의 속도에 맞게 공부할 수 있는 환경을 조성해 준 것이 성적향상의 원인이었던 것이다. 사실 조용한 학생들의 경우 모르는 것이 있어도 수업시간에 질문을 하기는 힘들다. '질문 있는 사람은 질문하세요' 라고 해도 다른 학생들에게 눈치가 보이기도 하고, 교사 입장에서도 쉬는 시간 종이라도 치게 되면 교무실로 바삐 가게 되기 때문에 마음의 여유가 없다. 거꾸로교실에서는 '디딤영상' 이라고 해서 선생님이 가르쳐야 할 내용을 영상으로 찍어서 제공한다. 때문에 학생들이 원할 때마다 그 영상을 되풀이해서 볼 수 있다. 이렇게 되풀이해서 영상을 보며 스스로 공부하는 것이 효과가 있는 경우가 많았다. 내가 생각하는 거꾸로교실의 장점은 학생들의 눈에 띄는 변화, 즉 수업 참여도가 높아진다는 점이다. 그냥 참여 정도가 아니라 수업을 재미있어 한다는 점이다. 중학교 학생들 성향에 맞는 다양한 활동이 있어서도 그렇겠지만, 학생들은 친구들과 이야기하며 놀듯이 공부하는 것 자체를 좋아한다는 것을 알게 되었다. 디딤영상 학습을 통해 개별화교육, 자기주도학습이 자연스럽게 이루어지고, 모둠활동이나 짝 활동이 주를 이루기 때문에 소통과 협력이 일어날 수밖에 없다. 소집단 협력학습을 강조하는 부분은 배움의 공동체와도 다르지 않다. 이러한 다양한 활동은 수업의 주도권을 교사가 아닌 학생에게 주며 디딤영상을 통해 비워낸 강의 시간을 학생들의 활동으로 채운다. 이러한 활동을 통해 21세기에 필요한 역량인 4C(Communication · 의사소통, Creativity · 창의력, Creative Thinking · 비판적 사고력, Collaboration · 협업)를 키울 수 있다고 본다.

학생들에게만 소통과 협력이 필요한 것은 아니다. 교사 상호간의 소통과 협력도 거꾸로교실 성공의 불가결한 요소로서 그만큼 교사 네트워크를 강조한다. 거꾸로교실을 만나고 가장 감사하게 생각하는 부분이 바로 교사 네트워크의 중요성을 깨닫게 된 부분이다. 거꾸로교실을 만나면서 온 · 오프라인을 통해 많은 분들을 알게 되었다. 나의 사소한 수업이야기가 누군가에는 도움이 될 수도 있다는 것을 깨달았다. 그래서 블로그를 시작하게 되었다. 블로그에 수업성찰을 하나하나 남기면서 나 스스로에게도 도움이 되었고, 다른 분들에게 도움을 줄 수 있다는 점에서 교사로서의 자존감도 많이 향상되었다. 밴드, 블로그 등을 통해 전국에 있는 여러 선생님들과 소통할 수 있게 된 계기가 바로 거꾸로교실이었기 때문에 나에게 가지는 의미가 정말 크다. 거꾸로교실을 통해 만난 선생님들과는 정말 연애를 하듯 설레는 마음으로 온·오프라인을 통해 만나고 소통했다. 거기에 푹 빠져서 살았기 때문에 내 것으로 소화하고 발전시킬 수 있었다. 진정성 있게 사람들을 대하고 내 수업에 적용하도록 애썼기에 빨리 흡수할 수 있었던 것 같다. 거꾸로교실을 실천하는 선생님들과의 만남을 통해 많은 것을 배우고 깨달았다. 그 중에 지금도 다른 선생님들에게 추천해주고 싶은 영상과 개념이 두 가지가 있다. 첫 번째는 '골든써클(Golden Circle)'이라는 개념이다. 사이먼 사이넥(Simon Sinek)이 테드 강연을 통해 알린 개념이며 책으로 출간되기도 했다. 골든써클은 Why – How – What으로 연결되는 고리이다. 보통 사람들은 어떤 일을 할 때, '무엇을, 어떻게'까지만 혹은 '무엇을, 어떻게'부터 생각한다. 예를 들어, 글쓰기를 주제로 강연을 한다고 하자. 글쓰기가 무엇이며 글쓰기를 어떻게 해야 하는지 방법만 생각한다는 것이다. 그런데 다른 사람들에게 영감을 주는 사람이나 기업들, 이 세상을 이끌어 가는 선구자들은 항상 WHY 부터 생각한다는 것이다. 내가 이 일을 왜 해야 하는지가 가장 중요하다는 것이다. WHY는 BELIEF 즉 신념이다. 무엇을 할 때, 그 일이 할 만 한 가치가 있는지 판단하는 것이 우선이다. 어떻게 할지는 나중에 생각할 일이다. 하고자 하는 신념만 있다면 방법은 찾게 된다. 백 퍼센트 공감하는 내용이다. 하겠다는 의지만 있다면 방법은 찾아진다. 내가 학생활동 중심 수업을 고집하고 수업 나눔을 하는 것도 그렇게 하는 것이 옳다고 믿기 때문이다. 그런 믿음이 있기에 실천과정에서 어려움이 있어도 참고 끈질기게 해낼 수 있는 것이다.

두 번째는 SOLE(Self Organized Learning Environment, 자기구조화학습환경)이라는 개념이다.

뉴캐슬 대학 교육공학 교수인 수가타 미트라 교수는 독자적으로 개발한 '벽 속의 구멍(Hole in the Wall)' 실험을 통해 감독과 공식 교육이 없이도 아이들은 호기심만 잘 의지하면 스스로나 서로를 가르칠 수 있다는 것을 보여줬다. 자립된 학습 방식이 교육의 미래를 형성할 것이라고 생각하여 전 세계적인 클라우드 리소스를 사용하여 어린이들이 스스로 학습하고 서로를 가르칠 수 있는 클라우드 학교를 만들었다. 테드에서 올해의 테드 스피커TED Speaker상을 수상하기도 했는데, 그 상금으로 지금까지 16,000개 이상의 SOLE 세션을 진행했다. SOLE 개념을 한마디로 요약하면, 인간은 누구나 스스로 학습할 수 있는 유전자를 타고난다는 것이다. 이런 잠재력을 키워주기 위해서는 학생들의 호기심을 일깨워주고 적절한 격려를 해주면 학생들이 자발적으로 학습에 몰입하게 된다는 이론이다. 〈위키백과, '수가타 미트라' 참조〉

이 SOLE 개념을 접하고 이제까지 너무 학생들을 통제하려고만 했던 것은 아닌지, 하나부터 열까지 내가 다 쥐고 학생들의 흥미나 동기와는 상관없이 수업을 이끌어 갔던 것은 아닌지 반성하게 되었다. 거꾸로교실, 골든써클, SOLE에 대해 생각하다보면, 직접적인 교류는 없었지만 나에게 큰 영감을 주었던 박현숙 선생님 이야기를 다시 하지 않을 수 없다.

### 〈2015.2.9. 블로그 글 중에서〉

2014년 그분의 강의를 들으면서 학생들이 영어공부를 잘 할 수 있도록 도와주기 위해 애만 썼지 정작 큰 그림은 못보고 있었구나하는 생각이 들었다. 교과서 내용을 충실하게 가르치는 것이 나의 역할이라 생각했고, 그 전까진 학생들이 영어를 왜 잘해야 하는가에 대한 고민이 부족했던 것 같다. 단순히 좋은 대학에 가고 좋은데 취직하려면 필요하다 정도? 한 학년 사고 없이 무사히 보내고 중학교 졸업 무사히 시키기에만 급급했던 것 같다. 꿈을 가져야 한다고 끊임없이 얘기는 했던 것 같은데 정작 어떤 꿈을 아이들이 꾸고 있는지 진지하게 이야기 나눌 기회는 없었던 것 같다. '꿈을 이루려면 공부 열심히 해야 된다'는 말만 되풀이한 것 같다.

지금의 나는 '단순지식 교육이 아니라, 학생들의 생활력-진짜 세상에 나가 적응할 수 있는 능력-을 키워주는 교육이 필요하다. 그러기 위해선 큰 그림을 봐야한다. 학생들이 사고하고 경험을 통해 스스로 문제를 해결할 수 있는 기회를 최대한 많이 줘야한다'고 생각한다. 이제는 깨달았으니 그것을 알기 전과는 분명 달라져야 할 텐데, 거꾸로교실 실천 후 많은 가능성을 보았고 학생들의 눈에 띄는 변화도 보았지만 여전히 걱정도 많다. 어느 분의 지적대로 거꾸로교실 이전에도 이미 많은 분들이 빅 아이디어에 대한 고민이 있었고 실천 했었지만, 현실의 벽에 부딪혀 지속되기가 힘들었다. 왜??? 한학기의 성공(?)이 다음 학기로도 이어질까?? 나보다 앞서가는 분들을 보며 나의 속도에 대한 고민도 있다.

결론은? 믿음을 가지고 포기하지 않고 내 속도에 맞게 천천히 다른 사람과 비교하지 말고, 지금의 나보다 앞서가는 것에 의미를 두고 부담 없이 즐겁게 함께 같이!

최근 그 분의 저서 『희망의 학교를 꿈꾸다』를 읽고 울림이 있었던 부분을 정리해 보았다.

＊꿈! 그저 생각만 하면 꿈으로 머무르지만 실천하면 현실이 된다. 그리고 꿈이 현실이 되는 순간 그것은 일상이 된다.

＊고생하면서 그걸 왜 해? 다른 사람들은 내게 이렇게 묻지만 나는 고생해도 좋다. 내가 행복하고 아이들이 행복하고, 다른 교사들이 행복하니까. 내가 하지 않으면 아무도 하지 않을 테니까, 우둔한 내가 한다. 그러면 손해인 걸까? 아무것도 하지 않는 사람에게는 아무것도 남지 않지만 무슨 일이든 도전하는 사람에게는 값진 경험이 남는다.

＊진정한 변화는 이해와 존중에서 시작된다.

평소 잘하는 건 없어도 그저 열심히는 하는 내 모습과 감히 조금은 닮았다고 말하고 싶은 분. 나만의 우둔함으로 2015년도 학생들을 위해 새로운 수업방법을 고민하고 시도하며 값진 경험을 해나가려고 한다.

05

# 체인지메이커와의 만남

　　　　　　교사 중심의 강의식 수업을 버리고 배움의 공동
체, 거꾸로교실, 비주얼씽킹 등 다양한 교실수업 개선 방법들을 수업
에 적용하고 있다. 하지만 매일 매시간 백 퍼센트 만족하는 수업을 하
고 있지는 않다. 간혹　단순히 새로운 활동의 성공 여부나 학생 활동
결과물에만 관심을 가지고 있는 것은 아닌지 반성을 할 때도 있다. 배
움의 공동체는 이래야 하고, 거꾸로교실은 저래야 한다는 형식과 틀
에 갇혀 정작 수업 중에 아이들과 눈 맞추고 소통, 공감하는 데는 소
홀하지 않은지 회의가 들 때도 있다.

　1년에 기본 300시간 이상, 어떤 해에는 700시간 이상의 연수를 들
은 적도 있는 내가, 어느 순간 이런 생각이 들었다. 이렇게 많은 연수
를 받더라도 듣기만 하고 내 것으로 만들지 않으면 무슨 의미가 있을

까? 또한 배운 대로 실천하지 않으면 무슨 소용이 있을까? 배운 것을 표현하지 않고 다른 사람들과 나누지 않으면 쓸모없는 일이 아닐까? 우리 아이들도 마찬가지가 아닐까? 수업 시간에 아무리 좋은 이야기를 많이 듣고 배워도 실생활에서 활용하고 실천하지 않는다면 무슨 소용이 있겠는가? 이런 생각을 하던 차에 2016년 1월, 운명처럼 '체인지메이커 퍼실리테이터(Changemaker Facilitator)' 과정에 참가하게 되었다.

체인지메이커 교육에서 강조하고 있는 첫 번째 요소는 바로 공감(Empathy) 능력이라고 한다. 어쩌면 민주시민으로서 갖추어야 할 가장 기본 덕목이 공감능력일지도 모른다. 공감능력(나에 대한 공감이 우선)을 바탕으로 내 주변의 문제점을 발견하고 함께 고민을 나누다 보면 협업능력도 길러질 것이다. 문제의 해결책을 찾는 과정에서 문제해결능력 뿐만 아니라, 응용력, 창의성, 팀워크, 리더십 등 사회가 필요로 하는 다양한 역량 또한 자연스럽게 길러질 것이다. 앞으로의 사회는 문제를 해결하는 능력보다는 문제를 발견하는 능력이 더 중요하다고들 한다. 체인지메이커 교육은 학생들이 자신의 주변에서 일어나는 문제점을 스스로 발견하여 이를 해결하고자 노력하는 과정이다. 이런 체인지메이킹 역량이야말로 21세기를 살아갈 우리 학생들에게 꼭 필요한 역량이 아닐까?

체인지메이커 교육, 디자인씽킹(Design Thinking), 비경쟁토론을 접하고 아주 강렬한 느낌을 받았다. 내가 추구하고자 하는 수업의 방향성을 다시 한 번 확인하게 되는 계기가 되었다. 이미 수업의 주도권을 학생들에게 많이 넘기긴 했지만, 교사가 문제를 제시하는 것이 아니라, 학생들이 스스로 문제를 발견하여 해결해 나간다는 점이 획기적으로 다가왔다. 방법의 변화가 아니라, 마인드 셋의 변화를 강조하고 있는 점 또한 크게 와 닿았다.

그곳에서 만난 체인지메이커 교육 담당자들, 비경쟁 토론 지도자들과 밤새워 이야기를 나누면서 체인지메이커 교육에 푹 빠져들었다. '이 좋은 것을 혼자만 알고 있을 수는 없다. 내가 알고 있는 것을 실천하지 않으면 무슨 소용이 있나' 라는 생각에 바로 일을 벌였다. 지역교육청 소속 전 학교에 공문을 발송하여 관심 있는 선생님들을 모집했다. 2016년 2월, 40여명을 대상으로 체인지메이커 연수를 실시하였다. 이후 매월 교사모임 및 학생 워크숍 등의 프로그램으로 '체인지메이커 프로젝트수업 연구회' 를 운영하게 되었다. 2017년에는 교육청에서 지원하는 '교사전문학습공동체' 에 선정되었다. 2016년 자발적으로 운영되는 연구회 활동을 지켜보던 교육청 담당자분이 전문학습공동체 활동을 제안했다. 교사들로부터 시작된 자발적인 협의체 문화가 교육청에서도 인정받고 지지받았다는 점에서 뜻 깊었다.

연구회를 시작할 용기가 어디서 생겼는지 돌이켜 보면, 체인지메이커 퍼실리테이터 연수를 통해 내 안에 이미 체인지메이커로서의 잠재력을 가지고 있었음을 깨닫게 된 것이 가장 큰 계기가 되었던 것 같다. 다양한 연수와 평소 가지고 있던 고민을 통해 실천의 중요성을 깨달은 시기에 체인지메이커를 만나게 되어 타이밍도 잘 맞았던 것 같다. 체인지메이커! 어떤 점이 나를 움직인 것일까? 2016년 당시 작성했던 '체인지메이커 퍼실리테이터' 참가 신청서에 적힌 내용을 보면, 내가 체인지메이커 교육에 얼마나 깊이 빠져 있었는지를 새삼 알 수 있다.

질문 01. 본인이 생각하는 '체인지메이커 교육'의 정의와 그 필요성에 대해 간략히 작성해 주시기 바랍니다.

지금까지 파악한 '체인지메이커 교육'은 2014년 후반기부터 실천하고 있는 '거꾸로교실' 수업과 연계하여 생각이 떠오르게 된다. 미래교실네트워크 운영진으로 활동하고 '거꾸로교실'을 수업에 적용하면서 단지 영어라는 교과만을 가르치는 교사가 아니라, 학생들이 미래사회에 나가 진짜 세상과 만났을 때 적응할 수 있도록 미래사회에 필요한 역량을 키워주는 역할도 해야 한다는 것을 깨달았다. 교과시간에 교육과정 재구성을 통해 학생들이 영어를 실생활에서 접하고 활용할 수 있는 기회를 많이 주고자 노력했다. 하지만 실천과정에 한계는 있었다. 교사인 나 자신이 학창시절에 창의성 교육, 협력 수업을 받지 못했기 때문에 이를 학생들에게 교육시키는데도 한계가 있다는 생각을 하게 되었다. 실제로 수업활동을 구상하는 데에도 교사인 내가 익숙한 활동만 반복하는 경향이 생겼다. 체인지메이커 교육에 대한 정보를 접하고 보니, 이는 학생들이 미래에 어른이 되었을 때의 진짜 세상을 준비하는 것이 아니라, 지금 바로 학생들 앞에 있는 현실을 비판적인 시각으로 바라보며 현실을 변화시키는데 참여하게 하는 교육이다. 학생들도 우리 사회의 구성원으로서 사회 변화의 주체가 될 수 있고 이런 변화를 만들기 위해 창의력, 협업능력, 리더십 등을 키워야 하며 이를 키울 수 있는 교육이 바로 '체인지메이커 교육'이라는 생각이 든다. 21세기를 준비해야 하는 현 상황에서 이런 교육이 꼭 필요하다는 생각을 하게 된다.

질문 02. 학교 안에서, 혹은 인생에서 본인이 직접 '변화를 만들어 본 경험(체인지메이킹 경험)'이 있다면?

1. 2015년 3월에 새 학교로 이동을 하니 학생들의 등교시간은 8:10까지인데 1교시 시작은 9:00이었다. 보통 다른 학교들은 8:20 등교, 8:40 또는 8:50에 1교시를 시작하는 경우가 많은 편이었다. 등교시간이 이르니 지각생도 많고 이를 단속하는 교사들의 업무도 만만치 않아 보였다. 이런 시스템이 비효율적이라고 느낀 나는 교무부장님과 교감 선생님께 등교 시간을 늦추던지 1교시 시작 시간을 좀 앞으로 당기는 것이 좋겠다는 의견을 제시하였다. 아무래도 머리가 잘 돌아가는 오전에 수업을 많이 하는 것이 학생들이 수업에 더 집중할 수 있을 것이며, 특히 여름에는

오후에 수업하기가 학생이나 교사가 너무 힘들다는 의견이 받아들여졌다. 2학기부터 1교시 시작 시간이 8:40으로 당겨졌다. 다른 선생님들에게 의견을 물었을 때 다들 불만은 갖고 있었지만, 내가 이야기를 꺼내기 전까지는 아무도 관리자들에게 직접적으로 의견을 제시한 사람은 없었다. 학년부장님들조차도. 건의사항이 있으면 뒤에서 투덜거리기만 할 것이 아니라 직접적으로 이야기를 해서 합리적으로 해결해야 한다는 것이 평소 나의 생각이다.

2. 2015년 한 해 동안 '거꾸로교실' 관련 출강을 30회 가까이 나갔다. 단위 학교나 교육청 직무 연수에서 강사로 활동하였다. 수업 사례와 학생 활동 결과물 등을 보여 주면서 다른 선생님들과 수업이야기를 나누었다. 연수 참가자들 중 몇 분의 선생님들이라도 나의 이야기에 공감하여 '거꾸로교실'을 실천하게 된 사례를 보았다. 나의 작은 힘이 세상을 바꿀 수도 있겠다는 생각을 하게 되었다. 연수 프로그램의 중요성 및 연수 운영의 중요성 등에 대해서도 깨닫는 계기가 되었다.

모든 사람에게는 체인지메이커가 될 잠재력이 있다. 문제는 그것을 어떻게 알아차릴 수 있도록 돕는가 하는 것이다. 체인지메이커 교육에서 가장 중요한 것은 방법론이 아닌 마인드 셋의 변화이다. '나는 이미 체인지메이커구나' 라는 깨달음이 가장 중요하다. 내가 영향력을 가지고 있다고 생각하게 되면 자존감이 향상되고 주변 문제에 관심을 가지게 된다. 위의 인터뷰 질문에 대한 답에서처럼 나 또한 '나는 체인지메이커구나'라는 깨달음의 순간을 통해 자신감을 가질 수 있었다. 그리하여 여러 가지 도전을 하게 되었으며 실천 과정에서 많은 것을 배우게 되었다.

학생들이 단지 지식을 머릿속에만 넣고 교실에만 머물러 있는 것이 아니라, 체험(실천)을 통해 배웠으면 좋겠다. 나아가 참여를 통해 자신의 존재가치를 깨닫게 되기를 바란다. 학생들에게 부족한 것은 기회가 아니라 행동으로 옮길 용기와 대담성이라는 것을 깨닫게 해주고 싶다. 자신이 이미 무언가를 할 수 있는 충분한 존재임을 깨닫고 도전했으면 한다. 다양한 경험을 통해 관심 분야를 찾고 진로를 개척해 나갔으면 좋겠다.

체인지메이커를 만나고부터 나의 삶이 체인지메이커로 변했다. 다른 사람으로 변한 것이 아니다. 나는 이미 체인지메이커로서 무언가를 하기에 충분한 존재라는 걸 깨닫고 나니 뭔가 새로운 것에 도전하고 실천하는 것이 두렵지 않았다. 도전 과정에서 많이 성장하고 성과도 이루었다. 이 책을 쓰는 것도 나의 도전의 여정 중 하나이다. 이 과정을 통해서도 분명 무언가를 깨닫고 성장하게 될 것이라고 믿는다.

# 06

# PBL(프로젝트 기반 학습)과의 만남

2016년 3월, 현재 근무하고 있는 학교에 발령을 받게 되었다. 2015년부터 PBL 실천학교로 PBL을 현장에 적용하고, 그 효과를 입증하는 책무를 맡은 학교이다. 나 또한 PBL을 하지 않으면 안 되는 환경에서 근무를 하게 된 것이다.

프로젝트 기반 학습(Project Based Learning)이란 '복합적이며 실제적인 문제와 세심하게 설계된 (학습)결과물 및 과제를 중심으로 구성된 장기간의 탐구 과정을 통해 지식과 기능을 학습하는 체계적인 교수법'을 말한다.

〈벅 교육협회 정의〉

처음에는 프로젝트 기반 학습의 정의를 비롯해 PBL 관련 기본 연수를 들어도 도대체 무슨 소리인지 감을 잡지 못했다. PBL이 뭔지 아무런 배경지식 없이 학교에서 받은 연수를 통해, 이런 절차로 진행하면 되겠구나라는 정도의 느낌만 가지고 2016년 6월경 첫 프로젝트 수업을 진행하였다. 처음 PBL 수업을 적용할 때는 막막한 생각이 들었다. 하지만 일단 한 번 시도해 보니 어떤 방향으로 PBL 수업을 이끌어 가야할지 감이 잡히고 점점 새로운 도전들을 하게 되었다.

  내가 디자인했던 첫 PBL 수업은 우리 지역 소개하기 프로젝트였다. PBL을 실천해야 된다는 생각에 학생들이 관심을 가지고 참여할 만한 소재를 늘 찾고 있었다. 우리 지역 소개하기 프로젝트를 시작하게 된 것은 마침 내 개인적인 상황(테드 초청으로 컨퍼런스 참석)과 맞아떨어지는 부분이 있었기 때문이다. 학생들에게 제시한 문제 상황은 다음과 같다.

최선경 선생님은 2016 TED SUMMIT에 TIE(TED-Ed Innovative Educators) 자격으로 초대받았습니다. 선생님은 이번 모임을 계기로 우리가 살고 있는 도시와 우리 학교를 전 세계에 알리고자 합니다. 1학년 학생들을 대상으로 다음과 같이 우리 학교 홍보팀을 선발하고자 합니다. 여러분들의 적극적인 참여를 바랍니다. 궁금한 점은 선생님께 질문하거나 메일을 보내주세요.

테드 측에서 보낸 초대 메일을 읽기 자료로 제시했다. 학생들은 테드가 무엇인지 몰랐지만, 문제 해결과정에서 테드의 목적과 활동 등에 대해 이해하게 되었다. 특히 우리 지역을 세계 여러 나라 사람들에게 알린다고 하니 뭔가 사명감 같은 것을 가지고 참여하는 듯했다.

일반적으로 PBL 수업은 다음과 같은 절차로 이루어진다. 보통 4인 1조로 한 모둠이 구성이 된다. 남녀 비율을 2:2로 맞춘다. 이런 모둠 활동 구조가 협력을 이끄는데 가장 이상적이라는 이론을 따르고 있다. 문제 상황을 접하고 나면 학생들은 자신의 언어로 문제를 정의하고 그에 대한 아이디어를 떠올린다. 문제를 해결하기 위해 무엇을 해야 하는지 의견을 나눈다. 주어진 과제를 해결하기 위한 역할분담을 하고 자료 조사를 하고 결과물을 만들 준비를 한다. 영어 수업이다 보니 영어로 표현하는데서 학생들이 가장 큰 어려움을 겪는다. 모둠 친구의 도움이나 사전, 번역기 등의 도움을 받아서 모든 학생들이 자신이 맡은 분량을 소화하여 모둠 결과물에 기여할 수 있도록 과제를 제시한다. 문제 파악, 문제를 해결하기 위한 아이디어가 어느 정도 모아지고 나면 결과물을 만든다. 결과물은 프레젠테이션 자료 만들기, UCC 만들기, 포스터 만들기, 책 만들기, 글쓰기 등 다양한 형태로 이루어진다. 결과물이 완성되었다고 프로젝트가 끝나는 것은 아니다. 그 이후 사실상 더욱 중요한 과정들이 이어진다. 바로 동료평가와 성찰일지 작성하기 단계이다. 동료평가는 각 모둠에서 나온 결과물을 공유하면서 다른 조의 결과물에 피드백을 주는 과정이다. 이 과정은 꼭 평가 점수를 주기 위한 단계만은 아니다. 학생들이 다른 사람의 작품에 의견을 주는 연습을 하고 표현하면서 비판적 사고력을 키우는 단계라고 보면 된다. 학생들의 경우 일정 기준을 제시하지 않으면 어떤 기준으로 평가를 해야 할지 힘들어한다. 때문에 교사가 각 프로젝트에 맞는 동료평가 기준을 제시하고 각자의 의견을 덧붙이도록 한다. '테드에 우리 지역 소개하기' 프로젝트의 경우 활동 결과물을 지역 홍보 영상 만들기로 정하였으므로 평가 기준은 다음과 같다. '홍보 영상의 내용은 주제를 잘 표현하는가? 홍보 영상의 내용 전달력이 뛰어난가? 홍보 영상의 내용은 독창적인가? 성실하게 준비하였는가?'

동료평가 이후에는 성찰일지를 작성하게 된다. 이 과정 또한 큰 의미가 있는 단계라고 생각한다. 똑같은 프로젝트를 수행했지만, 프로젝트 과정에서 어떤 경험을 했는지는 다 다를 것이다. 설사 똑같은 경험을 했다고 하더라도 어떤 느낌과 생각을 가지게 되었는지는 각자 다를 수밖에 없다. 성찰일지에 주어지는 질문들은 주로 다음과 같다. '본 과제를 통해 무엇을 배우고 느꼈습니까?(학습 내용 및 과정) 본 과제 해결을 통해 배운 점을 나의 삶이나 학교에서 적용한다면? 본 과제 해결안에 대한 대안이나 더 나은 방향이 있다면 무엇입니까? 본 과제 해결 과정에서 나는 모둠을 위해 무엇을 열심히 하였습니까? 과제 해결을 위한 모둠 활동 과정에서 느낀 점을 자유롭게 적어 봅시다.' 프로젝트 주제나 프로젝트 과정을 통해 학생들에게 길러주고 싶은 역량에 따라 성찰일지 질문은 달라질 수 있다.

'테드에 우리 지역 소개하기' PBL도 위와 같은 절차로 이루어졌다. 프로젝트 시작 전에 우려했던 것과는 달리 첫 프로젝트 진행과정과 결과물은 처음 시도치고는 그리 나쁘지 않았다. 프로젝트가 성공적이었던 이유는 학생들에게 우리 지역 소개하기라는 실질적으로 와 닿을 수 있는 소재를 선택했기 때문이다. 또한 영어 선생님이 테드 컨퍼런스에 참석한다는 상황에 잘 어울리는 결과물을 선정해서였던 것 같다.

PBL을 연구하고 실천하는 노력은 30년 이상 지속되고 있다. PBL 관련 여러 가지 이론들 중에서 BIE[2]에서 내세우는 가장 이상적인 PBL을 GSPBL(Gold Standard Project Based Learning)이라고 부른다. GSPBL 이론 중 가장 나의 관심을 끈 것은 '공개할 결과물' 과 '실제성' 의 개념이었다. 프로젝트의 주제가 학생들에게 잘 와 닿고 현실성이 있을수록 그 과정에 더 집중한다. 또한 프로젝트 결과물이 공개된다고 가정했을 때 학생들의 수업에 대한 몰입도가 훨씬 높아진다는 개념이다.

---

2) BIE(벅 교육협회, Buck Institute for Education)
   BIE는 프로젝트 기반 학습(PBL)을 연구하고 교사들을 지원하는 대표적인 미국의 비영리 교육단체이며 PBL에 관한 한 가장 권위 있는 기관으로 손꼽힌다.

학습 결과물은 반드시 공개하는 것을 원칙으로 한다. 교실 밖 실제 청중이나 독자를 염두에 두기 때문에 학습 결과물이 공공성을 띠게 되며 결과물은 프레젠테이션, 출판물, 온라인 게시물, 연극 전시회 등 다양한 형태를 지닌다.

사람들은 자신이 영향을 줄 수 있다고 여기는 일을 할 때, 다양한 역량이 필요한 일을 할 때, 시작부터 완성까지 통제할 수 있는 일을 할 때 일에 더 헌신적으로 몰입하게 된다.

– 존 라머(2017), 『프로젝트수업 어떻게 할 것인가』, 26쪽, 56쪽

　　PBL 수업 디자인 시, 공개할 결과물을 염두에 두고 진행해 보니 확실히 학생들이 주어진 과제에 더 몰입하는 현상을 관찰할 수 있었다. '테드에 우리 지역 소개하기' 프로젝트의 경우도 UCC를 만들어 교실에서 학생들끼리 프레젠테이션을 하고 끝냈다면, 과연 학생들이 그만큼 열심히 했을까라는 생각이 든다. 기대했던 것 이상으로 열심히 한 조가 많았다. 인터넷에서 자료 조사를 하고 온라인상의 사진이나 영상을 그대로 활용해도 되었을 것이다. 하지만 모둠원들과 약속 시간을 정하여 직접 현장으로 가서 사진과 동영상을 찍어 편집하고 동영상에 자막을 넣고 내레이션을 넣는 등 어른도 하기 귀찮을 수 있는 작업들을 멋지게 해냈다. 이렇게 몰입할 수 있었던 원동력 중 하나는 결과물을 공개한다는 기대감에서였을 것이다. 한 가지 더 들자면 프로

젝트 상황이 실제적이었다는 점이다.

학생들이 완성하는 과업과 사용하는 도구를 '실생활'과 똑같이 만듦으로써 프로젝트를 실제적으로 만들 수 있다. 프로젝트는 세상에 실제적인 영향을 줄 수 있다. 연구에 따르면, 실제적인 영향을 주는 프로젝트들이 특히 학생들의 동기를 강하게 유발시킨다고 한다. 프로젝트는 개인적인 실제성을 가질 수 있다. 즉 학생의 개인적인 관심사와 흥미, 인생 문제를 다룰 때 학생들이 주어진 과업에 더욱 몰입할 수 있다.

– 존 라머(2017), 『프로젝트수업 어떻게 할 것인가』, 50쪽

'테드에 우리 지역 소개하기' 프로젝트의 경우, 학생들이 살고 있는 지역 소개라는 친근한 소재로 학생들이 문제해결과정에 쉽게 접근할 수 있었다. 또한 학생 자신의 거주 도시를 전 세계인에게 알릴 수 있는 기회라는 또 하나의 상황이 주어진 과업에 나름대로 큰 의미를 부여했던 것 같다. 이러한 조건들로 인해 학생들의 동기유발에 성공할 수 있었던 것 같다.

물론 모든 학생들이 성실하고 책임감 있는 자세로 친구들과 협업하여 결과물을 완성한 것은 아니다. 어떤 조는 4명 중 한 두 명이 모둠 활동을 이끌어 가기도 했고, 기한 내에 완성이 안 된 조도 있었으며, 그저 사진만 이어 붙이는 정도로 성의 없이 작성한 조도 있었다. 모둠

별로 영상을 완성한 후, 이를 원어민 교사 시간에 함께 시청하면서 다른 조의 작품에 피드백을 주는 과정이 있었다. 영상 시청 전, 모둠별로 영상 제작 의도와 제작 과정에서의 비하인드 스토리도 공개하게 했다. 훌륭한 결과물을 만드는 과정도 중요하다. 하지만 발표 과정을 통해 우리 조에서 부족한 부분이 무엇인지 찾아내는 눈과 다른 조의 발표를 듣고 어떤 점이 좋았고 아쉬웠는지를 기준에 맞게 판단할 수 있는 눈을 기르는 것이 PBL 수업의 핵심이라고 본다. 결과물을 완성하지 못한 조는 많이 아쉬웠을 것이다. 결과물을 성의 없이 만든 조는 다른 친구들 앞에서 발표하는 것이 많이 부끄러웠을 것이다. 그런 과정을 통해 다음부터는 좀 더 열심히 해야겠구나라는 것을 깨달았을 것이다.

발표가 끝난 후 수정 보완할 시간을 추가로 주었다. 완성된 작품은 유튜브에 업로드 하고, 테드 페이스북 그룹에도 공유했다. 외국인들이 영상을 보고 훌륭하다는 댓글을 달기도 했다. 학생들에게 외국인이 달아준 댓글을 보여주자 정말 신기해하면서도 뿌듯해했다. 영상을 만들어서 학생들끼리만 공유하고 말았다면 느끼지 못했을 뿌듯함을 유튜브를 통해 학교 밖 다수와 공유함으로써 맛볼 수 있었다. 결과물을 기한 안에 받아서 점수만 매기고 끝나는 것이 프로젝트 기반 학습의 목적은 아니다. 다른 사람들과 문제해결과정을 공유하고, 상호간 피드백을 바탕으로 수정·보완하는 것, 그리고 스스로의 성찰을 통해 결과물을 수정하거나 내가 한 경험들에 의미를 부여하는 과정이야말로 최선을 다해 결과물을 만드는 그 과정만큼 의미가 있다고 본다.

GSPBL에서는 프로젝트 설계에 반드시 포함해야 한다고 제시하는 사항들이 있다. 핵심지식과 이해(이해가 있는 배움), 핵심 성공역량(비판적 사고력/문제해결력, 협업능력, 자기관리능력), 어려운 문제 또는 질문, 지속적인 탐구, 실제성, 학생의 의사와 선택권, 성찰, 비평과 개선, 공개할 결과물 등이다. 이런 개념들을 단순히 책으로만 접하고 말았다면 제대로 이해가 되지 않은 것은 물론, 소화도 못했을 것이다. 하지만 2016년 처음으로 PBL을 시도해본 이후, 매해 2회 이상씩 프로젝트 수업을 실천하면서 위의 9가지를 늘 염두에 두고 수업을 디자인하려고 한다. 이제는 GSPBL에서 왜 그런 개념들을 프로젝트 수업 설계시 강조를 하는지 잘 이해가 된다. 직접 실천을 해보고 느꼈기 때문이다. 9가지 개념 전부 다 수업 안에 녹아들도록 할 필요는 없다. 실제성과 공개할 결과물만 잘 염두에 두고 프로젝트를 설계하더라도 학생들이 몰입하고 그 과정에서 성장하는 것을 관찰했다.

내가 수업을 통해 학생들에게 길러주고 싶은 역량은 세상을 살아가는 데 필요한 힘을 길러주는 것이다. 학생들에게 키워주고자 하는 역량이 PBL의 교육철학과 일치한다는 점과 어떻게 수업해야 하는지 명확하게 제시하고 있다는 점이 나 스스로 PBL에 빠져들게 하고, 계속할 수 있는 계기를 만들어 주는 것 같다.

07

# 또 하나의 도전! TED TIE

테드는 많은 사람들이 한번쯤은 들어본 적이 있을 것이다. 우리나라의 세바시(세상을 바꾸는 시간, 15분) 미국 버전이라고 생각하면 된다.

TED(Technology · 기술, Entertainment · 오락, Design · 디자인)는 미국의 비영리 재단에서 운영하는 강연회이다. 정기적으로 기술, 오락, 디자인 등과 관련된 강연회를 개최한다. 최근에는 과학에서 국제적인 이슈까지 다양한 분야와 관련된 강연회를 개최하고 있다. 강연회에서의 강연은 18분 이내에 이루어지며 이 강연 하나하나를 'TED Talk'라 한다. "알릴 가치가 있는 아이디어(Ideas worth spreading)"가 모토이다. 초대되는 강연자들은 각 분야의 저명인사와 괄목할 만한 업적을 이룬 사람들이 대부분이다.

이중에는 빌 클린턴, 앨 고어 등 유명 인사와 노벨상 수상자들도 많이 있었다. <위키백과, '테드' 참조>

그런데 10대들을 위한 테드에드가 있다는 사실을 아는 사람은 많지 않다. 테드에드(TED-Ed, https://ed.ted.com/)는 테드의 교육용 버전이다. 테드에드는 기존의 TED-Talk(강연위주의 영상)와 달리 애니메이션을 활용한 교육적인 내용들이 대부분이다. TIE는 테드의 정신을 계승하여 테드에드를 활성화하는, 쉽게 말하자면 테드에드 홍보교사인 셈이다. 단순히 테드에드를 홍보하는 것에 머물지 않고, 학생들이 중심이 된 프로젝트 수업을 지향하고 실천하면서 아이디어를 나누는 모임이다. 'Amplify Students' Voice!(학생들의 목소리를 증폭시켜라!)'를 캐치프레이즈로 내세운다. 학생들을 세상과 연결 짓는 것이 TIE가 지향하는 목표 중 하나이다. 이 부분은 체인지메이커 교육과도 일맥상통한다.

테드에드TED-Ed에서 주최하는 TIE 2기에 선발되었다. TIE란 TED-Ed Innovative Educators의 약자로 교육 분야에서 혁신적인 아이디어를 가진 교육자들의 모임이다. 2016년 2월경 1차 서류 심사(구글 설문지에 답변 작성)를 거쳐 4월경 담당자와 비디오콜(Video-Call)로 2차 면접을 한 후 최종 TIE 멤버에 선정되었다. 나중에 담당자에게 듣기로 1000명 정도가 서류 전형에 응시를 했으며, 2차 면접 때

200명 정도가 면접을 봤다고 했다. 그 해 뽑힌 30명의 TIE에 내가 들어가 있다니 지금 생각해도 기적 같은 일이다. 2016년 6월 27일부터 7월 1일까지 캐나다 밴프(Banff)에서 열리는 '2016 테드 서미트TED SUMMIT'에 초청받기도 했다. 당시 초청받은 한국인은 2명으로, 다른 한 분은 경기도의 생물 선생님이었다. 현재 TIE 3기까지 선발된 한국인은 나를 포함해서 3명뿐이다. 당시 테드 서미트에 초청받아 참가한 여러 나라의 교사들과 교육에 관한 많은 이야기들을 나눌 수 있었다. 그 경험을 여러분들과 나누고자 한다.

캐나다 밴프에 도착한 첫날은 숙소를 배정받고 테드에드팀과 저녁 식사를 했다. 다음날 첫 프로그램으로 TIE로 선정된 30명이 돌아가면서 자신의 프로젝트에 대해 2분간 발표, 3분간 피드백을 주고받았다. 비록 테드 강연 본 무대에 선 것은 아니었지만, 원어민들 앞에서 영어로 발표를 한다는 것이 쉽지만은 않았다. 쉽지 않은 일이었기에 끝내고 나서 뿌듯함도 컸다.

한국은 EFL(English as Foreign Language, 영어를 외국어로 배움) 상황입니다. 이것은 우리가 일상생활에서 영어를 사용할 기회가 많지 않다는 것을 의미합니다. 우리 학생들은 일상생활에서는 영어를 사용할 필요가 없습니다. 저는 학생들에게 영어를 사용할 수 있는 기회를 많이 주고 싶습니다. 학생들이 지난 달에 했던 프로젝트처럼 그들 스스로 특정한 주제를 소개하는 영상을 만들도록 할 계획입니다.

학생들은 우리 지역이나 학교를 소개하는 영상을 만들었습니다. 저는 이 영상들을 유튜브에 올리고 테드 서미트 페이스북에 링크를 공유했습니다. 보신 분 있으세요? 네! 여러분 중 몇몇 분이 긍정적인 피드백을 남겨주셔서 정말 감사했습니다. 학생들은 여러분들의 댓글을 보고 뿌듯해했습니다.

제가 학생들의 걸작(?)을 온라인에 올려 전 세계 사람들과 공유하는 것에 학생들은 놀라는 눈치였어요.(진짜 제가 자신들의 결과물을 유튜브에 올리고 공유할거라고 생각을 못했던 것 같습니다.) 학생들은 자신들이 해낼 수 있다는 것과 영어로 의사소통하는 것의 중요성을 깨닫게 된 것 같습니다.

"우리 지역 소개 영상을 만드는 과정은 내가 살고 있는 도시에 대해 깊이 생각해 볼 수 있는 기회를 주었습니다. 영어로 쓰는 것은 어려웠지만, 이번 프로젝트를 통해 영어로 쓰는 것에 대해 많이 배웠습니다. 영어 작문 연습이 필요하다는 것도 깨달았습니다." 이것은 학생들이 영상 제작 후에 쓴 성찰 일지에서 나온 이야기입니다. 저는 이 프로젝트가 많은 면에서 학생들에게 좋은 자극제가 되었다고 생각합니다. 영어에 노출되고 나와 세상이 연결되어 있다는 사실을 포함해서요. 이런 프로젝트를 계속하고 싶습니다. 학생들에게 자신의 관심 분야에 대한 영상을 만들 수 있는 기회를 더 줄 것입니다. 또한 직접 만든 영상을 사용하여 테드 에드에 레슨 플랜을 만들도록 독려할 것입니다.

My students made a video introducing my city or my school. I uploaded those videos on YOUTUBE and linked them into our TED SUMMIT facebook Group. Has anyone of you seen them? Yes! I really appreciated that some of you left a positive comments. My students seemed to be proud of themselves when they saw those comments.

They were surprised that I really uploaded their masterpieces online and share them with the people all over the world.(At first they didn't seem to believe me.) They might realize that their power and the importance of communicating in English.

"The process of making video gave me a chance to think about my city and observe it deeply. It was hard to write in English but I learned a lot about writing in English this time. I realized the need of practicing writing in English."

These ideas are not mine. These ideas are all from my students' reflection journals they wrote after making videos. I think this project provided a good stimulus to my students in many ways. Including exposing themselves to English and to the world!

I want to keep this project on. I'll give my students more chances to make their own videos about some subjects. Plus they might create a lesson on TED-Ed.com using their own made videos.

　발표가 끝난 후 나의 프로젝트에 관심을 가지고 질문을 하는 참가
자들과 따로 더 이야기를 나눌 수 있었다. 내가 관심을 가지고 있는
디자인씽킹에 관해 발표를 한 분도 있어서 이후 서로 어떻게 협업을
할 수 있을지 의견을 교환하기도 했다. 이렇게 TIE간의 미니 워크숍
을 마친 후, 나머지 일정은 테드 서미트 일정에 따랐다.

　테드 서미트는 1년에 한 번 열리는 테드 컨퍼런스이다. 테드 서미트
에 참가하게 되면 우선 테드 토크 방청 기회가 있다. 테드 스피커들의
강연을 현장에서 직접 들을 수 있는 것이다. 테드 강연을 현장에서 듣
는 것 외에 매일 오전 오후 강좌를 골라 들을 수 있다. 오후에는 야외
활동 시간이 주어진다. 며칠간 머물면서 루이즈 강(Lake Louise)도 가
보고 주변 산책도 즐길 수 있었다. 오전에 들었던 수업은 게이미피케
이션(gamification) 수업, 마르코 템피스트(Marco Tempest)의 마술 수
업, 존 론슨(John Ronson)과 다니엘 핑크(Daniel Pink)의 대담 등이었
다. 알고 보니 마르코 템피스트, 존 론슨, 다니엘 핑크 등은 세계적인
유명인사였다. 존 론슨의 경우 한국 영화 '옥자'를 준비하고 있다는
이야기를 대담에서 했다. 대담이 끝나고 바로 레이크 강까지 가는 셔
틀을 타야 하는 일정 때문에 존 론슨과 기념사진을 찍을 틈이 없어서
아쉬웠다. 다행히 다음날 저녁 스프링스 호텔(Banff Springs Hotel) 저

녁식사 자리에서 만날 기회가 있어 용기 있게 말을 걸었다. 한국에서 왔고 어제 대담에서 옥자라는 한국 영화 이야기를 들었다고 하니 사진도 함께 찍어주고 내 이야기를 들어줘서 고마웠다. 한국을 방문한 적은 아직 없었다고 하는데, 영화가 반응이 좋으면 한국도 한번 오지 않을까 기대를 하기도 했다. 옥자는 국내의 소극장에서만 개봉했는데, 일부러 찾아가 볼 정도로 이 날의 기억이 나에게는 특별하게 남아 있다. 존 론슨과 사진을 찍을 때 제임스 비치(James Veitch)라는 영국 코미디언도 만났다. 2016 테드 서미트 무대에서 두 번이나 강연을 하고 청중들의 호응을 많이 받았던 분이었다.

테드 강연은 전문 분야에 관한 내용이 많다. 한글 자막이나 통역 서비스가 제공되지 않는 극장에 앉아 15~20분짜리 강연을 4~5개 연달아 듣는 것이 쉽지만은 않았다. 나도 모르게 눈이 감기는 경우가 많았다. 학생들이 수업 시간에 왜 잠을 자는지 조금은 이해가 되는 순간이라고나 할까? 알아듣지 못하고 또 흥미가 있는 분야가 아니니 당연히 집중력이 떨어질 수밖에 없었다. 지금 생각해 보면 테드 강연자나 세션 진행자들에 대해 더 꼼꼼하게 조사하고 그 내용을 알아 갔더라면 좀 더 많은 것을 보고 느끼지 않았을까 후회가 된다. 하루 이틀 동안은 시차 적응을 못해서였는지 하루 종일 멍한 상태로 잠밖에 오지 않았다. 어느 정도 적응이 되자 귀국해야 해서 좀 더 많은 곳을 가보고 많은 사람들을 만나 대화를 나누지 못한 부분이 너무 아쉽다. 그런 아쉬움은 밴프에서 돌아온 후 블로그에 남긴 글에서도 잘 나타난다.

⟨2016.07.04. 블로그 포스팅 중에서⟩

출국 전에 테드 서미트를 준비할 시간이 별로 없었다. 그냥 도착하면 어떻게 되겠지라는 생각으로, 이 피치pitch도 거의 준비를 못하고 출국 전날 대충 끄적여본 건데...

지금 생각해 보면, 다른 일을 제쳐두고서라도 피치 준비며, 테드 토크 스피커들에 대해 좀 더 공부를 하고 갔더라면, 내가 얻어서 온 것이 더 많지 않았을까 하는 후회가 된다. 선택과 집중의 중요성을 다시 한 번 깨닫게 된다. 아는 만큼 보인다는 말도 다시 한 번 실감했다. 이런 기회가 다시 한 번 주어지게 된다면, 세상에 나와 우리 지역을 좀 더 알리고 어필할 수 있도록 만반의 준비를 하여 참여해야겠다는 생각을 했다.

다음번에는 TIE가 아닌, 테드 펠로우TED fellow나 translator(번역 자원봉사 요원) 자격으로라도 테드 컨퍼런스에 다시 한 번 참여하여 이번에 느낀 아쉬움을 만회해보고 싶다. TIE 역할을 열심히 하다 보면, 앞으로 이런 기회가 다시 올지도 모르겠다는 느낌이 든다. 이번 기회가 마지막이 아닐 것임을 확신한다. 다음번에 이런 기회가 왔을 때 최대한 후회가 없도록 나에게 주어진 일에 최선을 다하며 주어진 기회를 잘 살리며 살기로 해야겠다.

이번 일주일간 가족들과 떨어져 지내면서, 나의 민낯을 마주한 좋은 기회였다. 내 바운더리, 세이프 존에서 벗어나 생활해 보니 주변 분들의 고마움에 대해 다시 한 번 느끼게 되었다. 나의 직업, 커리어를 떠나 인간 그 자체로 사람들에게 다가가기 위해서 나 자신을 좀 더 매력 있게 만들어야겠다는 생각도 해보았다. 그리고 조금은 더 나 자신을 솔직하게 들어낼 수 있는 편안함을 갖추어야겠다는 생각도 했다. 내면의 자신 감을 좀 더 키워야 하지 않을까라는 생각도 해본다. 나의 추측으로 다른 사람을 판단하지 말고, 내가 더 적극적으로 다가가야겠다는 생각도 들었다.

테드 서미트는 끝이 났지만, '끝이 아니라, 시작'이라는 말이 시간이 지날수록 점점 더 와 닿는다. 끊임없는 성찰을 통해 앞으로도 더욱 발전할 것이라 믿는다. 내가 체험한 테드는 학생들을 세상과 끊임없이 연결하려는 시도를 한다는 점이 좋았다. 나중에 너희들이 커서 성공하기 위해 지금 참고 공부해야 한다가 아니라, 지금 행복하기 위해 지금 너희들이 하는 일들이 얼마나 의미 있는지를 보여주려는 시도들이다.

테드 큐레이터인 크리스 앤더슨Chris Anderson이 TIE에게 던졌던 세 가지 질문 중 하나가 지금도 기억에 남는다.

＊'How do we get kids ready for the new future that's coming? the new future of work?

어떻게 하면 우리 아이들이 다가오는 미래(새로운 직업의 미래)를 준비하도록 할 수 있을까?'

이 질문은 내가 평소에 생각하던 '어떻게 하면 아이들에게 살아가는 힘을 기르게 할 수 있을까'와 맞닿아 있다. TIE로 선발되는 과정에서 여러가지 인터뷰 질문을 받았다. 그 중 하나가 교육의 본질에 관한 질문이었다. 다음은 그 대답이다.

"To me, innovation in education means to go back to the essence of education. Educations is raising a person, I think. It is encouraging students to try something new, instead of defining their abilities by scores.

나에게 교육에서의 혁신이란 교육의 본질로 돌아가는 것이다. 교육이란 한 인간을 길러내는 것이다. 학생들이 무언가 새로운 것에 도전하도록 격려하는 것이다. 그들의 능력을 점수화시켜 규정하는 것이 아니다."

어떻게 그런 높은 경쟁을 뚫고 TIE가 될 수 있었는지 되돌아보면, 바로 내가 가지고 있는 교육에 대한 철학과 실천 정신을 그들이 알아보고 높이 샀기 때문이 아니었을까? 크리스 앤더슨과의 만남에서 기억에 남는 메시지가 하나 더 있다.

"Never doubt that a small group of thoughtful, committed citizens can change the world. Indeed, it's the only thing that ever has.

사려 깊고 헌신적인 소수의 시민들이 세상을 바꿀 수 있다는 것은 의심의 여지가 없다. 사실, 지금까지도 그래왔다."

- Margaret Mead

나 또한 세상을 바꿀 수 있는 그런 사려 깊고 헌신적인 소수로 살아

가기를 소망한다.

Bonus!

〈학생들이 직접 만든 우리 지역 소개하기 영상〉

https://www.youtube.com/watch?v=95Q3H0YQ

nlk&t=152s

〈우리 지역 소개하기 프로젝트 학생 활동 자료 및 소감문 예시〉

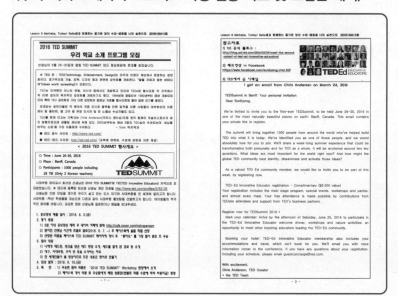

| Beta샘과 함께하는 즐거운 영어수업 · 배움을 나의 삶으로 | 2016 TED SUMMIT에 우리 지역 소개하기 | 사이버중 [ 학년 ( ) 반 이름: 임해빈 |
| --- | --- | --- |

★ 우리의 생각을 표현하는 방법(세움맵)을 활용한 과제수행계획서)
1) 기술에 작은 원에는 주제가 되는 낱말을 크게 적습니다.
2) 큰 원에는 주제에 대하여 내가 떠오르는 것을 그림이나 낱말로 표현합니다. (ideas, facts)
3) 바깥의 삐죽삐죽한 큰 원에서 표현된 내용에 대해 자세히 적습니다. (learning issues, action plans)

**주제** | TED에 올릴 소개영상 만들기

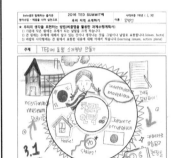

Missionary museum plants

3.1

House!

Independent movement

Japanese occupation

90 stairs!

Next. Independence movement place, 청라언덕

In Period of Japanese occupation, many People decided to Protesting. So, Daegu's students and people did Independence movement at this stairs for the first time. As many as 90 stairs! Now, You can see many museums about old object s like old coins, old korean frog, and old books.
This is missionary that covered with Ivy.
In fact, it is consist of Blair house, Swiss house, and chamness house

---

**1. 본 과제를 통해 무엇을 배우고 느꼈습니까? (학습 내용 및 과정)**

대구의 유명한 장소들, 국가재, 관광명소를 외국인에게 소개 한다고 생각하고 적용하고 조사하고 발표했더니 힘들기도 했지만 완성된 결과물이 뿌듯하고 재밌었지요. 이런 활동을 계기로 영어 문법실력, 작문실력도 늘 수 있었던 것 같고 관심있다.

**2. 본 과제 해결을 통해 배운 점을 나의 삶이나 학교에 적용한다면...**

내 고향, 내 학교에 대해 잘 말 수 있을것 같고 다른 외국인들이 우리 나라, 대구, 우리 학교에 놀러오더라도 잘 설명해 줄것 같다. 우리 조사한 장소에도 사람들이 많이많이 가 보여서 홍보활동를 제대로 누릴 수 있을 듯 하다.

**3. 본 과제 해결에 대한 대안이나 더 나은 방향이 있다면 무엇입니까?**

영상제작율을 조금 더 손봤다거나, 활용자료를 만들어 반구체적으로 생각할 수 있게끔 할 수 있을듯 하다. 또, 많은 많은 영상제작 재료를 만들어서 일상 생활에서 쉽게 사용하게끔 할수도 있을것 같다

**4. 본 과제 해결을 위해 나의 모둠을 위해 무엇을 열심히 하였습니까?**
과제 해결을 위한 모둠 활동 과정에서 느낀 점을 자유롭게 적어 봅시다.
＜하고 싶은 말＞
대본편집을 9시간에 걸쳐 완성하였습니다.
현장 답사 후 먼저에 도시 멀게 활영하고 내용을 녹음하였습니다.

모둠마다 편집담당라고 녹음 담당에 팀들기도 했는데 반 전체에서 좋은 성적을 거둘 수 있어 뿌듯하고 행복합니다.
TED에 직접 방영되면 좋겠다. ^^ 흠 (나의 자랑면 특성 ...)

---

# 08

# 수업 기법 vs 수업 철학

　　20년 가까운 세월동안 다양한 경험과 생각의 변화를 거쳐 지금의 내가 있다. 20년이라면 절대 짧지 않은 세월이다. 그 세월을 거쳤으면 수업은 이런 거야, 학급경영은 이렇게 하는 거야라고 한마디로 정의를 내릴 만큼 수업 전문가가 되어 있어야 하지 않을까? 나는 수업 전문가이자 현장 전문가이다. 그렇지만 '수업은 이런 거야, 학급경영은 이렇게 하는 거야' 라고 감히 한 마디로 정의하지 못한다. 수업에는 정답이 없기 때문이다. 학생들은 한 명 한 명이 개성 있는 인격체이고, 서로 다르기 때문이다. 그렇기 때문에 교직이 힘든 것이고, 그렇기 때문에 끊임없는 연구가 필요하다고 생각한다.

　다양한 연수를 듣고 교수방법을 공부하고 실천하면서 생각의 변화도 많았다. 교과서 지식을 학생들에게 전달하는 것이 내가 해야 할 의무라고 생각한 시절도 있었다. 그 때는 학생들이 교과서 내용을 모두 암기하도록 했다. 어느 순간에는 단순 지식보다는 생각하고 자기 의견을 표현하는 능력을 기르는 것이 중요하다고 생각했다. 영어 수업이라는 고정관념을 깨고 생각을 많이 할 수 있는 활동들을 고안하고 시도했다. 앞으로의 생각은 어떻게 바뀔까? 역시 영어는 암기가 최고야!라고 생각해서 수업시간 45분 내내 학생들에게 똑같은 문장을 암기시킬지도 모르겠다. 사람의 생각은 변한다. 자연스러운 이치다. 그렇지만 내가 교사라는 사실은 변함이 없다. 매 순간 학생들을 진심으로 대했다. 강의식으로 수업을 할 때도, 테솔에서 배운 활동을 할 때도, 배움의 공동체를 적용한 수업을 할 때도, 거꾸로교실을 적용할 때도, 체인지메이커 프로젝트 수업을 할 때도, 내가 영어 교사라는 사실과 존재 자체는 변함이 없다. 매 순간 주어진 수업상황에서 학생들에게 가장 필요하다고 생각하는 수업기법을 응용했다. 지금도 그렇게 하는 중이다.

그간 내가 공부해왔던 수업기법들이 수업을 진행하는데 많은 도움이 된다. 예를 들어, 10차시짜리 프로젝트 수업을 한다고 할 때 거꾸로교실에서 활용하던 디딤영상을 카페에 올린다. 수업시간에 교과서 내용을 하나하나 짚어주지는 않지만, 디딤영상을 통해 학생들이 교과서 내용을 익힐 수 있도록 한다. 프로젝트 진행 과정 중에 학생들이 자신의 생각을 정리할 때, 비주얼씽킹 씽킹맵을 자주 활용한다. 프로젝트 수업을 진행할 때는 학생들이 문제를 혼자 해결하기 보다는 모둠 안에서 많은 의견을 주고받게 한다. 이러한 과정에서는 배움의 공동체에서 배운 규칙이나 협동학습의 원리를 많이 응용한다. 이와 같이 한 차시 수업 또는 길게는 하나의 프로젝트를 진행하는 데는 다양한 교수법을 적용하기도 한다. 교수법에 일일이 이름을 붙여서 나누고 규칙을 정하는 것은 큰 의미가 없을지도 모른다. 어떤 기법도 필요하지 않을 수도 있다. 어쩌면 모든 기법이 필요할 수도 있다. 배움은 교사와 학생, 학생과 학생이 만나 상호작용을 통해 일어난다. 따라서 무엇보다도 중요한 것은 교사와 학생, 학생과 학생간의 상호관계가 아닐까라는 생각이다.

학생들과의 관계 맺기에서 가장 중요한 것은 수업스킬이 아니라, 바로 진정성이라고 본다. 학생들을 대하는 진심이 학생들에게 닿으면 어떤 수업방법을 쓰더라도 학생들의 마음은 열리게 된다. 수업방법과는 관계없이 학생 자신들이 어떻게 하느냐에 따라 결과가 달라진다는 사실을 깨닫게 된다. 학생들에게 정말 주고 싶은 게 있다면 정성껏 꾸준하게 해보자. 그러다보면 아이들도 포기(?)하고 교사 뜻대로 따라오게 된다. 결국 학생들도 교사의 진정성을 공감하게 된다.

처음 교사 주도의 강의식 수업을 버리고 학생활동 중심 수업을 적용하기 시작할 때 학생들의 반발이 만만치 않았다. 이미 다 알고 있는 것인데 내가 왜 친구들에게 설명을 해야 하느냐, 반대로 왜 가르쳐 주지도 않고 우리한테 설명을 하라고 하느냐, 선생님이 설명을 해 달라는 반응들이 있었다. 마음속으로 나 스스로도 갈등이 있었지만, 중심을 잃지 않고 학생활동 중심 수업의 필요성에 대해 끊임없이 강조했다. 학생들이 스스로 문제를 해결하고 서로 설명하고 가르치는 형태의 수업을 고수했다. 한 학기가 지나고 설문조사에서, '교사의 일방적인 강의식 수업 때보다 자신의 수업 참여도가 높아졌다. 어떤 형태의 수업이든 자신만 잘 참여하면 효과가 있다. 자신의 수업 태도가 중요하다' 는 반응들이 압도적이었다. 역시 교사의 진정성 있고 일관성 있는 태도가 학생들에게 미치는 영향이 크다는 것을 깨닫게 되었다.

한동안 연수를 통해 교수기법에 빠져 있던 나는 어느 순간 나에게 가장 필요한 훈련은 마음 다스림이 아닐까라는 생각을 했다. 교사는 외로운 직업이다. 교실에 들어가면 일대다(一對多)의 상황이다. 때로는 두려울 때도 있다. 내 앞에 주어진 상황에 당황하지 않고 대수롭지 않게 대응하고 처리하는 것 같지만, 내면에서 수많은 갈등을 겪는다. 나의 판단으로 어떤 결과를 초래할지, 아이들 인생에 어떤 영향을 미칠지 정신적으로 많이 힘든 직업이다. 그 어떤 교수기법보다 필요한 것이 마음 다스림이라고 생각한다. 내가 마음의 여유가 있어야 내 앞에 주어진 상황을 여유 있게 지켜보고 객관적으로 판단하고 행동할 수 있다. 내 마음에 두려움이 없어야 학생들의 행동을 있는 그대로 들여

긍정의 힘으로 교직을 디자인하라

다보고 기다려줄 수 있다. 학생들의 행동을 왜곡하지 않는다. 몇 년 전부터 회복적 생활교육, PDC 학급긍정훈육, 버츄 프로젝트 등 친절하고 단호한 교사, 교사와 학생을 상호 존중하는 문화를 만들려는 시도들이 많이 도입되고 있다. 이 역시 어떤 이름에 갇혀 규정된 절차를 따르는 것이 중요한 것이 아니라, 내가 어떤 마음으로 학생들을 대하느냐가 가장 중요할 것 같다.

2015년 거꾸로교실 전국 운영진을 하며 교사 대상으로 강의를 많이 다니던 시절이 있었다. 4,5월쯤 대외공개수업을 하게 되었다. 2교시 이른 시간에 하는 공개라서 선생님들이 많이 못 오실 줄 알았다. 예상외로 많은 분들이 수업 참관을 오셨다. 그만큼 당시 거꾸로교실에 대한 관심이 대단했던 것 같다. 어떤 수업을 할지 고민이 많았다. 거꾸로교실에 대해 알고 싶어 참관하러 오는 분들에게 조금이라도 도움을 드리고 싶은 마음이었다. 대외공개수업을 하는 교사들은 항상 그러하다. 평상시 수업을 그대로 공개하는 것이 원래 수업공개의 취지이지만, 멀리서 수업을 보러 오시는 분들을 위해 뭐가 하나라도 더 보여드려야 하지 않을까라는 부담감이 늘 들기 마련이다. 가장 거꾸로교실다운 활동이 무엇일지 고민을 했다. 거꾸로교실을 해본 결과, 학생들의 반응이 좋았던 방법을 활용하기로 했다. 새로운 단원 첫 차시였고 어휘 수업이었다. 수업 절차는 다음과 같았다.

1. 새로운 단어가 적힌 리스트로 단어 뜻을 익힌다.

2. 단어가 무작위로 배열된 활동지를 모둠별로 하나씩 나누어 준다.

3. 교과서 본문을 들으면서 자기가 들리는 단어에 동그라미를 친다.

4. 자기가 동그라미 친 단어의 뜻을 적어본다.

5. 모둠원들끼리 단어 리스트에 있는 단어를 나눠서 외운다.

   (보통 한 모둠은 4명으로 구성한다. 21개의 단어 리스트가 있다면 1명이 7개의 단어를 외운다. 모둠 안에서 7개를 외우기 힘든 학생이 있다면 다른 모둠원이 더 많이 외워도 된다.)

6. 단어 릴레이를 한다. 모둠원들이 돌아가면서 자신들이 외운 단어를 쓴다. 이 때 테스트용 종이는 벽에 붙어 있다.

7. 릴레이가 끝나면 다른 조의 테스트 결과를 매긴다.

8. 새로 익힌 단어를 넣어 문장을 만들어 본다.


　　단어 릴레이의 효과는 다음과 같다. 학생들이 게임처럼 단어를 외울 수 있다. 혼자가 아니라 모둠원이 힘을 합쳐야 좋은 결과가 나올 수 있기 때문에 이 과정에서 영어 실력이 부족한 학생도 모둠에 기여를 하기 위해 열심히 외우게 된다. 단어를 외우는 과정에서 한 번, 나가서 쓰는 과정에서 한 번, 매기는 과정에서 한 번, 최소한 3번 이상 학생들이 단어에 노출된다.

　　45분의 수업이 끝난 후 수업을 참관한 선생님 중 한 분이 나에게 물었다. '그러니까 선생님이 하신 이 수업이 거꾸로교실이란 말이죠?' 순간 내가 어떻게 대답을 해야 할지 말문이 막혔다. 절대 나를 공격하려는 발언도 아니었고, 위협적인 톤으로 질문한 것도 아니었다. 순간 움찔했다. 왜 그랬을까? 언제나 그런 질문이 어렵고, 답하기 힘든 것은 수업을 한 마디의 말로 규정하는 자체가 불가능하기 때문일 것이다. 내가 한 것은 거꾸로교실 수업이 아니라 그냥 내 수업이었다. 학생들에게 가장 효과적으로 어휘를 익히게 할 방법이 무엇인가를 고민했고, 그 과정에서 거꾸로교실 연수에서 배운 활동을 넣어서 했을 뿐이다. 수업이 중심에 있다. 그 수업에 필요한 기법들은 해당 차시를 뒷받침하기 위해 필요한 것들로 구성할 뿐이다. 거꾸로교실 수업을 구현하기 위해서나 프로젝트 수업을 구현하기 위해서 수업을 하는 것이 아니다. 단지 내가 수업을 하는데 그러한 기법들이 필요한 것이다.

영어교사로서 고민이 많다. '내가 백 퍼센트 영어로 수업을 하면 학생들의 영어 실력이 향상이 될까?'에서부터 '꼭 모든 학생들이 영어를 잘 할 필요가 있을까? 수업시간에는 얼마나 많은 양의 영어에 노출시키는 것이 좋을까? 45분간 10문장, 20문장 문장을 암기하도록 하는 게 효율적일까? 생각을 많이 하도록 하는 게 효율적일까? 이걸 굳이 영어로 표현을 해야 할까?' 등 질문은 끝이 없다.

학생들이 훌륭한 수업 결과물을 완성하고 뿌듯해 한다. 나 또한 힘든 과정을 거쳐 완성된 결과물을 보면 한 없이 기쁘다. 10차시에 걸쳐 학생들이 자기소개하기 책을 완성했다. 그런데 여전히 be 동사와 일반 동사의 쓰임을 혼동한다. 주어에 맞게 동사 형태를 적지 못한다. 철자를 틀린다. 영어 단어를 읽지 못한다. 그렇지만 학생들은 자기소개하기 책을 완성했다는 성취감을 느낀다. 책 만들기를 통해 한 단원에서 교사가 제시하는 문장 외에 자신이 말하고자 하는 문장들을 더 많이 찾아보고 사용해보았다. 영어의 지식적인 측면, 정확성과 유창성, 영어에 대한 자신감 높이기, 과연 이 중 어느 것에 초점을 두어야 할까? 정확성과 유창성 두 마리 토끼를 모두 잡으면서 학생들이 영어에 대한 흥미를 잃지 않게 할 수 있는 이상적인 방법은 무엇일까? 과연 그런 방법이 있기는 할까?

학생들에게 길러주어야 할 것은 주어진 과제에 대한 집착력, 할 수 있다는 자신감, 하나를 시작했으면 멈추지 않고 지속적으로 하는 끈기와 성실함이 아닐까 한다. 45분간 10문장, 20문장을 앵무새처럼 외워봐야 다음 날 되면 다 까먹는다. 까먹었다고 포기하는 것이 아니라 다시 반복해서 외워보려는 의지, 누가 시켜서가 아니라 영어가 재미있어서 공부하는 태도 등 우리가 진정 수업이나 학교에서 가르쳐야 할 부분은 그런 태도가 아닐까라는 생각이다. 영어 수업을 통해, 국어 수업을 통해, 수학이나 과학 수업을 통해 그런 태도만 길러진다면 어떠한 상황에서도 자신 앞에 주어진 일에 최선을 다하는 인생을 살 수 있을 것이다. 그들이 살아가는 중에 영어가 필요할 때, 수학이 필요할 때, 과학이 필요할 때, 그 지식을 꺼내어 혹은 공부해 가며 활용하면 되는 것이다. 무언가를 하겠다는 의지, 할 수 있다는 자신감을 키워주는 것이 수업이나 학교에서 할 수 있는 가장 중요한 임무이자 역할 중 하나라고 믿는다.

# 수업 운영 팁-수업 운영에도 시스템이 필요하다.

1. 첫 시간 오리엔테이션에서 이 선생님은 뭔가가 다르다, 체계적이다, 꼼꼼하다는 느낌이 들 수 있게 만반의 준비를 해야 한다. 기선제압을 해야 한다. 3월 첫 시간에 모든 것이 결정된다고 해도 과언이 아니다. 첫 이미지가 중요하다. 학생들을 쉽게 팬으로 만드는 방법들을 첫날 다 쏟아 붇는 것이 좋다. 첫 수업은 진도를 많이 나가는 것보다 수업 분위기를 만드는 것이 중요하다. 대충 지나가다가 나중에 수업 분위기를 잡으려고 하면 절대 잡히지 않는다. 첫 시간을 위한 철저한 준비가 필요하다.

나 같은 경우에도 첫 시간에는 학생들에게 오리엔테이션 자료 배부, 수업 규칙 설명, 선생님 소개, 아이스브레이킹 활동 등을 진행한다.

## 〈내가 사용하고 있는 학기 초 오티자료〉

수업 첫 시간에 배부하는 오리엔테이션 자료에는 나의 다짐, 수업 시간에 지켜야 할 규칙 등이 소개되어 있다

디딤영상이 업로드 되는 카페 가입 안내

학부모용 거꾸로교실 안내 통신문

## 〈첫 시간에 학생들과 나누는 이야기들〉

진진가

1. 선생님은 공부 잘하는 학생은 무조건 좋아한다.
2. 선생님은 베스트 드라이버이다.
3. 선생님 영어이름은 Belle이다.
4. 선생님은 드럼 연주를 할 수 있다.
5. 선생님은 예쁘다는 말보다 어려 보인다는 말을
   더 좋아한다.

침묵신호

 수업 준비

수업 시작 전 미리 준비물 챙겨 자리에
앉아 있기
-어떻게 잘 지킬 수 있을지 반 구성원들과
함께 생각해보기
*** 교과서 꺼내서 읽고 있기
*** 준비물: 노트, 책, 필기도구, 풀, 가위
*** 배움노트 정리법 안내, 학습지는 노트
에 붙이기

**경청하기, 존중하기**

1. 선생님이 침묵신호나 집중박수로 집중을 유도해줄 때 경청하기
- 지적 당할 시 그에 따른 책임의 따름
- 경청하는 태도는 존중하기의 기본
- 다른 사람을 존중하지 않는 사람은 자신도 존중 받을 수 없다.
- 말하는 사람의 눈을 보며, 맞장구 치기
2. 웃으며 인사하기

 **질문하기**

1. 모르는 것이 있을 때, 구체적으로 질문하기
2. 친구가 질문했을 때 친절하게 가르쳐주기
3. 모둠 내에서 해결하는 것이 원칙,
- 모둠 내 해결이 어려울 경우
다른 모둠에게 도움을 구하거나
선생님께 질문 가능
4. 단어 찾아보고 문장 해석해도 이해가 안될때 선생님한테 질문하기

 **참여하기, 소통하기**

1. 모든 활동에 나의 능력만큼은 꼭 참여
2. 선생님과 학생들 모두가 즐거운 수업,
양쪽의 욕구가 충족되는 수업의 필수조건은…
참여하기와 경청
나에게 피해주지 않기, 남에게 피해주지 않기

 **규칙 지키기**

- 학교는 공공장소이므로 다른 사람에게 방해되는 행동은 자제
- 학기초 세운 규칙을 잘 지킬 수 있도록 모두가 노력하기
- 수업시간 준비상태나 모든 수업활동 참여도는 관찰되어 생활기록부에 기록됩니다!

2. 다른 선생님에게는 없는 것! 나만의 브랜드를 만들어라. 프로의식을 가지자. 어떻게 보면 교사도 연예인의 마인드를 가져야한다. 학생들을 자신의 팬으로 만들어야 하고 믿고 끝까지 따라오도록 해야 한다. 그러기 위해 자신만의 특성을 브랜딩 하는 것이 중요하다.

학기 초에 내 영어 이름을 소개한다. '선생님 영어 이름은 Belle(Belle=Beauty=미녀), 그러니까 미녀 선생님이야.' 앞으로 미녀라고 부르라고 농담을 하기도 한다. 내가 사용하는 침묵신호가있다. '라마' 동물을 손 모양으로 만들고 학생들의 집중이 필요할 때 손 모양과 함께 '라마'라고 외친다. 이런 행동이 인상적인지 학년이 바뀌고 나서도 학생들이 나를 볼 때 마다 '와~ 라마 선생님이다' 라며 반가워하기도 한다.

자신의 외모도 어느 정도는 가꾸어야 한다고 생각한다. 학생들이 느끼기에 교사는 최고여야 하고, 최고로 멋이 있는 선생님이

어야 한다. 값나가는 옷을 갖추어 입으라는 것이 아니라, 항상 단정하게 옷을 입고 될 수 있으면 자주 분위기를 바꿔 가면서 입어주기를 권한다. 매일 같은 사람을 보다보면 학생들이 자칫 지루해질 수 있다. 선생님이 분위기를 바꾸어주면 수업 분위기도 가볍게 전환할 수 있다. 변화된 모습을 알아차리면서 서로의 관계가 더 돈독해지기도 한다.

3. 첫 시간만 신경 쓰고 잘 넘긴다고 그 이후 수업이 저절로 잘 되는 것은 아니다. 모든 수업 시간에 우리 선생님은 대충이 아니라 계획된 수업을 하는구나, 뭔가 다르다는 느낌이 들 수 있도록 해야 한다. 학생들에게 믿음을 주는 것이 중요하다. 학교의 모든 업무 중 가장 우선은 수업준비이다. 교사는 수업에서 자존감을 지켜야 한다. 수업준비는 항상 철저히 진행해야 한다.

나 같은 경우 학생들에게 자주 피드백을 받아 수업에 반영한다. 매 시간 학생들이 러닝로그를 작성하도록 하고, 프로젝트 수업을 할 때마다 성찰일지를 작성하도록 한다. 학생들 스스로 성찰하라는 의미도 있지만, 학생들의 성찰을 토대로 내 수업을 돌아보고 반성하며 다음 수업을 위한 아이디어를 얻는다. 자신들의 의견이 받아들여졌을 때 우리 선생님이 우리 이야기를 들어주시는구나, 우리 선생님은 대충 수업하시는 것이 아니라 많은 준비를 하시는구나, 우리에게 신경을 많이 쓰시는구나라는 느낌을 받게 된다. 그러한 과정에서 서로 신뢰가 형성된다.

## 〈학생들이 작성한 피드백 모음〉

## 매 차시 러닝로그 작성 예시

ex) -자신의 손바닥 그림을 그려 그 안에 비주얼씽킹으로 버킷리스트를 작성하고 뒷면에 영어로도 버킷리스트 작성하는 활동을 했다. 올해 안에 하고 싶은 일을 그리고 적어보았는데, 비주얼씽킹이 손에 많이 익어 훨씬 수월했던 것 같다. 그리고 버킷리스트를 작성하며 이 모든 것이 다 이루어졌으면 좋겠다고 생각했다.

-단어 릴레이를 했다. 단어를 완벽하게 외웠다고 생각했는데 chicken을 실수로 chiken 이라 썼다. 나머지는 다 맞았는데 내 실수로 하나 틀려서 너무 미안하고 아쉬웠다.

-1과 본문 모둠끼리 모여 읽고 해석하는 활동을 했다. 내가 스스로 읽고 해석하는 과정이 재미있었고 내가 아는 지식을 친구들에게 공유하고 나누어 줄 수 있어 좋았다.

긍정의 힘으로 교직을 다자인하라

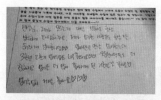

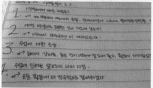

## 선생님이 학생들 의견을 수업에 반영해주어 좋았다는
## 피드백 모음

ex) –선생님, 제가 모르는 거 매일 질문해도 항상 성실하게 대답해주시고, 제가 요구한 사항들도 항상 잘 들어주셔서 감사합니다.
–선생님께서 활동을 할 때 학생들의 의견을 잘 수용해주시고 잘 반영해주셔서 더 재미있는 영어수업이 된 것 같습니다.
–수업 시간 다정한 분위기 형성이 좋았습니다.

이번 학기동안 영어에 대해 더 잘 알게 되었다. 우리가 PBL 수업한 것과 서로 자리 옮겨서 설명해 주기를 할 때 느낀 것이다. 내가 설명해 주면서 알게 된 것이 있고 원래 알던 것도 더 자세히 알게 되었다. 활동을 하면서 협동심과 의견 맞추기 능력이 나도 모르게 점점 발전하고 있는 것을 느끼는 소중한 시간이었다. 수업을 하다보면 선생님과 자유로이 이야기를 나눈다. 그러면서 선생님과의 관계도 좋아지고 선생님을 잘 알 수 있다. 우리 영어 선생님은 좋은 선생님으로 뽑혀 외국으로 가기도 했다. 그런 걸 보면 선생님이 존경스럽기도 하다. 수업하면서 글 쓰는 걸 귀찮아하지 않고 써야 하는 걸 다시 한 번 느낀 것 같다. 우리 영어 선생님이 우리를 열정적으로 가르쳐 주셔서 조금 힘들지만 그 덕에 잘할 수 있었던 것 같다. 선생님 감사합니다!

4. 꼭 지켜야하는 규칙은 반드시 관철시킨다. 타협하지 않는다.
첫 시간 오리엔테이션 때 공지한 규칙은 반드시 지켜지도록 한
다. 지속적으로 상기시키고 일관성 있는 지도가 필요하다. 때로
는 집요함도 필요하다. 교사의 카리스마는 단호함이다. 비슷한
맥락에서 과제를 냈으면 반드시 검사를 해야 한다. 검사하지
않을 거면 아예 내지를 말자. 그냥 한 번 혼나고 마는 것이 아
니라, 선생님이 낸 과제는 반드시 해야겠다는 생각이 들 정도
로 끝까지 집요하게 독려해야 한다. 학생이 자신을 싫어할까봐
서 착하게만 대하는가? 그건 오히려 무책임한 행동이다. 오히
려 학생은 자신의 잘못을 고치고자 노력하고 혼내주는 선생님
을 결국 따르게 된다. 학생도 그것이 자신을 위한 행동임을 알
기 때문이다.

**〈선생님 사용 설명서〉** - 이 활동으로 학생들이 평소 나에 대해
어떻게 생각하고 있는지 알 수 있었다.

## 우리 선생님은 이럴 때 많이 웃으세요.

–열심히 한 노력이 느껴졌을 때

–선생님 말씀에 경청할 때

–영어수업을 즐거워할 때

–카페 동영상을 열심히 보고 필기와 댓글을 달 때

–선생님의 변화된 모습을 잘 알아챌 때

–친구들이 협력을 잘 하며 활동할 때

–학생들이 과제를 잘 해오고 수업준비를 잘할 때

## 선생님은 이럴 때 화를 내세요.

–선생님이 '라마' 라고 하면 전부 같은 포즈를 취하고 조용히 해야 한다. '라마'
　라고 말했는데도 어수선하고 시끄러울 때

–시간을 충분히 주었음에도 제 시간에 주어진 활동을 끝내지 않았을 때

–학생들이 수업 시간에 집중 안하고 산만할 때

–학생들이 협력을 잘 안할 때

–과제를 잘 안 해오고 설렁설렁 할 때

## 우리 선생님의 좋은 점

-학생들이 살짝 힘들어하고 포기하고 싶어 할 때 항상 선생님께서 일단 포기하지 말고 해보 등 격려를 해주신다. 또 가장 좋은 점은 PBL 활동 중에서 영어 PBL이 제일 재밌다. 보드게임 만들기 등 주로 모둠끼리 돌아가면서 설명하는 활동을 많이 하는데 되게 보람 있고 좋다. 수업이랑은 상관없는 얘기지만 인사할 때마다 따뜻하게 잘 받아주신다. (물론 다른 선생님들도 잘 받아주신다.) 그리고 예쁘시당!!!!

## 선생님을 만날 학생들에게 하고 싶은 말

-최선경 영어 선생님께선 열심히 하는 것을 좋아하셔. 꼭 그 이유뿐만이 아니더라도 네가 모든 수업에 성실히 참여한다면 꼭 너의 능력이나 가치를 알아봐 주실거야. 영어가 어렵게 느껴진다면 카페에 들어가서 영상을 보는 걸 추천할게! 모든 면에서 책임감을 갖고 최선을 다해야 해!

-1학년 학생이면 중학교에 올 때 많이 걱정하고 하겠지만 영어 시간 때는 걱정할 필요 없어. 우선 선생님의 진행 방식이 정말 재밌으시고 여러 재밌는 PBL 활동을 하기 때문에 아마 영어시간이 좋아지게 될 거야.

-최선경 선생님은 인자하시지만, 안 될 것들은 구분하셔. 매일 매일 수업을 어떻게 이끌어갈지 연구해주셔서 학생들은 발전할 수 있어. 선생님과 행복한 하루하루 보내고, 선생님을 잘 부탁해.

-허벌나게 무서우심. 츤데레 같은 츤데레 아닌 츤데레. 예쁘심.ㅎㅎㅎㅎ

-주어진 과제를 해오지 않으면 교실 분위기가 시베리아가 될 수 있어. 수업 시간에도 딴 짓을 하면 한여름에도 시베리아를 맛볼 수 있어.

-자신이 하지 않았으면서 '쟤네들이 하지 말래요, 안 시켜 줬어요' 라는 말은 하지 마. '나도 뭐 시켜줘 또는 이거 하면 돼?' 라고 자신이 해야 하는 일 또는 할 수 있는 일은 직접 해야 해. 모르는 것이 있을 때는 친구들이나 선생님께 물어보면 돼.

-수업시작 전에 교과서, 학습지 파일, 필기구를 미리 준비해. 학습지를 잃어버리지 않게 관리를 잘 해야 해. 성찰일지를 작성할 때는 항상 꼼꼼하게 작성해야 해. 선생님은 못하는 것보다 안하는 걸 더 안 싫어 하신다구!

5. 교사의 지도에 잘 따라오는 학생도 있을 것이고, 거부하는 학생도 생긴다. 교사가 모든 학생을 완벽하게 책임지고 지도하기는 힘들다. 물론 최대한 노력을 해야겠지만 선생님으로써 자신이 책임질 수 없는 학생은 내려놓을 줄도 알아야 한다. 시간이 한정되어 있는 만큼 그 시간에 공부하고자 하는 학생, 도움을 필요로 하는 학생, 나를 믿고 따르는 학생을 책임지기도 버겁기 때문이다. 반면 나를 믿고 따라오는 학생에 있어서는 무한한 책임을 가지고 지도해야 한다. 단순히 지도하는 과목에 대한 내용만이 아니라 전반적인 학습에 대한 지도를 해줘야 한다. 살아가는 데 필요한 지혜를 선생님이 몸소 학생들에게 보여주는 것이 중요하다.

6. 주변에 멘토 역할을 해줄 수 있는 분이 있다면 머뭇거리지 말고 조언을 구하라. 가까이에서 멘토를 찾을 수 없더라도 요즘은 좋은 책도 많이 나와 있고 블로그나 페이스북 등 마음만 먹으면 쉽게 온라인으로도 도움을 구할 수 있다. 평소 교과별 연구회나 수업방법별 전문학습공동체에 소속되어 여러 선생님들과 네트워킹을 형성해 나가는 것도 한 방법이다.

7. 교사는 끊임없이 자기개발을 해야 한다. 자기개발이라고 해서 학위를 따거나 자격증을 따고 전공 공부를 하는 것만 말하는 것은 아니다. 독서와 여행, 영화감상 등을 통해 학생들과 소통할 수 있는 능력을 키워야 한다. 단순히 영어만 가르치는 것이 아니라 살아가는 지혜도 알려주고 즐거운 일상을 알려줘야 한다. 그러기 위해서는 내가 관심 있고 내가 잘할 수 있는 것을 수업과 연계시키는 것이 좋다. 노래를 좋아한다면 팝송을 수업 내용과

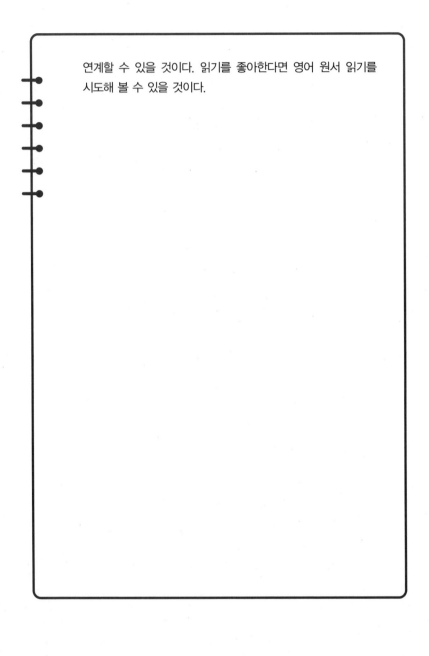

연계할 수 있을 것이다. 읽기를 좋아한다면 영어 원서 읽기를
시도해 볼 수 있을 것이다.

대한민국 교사로
살아남기

Chapter

03

교사 일상–
'우리 선생님' 으로
살아가기

학교와 교사를 믿는 문화를
만드는 것이 절실하다. 교사와 학생이
서로 믿고 존중하고 행복할 수 있는
분위기 조성이 절실하다.

# 01

# 나는 왜 담임을 하고 싶은가

첫 근무 학교는 규모가 큰 편이라서 교사수가 많았다. 담임할 재원도 넉넉한 편이라서 신규교사들은 거의 담임을 맡지 않았다. 신규 첫 해에는 담임이 없는 것을 당연하게 받아들였다. 학생들과 힘든 첫 해를 보내면서도 담임이 너무 하고 싶었다. 어쩌면 힘들었기 때문에 담임을 더 하고 싶었는지도 모르겠다. 학생들이 교무실에 와서 '우리 선생님 어디 계세요?' 라고 하는 말이 그렇게나 부러울 수가 없었다. 나는 '우리 선생님' 이라는 말을 너무 듣고 싶었다. 영어 선생님, 최선경 선생님이 아닌 우리 선생님! 담임을 하고 싶었던 이유 중 하나는 당시 담임을 맡고 계시던 분들 모두 반 관리도 잘하고 학생들이 담임교사의 말도 잘 듣고 있었기 때문이다. 내가 담임이 되면 학생들이 말을 더 잘 들을거라는 심리가 작용했을지도 모르겠다.

둘째 해에는 정말 학생들과 잘 지내고 싶었고 수업도 잘 해보고 싶었다. 담임을 맡는다면 학급경영도 잘하고 싶었다. 그래서 겨울방학 동안 서울에서 하는 2박 3일 학급경영 연수를 신청했다. 그 연수에서 어떤 철학을 가지고 어떤 방법으로 학급경영을 할지 많은 것을 배웠다. 우리 반 특색활동이라든지 학급행사라든지 학부모에게 보내는 통신문 등이었다. 현재까지 학급경영에 활용하고 있는 자료들과 경영 시스템 대부분은 당시 2박 3일 연수에서 얻은 노하우들이다. 2박 3일 간의 연수를 마치고 굳은 결심으로 새 학기 준비에 만전을 기했다. 학부모에게 보내는 편지 문구를 미리 준비했다.(당시 파일을 찾을 수 없는 것이 안타깝다.) 학생들에게 나누어줄 학용품도 준비했다.

그런데 2월말 새 학기 업무분장을 보고 눈물을 흘리고 말았다. 그렇게 담임을 할 기대감에 부풀어 있었는데, 새 학년에도 비담임이었던 것이다. 당시는 도서관에 사서교사가 없던 시절이라서 도서관 업무에 손이 많이 갔다. 도서관 관리부터 장서 정리, 도서 대출 업무까지 처리해야 했다. 교장 선생님이 도서관 업무를 주면서 담임에서는 제외시킨 것이었다. 신규교사들 중 유일하게 나만 비담임이 되었다. 업무분장을 본 순간 어찌나 허탈하고 서운하던지 엉엉 울고 말았다. 지금 생각하면 철없는 행동이었지만, 그 때의 서운함은 말로는 다 표현할 수 없을 만큼 컸다. 서울까지 가서 2박 3일 연수도 들었다. 이미 담임이 된 마냥 학생들에게 해 줄 말과 부모님들에게 나누어줄 편지까지 다 준비해 두었다. 만반의 준비를 갖추고 있었는데 이런 나한테 담임을 주지 않다니! 다른 발령 동기들은 모두 담임을 맡았는데 뭔가 부족해서 담임을 못 맡은 것인지 별의별 생각이 다 들었다. 내가 속상해 하는 것을 지켜보던 한 선배 교사가 교장실에 찾아갔다고 한다. 최선경 선생님같이 젊고 열정 있는 교사에게 담임을 줘야지 왜 안 줬냐는 건의를 했다고 한다. 하지만 이미 업무분장은 발표가 나버렸다. 받아들일 수밖에 없는 상황이었다.

담임은 없었지만 1학년 수업과 부담임을 맡게 되었다. 내가 부담임을 맡게 된 반의 담임교사는 임신 중이어서 1학기에 한 달 정도, 2학기에 3달 정도 휴직에 들어갔다. 그때마다 내가 담임 역할을 하게 되었다. 이렇게 될 거면 진작 담임을 주던지라는 생각이 들었다. 그런 생각이 들 수밖에 없었던 것이 중간에 담임을 이어받아 하는 것은 만만한 일이 아니다. 이미 학기 초에 담임교사의 기본 철학대로 반 아이들의 생활패턴이 정해져 있는데, 중간에 다른 사람이 들어가서 운영을 한다는 것은 쉬운 일이 아니다. 학생들도 나름 텃새라는 것이 있어서 담임이 아닌 교사의 말을 잘 듣지 않으려는 경향이 있다. 게다가 학생들 성향을 파악하는데 시간이 걸려 적응에 어려움이 있었다. 도서관 업무는 업무대로 맡아서 처리를 해야 했다. 당시는 업체에서 도서 바코드 작업을 해주지 않았다. 도서 구입 후 바코드 작업은 학교에서 라벨을 출력하여 일일이 손으로 다 해야 했다. 점심시간에 도서 대출 업무도 해야 했다. 그렇게 학기 초에 정해진 업무에 갑자기 담임업무까지 맡다보니 일이 많을 수밖에 없었다. 2월에는 담임을 못 맡아서 서운한 마음이 가득했다. 하지만 이렇게 중간에 다른 선생님의 반 담임, 그것도 끝까지 맡는 것도 아니고 원래 담임교사가 돌아올 반을 맡는 것은 내가 생각하던 내 반이 아니었다. 그 반 담임교사가 그리던 그림이 있을 텐데, 내가 함부로 어디까지 손을 댈 수 있는지 판단이 서지 않았다.

둘째 해를 어중간하게 보내고, 셋째 해에는 나도 드디어 '우리 선생님'이 되었다. 1학년 여학생 반 담임을 맡았다. 그렇게 하고 싶던 담임을 하게 되었고, 힘들다는 남학생 반이 아닌 여학생 반을 맡게 된 것이다. 정말 올 해는 잘 해봐야지 하고 부푼 가슴으로 새 학기를 맞이했다. 담임을 맡으면 학생들이 모두 나를 잘 따르고 좋아할 것으로 생각했다. 그런데 꼭 그런 것은 아니었다. 돌이켜보면 우리 반을 잘 관리해야 한다는 생각에 학생들을 많이 혼내고 냉정하게 대했던 것 같다. 신규 첫해의 어설펐던 경험을 되돌아보며, 얕보이면 안 된다는 생각이 앞섰다. 학생들 앞에서는 잘 웃지도 않고 무섭게 보이려고만 애썼다. 잘못을 지적하고 혼내는 경우가 많았다. 당시 우리 반 학생들 사이에 '왕따' 문제가 발생했다. 왕따는 매년 일어나는 문제이기는 하지만, 담임 경험이 처음인 나에게는 1년 내내 풀리지 않는 수수께끼에다 끝내지 못한 숙제였다. 반 전체가 한 학생을 싫어했는데, 담임이나 교과 교사들의 눈으로 봤을 때는 아무런 문제가 없어 보이는 학생이었다. 공부도 곧잘 하고 예의도 바른 학생이었는데, 유독 친구들은 왜 그리 그 학생을 싫어한 것인지 지금도 이해가 되지 않는다. 아무튼 일 년 내내 반 아이들끼리의 관계 개선을 위해 많은 노력을 했지만, 속 시원하게 해결이 되지 않았다.

어느덧 첫 학교 마지막 해가 되었다. 중학교 3학년 남학생 반을 맡게 되었다. 각 학년을 골고루 맡아 봐야 다른 학교에서도 잘 적응할 수 있다는 선배 교사들의 조언이 있었다. 또한 신규교사 발령 동기들이 함께 3학년 드림팀을 만들어 보자는 의견도 있었다. 그리하여 발령 동기 대부분이 3학년 담임을 맡게 되었다. 수업 시간에 매우 힘들어하던 남학생 반이었지만, 막상 남학생 반을 맡고 보니 생각 외로 괜찮았다. 어떤 면에서는 여학생보다 생활지도 하기가 편한 부분도 있었다. 전 해에 담임을 하면서 쌓은 노하우가 도움이 되었던 것 같다. 특히 1학년 때 가르쳤던 학생들을 3학년이 되어 다시 만나는 것이었기에 나를 잘 따랐던 것 같다. 학생들과 내가 서로 스타일을 파악하고 친밀감이 있었던 이유도 적지 않았을 것이다.

힘든 시기를 거치면서도 나로 인해 누군가가 변해 가고 내가 누군가를 위해 뭔가를 할 수 있다는 것이 좋았다. 내 반 아이들이 있다는 소속감이 뭔가 심리적으로 안정감을 주었다. 사실 학교 현장에서는 담임을 기피하는 경향이다. 일단 담임 반에 문제가 생기면 모든 탓이 담임에게 돌아오기 때문이다. 처음 교직을 시작하던 시기와 비교하면, 이러한 경향이 갈수록 더해진다. 담임교사가 맡은 책임은 크지만, 가진 권한은 없다. 이러한 상황에서는 교직사회의 담임 기피 풍조가 더 심화될 뿐이다. 학교와 교사를 믿는 문화를 만드는 것이 절실하다. 교사와 학생이 서로 신뢰하고 존중하고 행복할 수 있는 교육적 사회적 환경과 분위기 조성이 절실하다. 그런 분위기 속에서만이 제대로 '우리 선생님'의 역할을 할 수 있을 것이다.

# 02

# 중학교 학생들/교사들의 하루 일과

나의 하루 일과를 적어본다.

오전 5:20

알람이 울린다. 눈을 뜨면 바로 노트북이 있는 방으로 들어간다. 노트북을 켜고 바탕화면에 있는 글쓰기 파일명을 오늘 날짜로 바꾸고 파일을 연다. 다시 알람이 울릴 때까지 글을 쓰거나 책을 읽는다.

6:20

알람이 울리면 출근 준비를 한다. 머리를 감고 화장을 하고 옷을 차려 입는다. 보통 아침 식사하는데 걸리는 시간보다 화장을 하고 옷을 고르고 입는데 시간이 더 걸린다. 학생들의 입장에서 보면 매일 똑같은 사람을 보는 것도 지겨울 텐데 선생님이 매번 똑같은 옷을 입고 다닌다던지 후줄근하게 다니면 수업이 더 지루해질 것 같다는 생각을 예전부터 해왔다. 교사는 대중 앞에 서는 어떻게 보면 공인이라 생각하고 값비싼 옷은 아니지만 항상 단정한 복장, 그리고 될 수 있으면 분위기를 바꾸어 가며 옷을 입으려고 노력한다. 아이들에게 내가 본보기가 된다는 것과 역할 모델이라는 사실을 잊지 않는다.

7:00

알람이 울리면 초등학교 4학년 아이를 깨운다. 등교 준비를 돕고 아침을 준비해 준다. 아침에는 최대한 아이의 심기를 건드리지 않고 잘 넘어가는 것이 서로에게 유익하다. 실랑이를 벌이다 보면 출근 시간에 맞추기가 힘들어지고 기분도 서로 상하기 때문이다.

7:40

알람이 울리면 집에서 나간다. 집 근처 지하상가까지 간다. 나는 지하철역 입구 쪽으로 아이는 학교 쪽으로 향한다. 서로 잘 다녀오라고 손을 흔들며 나는 출근을, 아이는 등교를 한다. 출근 시간을 좀 더 당기고 싶지만, 아이 등교 시간을 고려하면 더 당기기는 힘들다. 이 시간에 집을 나서도 아이는 늘 반에서 1등으로 등교를 한다. 관리실에서 키를 받아 교실 문을 열고 들어가는 것이 익숙하다. 교사 엄마를 둔 아들은 다른 아이들보다 먼저 등교해야 하지만, 다행히 아침에 1등으로 등교하는 것을 좋아한다.

7:50

보통 7시 50분이나 55분에 지하철을 탄다. 지하철 안에서는 음악을 들으며 블로그나 수업밴드 서핑을 하며 수업에 필요한 정보 등을 스크랩해둔다. 가끔씩 이북e-book을 읽기도 한다. 10분이라는 짧은 시간이지만 그 날 읽은 좋은 문구나 어제 수업 했던 내용 등을 블로그에 포스팅 하기도 한다.

8:05

학생지도를 하는 선생님들과 하이파이브를 주고받으며 교문을 통과하여 8시 5분이나 10분경에 교무실에 도착한다. 동학년 선생님들과 인사를 주고받으며 자리에 앉으면 가장 먼저 노트북을 켜고 도착해 있는 메시지를 확인한다. 메시지 내용은 주로 학생들에게 이러이러한 내용을 전달해 달라는 각 부서의 전달 사항이다. 그 날 중요한 일과나 변경된 시간표, 언제까지 어떤 서류를 수합하여 제출해 달라는 등 요구사항이 많다.

8:20

우리 반 교실에 들어간다. 반 학생들이 모두 등교를 하였는지 출석점검을 하는 것으로 아침자습시간을 시작한다. 학생들 등교시간과 교사 출근시간은 8시 20분이다. 간혹 8시 20분이 지났는데도 등교를 하지 않는 학생이 있으면 학생 본인이나 가족과 연락을 취한다. 아침조례시간이라고도 부르는 이 시간에 반 아이들에게 그 날의 중요한 전달사항도 전하고 전체 방송 교육이 이루어지기도 한다.

아침자습시간을 이용해 학생들이 독서를 할 것을 강조한다. 하지만

**175**

잘 이루어지기가 힘들다. 예상치 못한 안내 방송이 갑자기 나오기도 하고, 각종 설문 조사에 각 부서에서 요구하는 업무를 하다 보면 시간 이 금세 지나가버리기 때문이다. 올해는 학생들에게 가치 필사를 시 키고 있다. 매일 아침 등교하자마자 가치카드 하나를 골라서 성장일 기에 가치카드 내용을 옮겨 적고 우리 반 10계명과 감사일기를 쓰게 한다. 그냥 쓰라고 하면 하는 학생들만 하고 안하는 학생들이 생겨 매 일 매일 작성 여부를 점검한다. 이렇게 성장일기 작성한 것을 체크만 하는데도 아침자습시간 30분이 금세 지나간다.

8:50

1교시 시작 전까지 10분간의 휴식시간이다. 학생들은 이동 수업을 위해 체육복을 갈아입기도 하고 화장실에 가기도 하고 친구들과 수다 를 떨기도 한다. 교사들은 1교시 수업을 준비하기도 하고 오늘 중으로 마무래 해서 제출해야 할 서류 작업을 하기도 한다. 가끔씩 아니 자주 학생들이 교무실로 찾아와 친구가 자신을 놀린 것 등을 일러주거나 싸움을 해서 중재를 요청하기도 한다.

9:00

1교시 수업 시작. 학생들이 영어 교과서, 노트, 파일, 필기구 등을 미리 준비해서 앉아 있도록 학기 초부터 늘 강조하고 확인을 하지만, 준비가 안 된 학생들이 간혹 있다. 지난 시간에 나누어준 유인물을 분 실한 학생도 있다. 수업시작 후 5분 정도는 학생들의 수업준비 상태를 파악하고, 지난 시간에 했던 활동들을 상기시키는데 시간을 보내게 된다.

프로젝트 수업이 진행되는 동안에는 지난 시간에 끝내지 못한 내용을 이어서 보충할 시간을 주거나 오늘 주어진 과제를 제시하고 수행할 수 있도록 한다. 순회하며 과제를 잘 수행하지 못하는 모둠이나 학생들을 지도한다.

9:45

1교시 쉬는 시간. 쉬는 시간이지만 쉴 수 있는 시간이 아니다. 1교시 수업 결과물을 정리한다거나 아침 자습시간에 미쳐 마무리 하지 못한 학생 설문 통계를 낸다거나 학생들이 제출한 유인물을 정리 한다거나 학교 업무를 처리하느라 바쁘다. 그나마 학생들이 말썽을 일으켜서 상담이라도 시작하게 되면 업무 처리는커녕 쉬는 시간 10분이 부족하다.

09:55

2교시 수업 시작. 공강 시간이다. 공간시간에도 이것저것 할 것은 많다. 나이스에 접속해서 주제선택프로그램 학생 배정, 야영 활동 관련 명단들 제출, 다음 달에 계획된 체험활동 명단 제출, 부모동행체험학습 계획서 결재 올리기 등을 한다. 다음 시간 수업 준비도 해야 하는데라는 걱정을 하며 부서에서 빨리 넘기라고 하는 업무부터 처리한다. 출결상황을 출석부와 나이스에 기록한다.

10:40

2교시 쉬는 시간. 보건실에서 연락이 온다. 우리 반 학생이 다쳐서 보건실에 있는데 학부모에게 연락을 취해 달라고 한다. 학교에서 안정을 취하다가 하교 후 병원에 꼭 데리고 가라고 전달을 할 때도 있지만, 당장 보호자가 학교로 와 병원에 가야 하는 응급상황이 발생하기도 한다.

10:50

3교시 수업 시작. 영어 교과서, 노트, 파일, 필기구 등 학생들의 수업준비 상태를 파악하고, 지난 시간에 했던 활동들을 상기시킨다. 1교시에 수업을 했던 반과는 또 다른 반응들이다. 아예 무엇을 해야 하는지 감을 못 잡는 학생들도 있다. 모둠별로 순회하며 하나하나 다시 설명한다. 시간 안에 활동을 마무리 하도록 독려하지만 학생들은 활동을 하다가 샛길로 빠지기 일쑤다.

11:35

점심시간. 학생들 급식지도가 있는 날은 3학년부터 1학년 순으로 배식을 받아서 질서 있게 식사를 할 수 있도록 지도를 한다. 그나마 현재 근무하고 있는 학교는 식당 건물이 따로 있고 전교생이 한꺼번에 식당에 들어가 식사를 할 수 있는 상황이라 조건이 좋은 편이다. 식당이 따로 없는 학교에서는 교실 급식을 한다. 담임교사는 교실에 임장하여 학생들이 배식을 받고 식사를 하는 것을 지켜본 후 뒷정리

상태를 확인한다. 밥, 국, 반찬통, 수저통 등을 제대로 반납했는지까지 체크해야 한다.

12:35

4교시 수업 시작. 공강 시간이다. 부서에서 처리해야 할 업무들을 처리한다. 담임으로서 각 부서에서 요구하는 학생들 통계 자료를 수합하여 정리한다. 교육청에서 업무 관련해서 전화가 온다. 전화를 받다보면 벌써 쉬는 시간종이 울린다. 공강 시간은 어찌나 빨리 지나가는지 마무리 된 일이 하나도 없지만, 다시 수업에 들어가야 된다.

13:20

4교시 쉬는 시간. 교사용 화장실은 1층에 있다. 2층에서 1층까지 내려가는 것이 귀찮기도 하고 내려갔다가 올라오려니 시간이 아깝다. 그냥 학생들이 쓰고 있는 화장실에 들어간다. 한 여학생이 입술에 틴트를 바르고 있는 장면을 목격한다. 틴트를 일시적으로 압수하고 화장을 하지 않도록 지도한다.

13:30

5교시 수업 시작. 영어 교과서, 노트, 파일, 필기구 등 학생들의 수업준비 상태를 파악하고, 지난 시간에 했던 활동들을 상기시킨다. 1교시, 3교시에 수업했던 반과 다른 진도이다. 오늘은 프로젝트 수업을 한 소감문을 써 보도록 했다. 이런 활동을 할 때마다 느끼는 것이지만, 학생들에게는 영어 실력이 문제가 아니라 생각하는 힘이 부족하다.

14:15

5교시 쉬는 시간. 점심 먹고 나서 커피 한 잔 마실 틈도 없이 업무처리로 움직이다 보니 아직 물 한 모금 못 마셨다. 점심시간에 타놓은 커피가 다 식어버렸다.

14:25

6교시 수업 시작. 영어 교과서, 노트, 파일, 필기구 등 학생들의 수업준비 상태를 파악하고, 지난 시간에 했던 활동들을 상기시킨다. 이 반은 여러 행사로 몇 주 째 수업을 빠져서 다른 반에 비해 진도가 엄청 느리다. 다른 반은 프로젝트를 끝내고 성찰일지까지 작성을 하였는데, 이 반은 아직 결과물도 완성하지 못했다. 자유학기제라 학생들이 다양한 활동을 경험해 보게 한다는 취지는 좋지만, 외부 활동 비율이 많아지는 바람에 정작 정규 수업이 제대로 이루어지지 않는다. 수업에 집중할 수 있는 구조가 정립되어야 한다.

15:10

6교시 쉬는 시간. 생각해보니 다음 주 수업준비를 하나도 못했다. 7교시에는 수업준비를 꼭 해야지라고 생각한다.

15:20

7교시. 공간 시간. 이제는 내일 할 수업 준비를 더 이상 미룰 수가 없다. 다음 주 월요일에 할 주제선택프로그램 수업 자료도 만들어야 한다. 본 수업 시간 수업 준비할 시간도 빠듯한데, 매주 월요일 수요일마다 항상 다른 내용으로 수업을 준비하기가 만만치 않다.

16:05

7교시 마치는 시간.

16:05 ～

청소 지도 및 종례 시간.

오늘도 학생들에게 나누어줄 유인물이 3개나 된다. 손을 잘 씻어야 유행병을 피할 수 있다는 보건관련 유인물, 학부모 교육 안내문, 2학기 과목별 수행평가 항목 안내문 등 부모님에게 전달해야 할 가정 통신문이 매일 매일 나간다. 그냥 안내에 그치는 것들도 있지만, 방과후 학교 신청서라든지 학생 체육복이나 교복 신청서라든지 반드시 부모님의 동의서를 받아야 하는 경우도 많다. 이런 날은 종례시간이 더 길어진다. 다음 날까지 동의서를 꼭 가져오라고 신신당부를 한다. 그렇지만 하루 만에 동의서가 다 거두어지는 경우는 드물다. 통신문을 배부하고 동의서를 받는 데도 담임교사의 에너지가 많이 소모된다.

청소지도를 한다. 청소구역은 보통 교실과 특별실로 이루어진다. 교실 의자를 책상 위에 올리고 깨끗하게 쓸도록 지도한다. 교실에 있다 보면 특별실 청소가 잘 이루어지고 있는지 걱정이 되어 복도를 지나 우리 반 특별구역 쪽으로 간다. 역시나 아이들이 빗자루로 장난을 친다. 청소 구역에 아직 나타나지 않은 학생도 있다. 담당 학생을 찾아 청소를 깨끗이 할 것을 지도한다. 청소가 잘 안된 구석진 곳도 다시 한 번 청소할 것을 당부하고 교실로 온다. 교실에 와보면 구석구석 아직도 쓸리지 않은 먼지들이 있다. 떨어진 종이며 먼지를 다시 한 번 더 꼼꼼히 쓸고 닦도록 지도한다.

16:20

공식적인 퇴근 시간. 그러나 아직 청소지도가 끝나지 않았다. 이렇게 청소지도를 하고 종례를 하다 보면 퇴근시간은 이미 지나 있다. 4시 30분 정도에 교실에서 나오는 날은 그나마 종례가 일찍 끝난 날이다. 하루 일과 중에 학생들 사이에 다툼이 벌어진 날이거나 종례 시간에 전달할 사항이 많은 날은 퇴근 시간을 기약할 수 없다. 퇴근 시간 이후에도 업무 때문에 남아서 일을 해야 하는 경우도 많다. 교육청 출장 등이 있어 제때 퇴근을 못하는 날도 자주 있다.

9시부터 1교시가 시작되고 7교시가 끝나는 시간은 4시 5분이다. 8시 20분까지 출근하고 4시 20분에 퇴근한다고 정해져 있지만, 4시 5분에 7교시를 마치고 종례를 하고 나면 이미 4시 20분을 넘기게 된다. 전달사항 전달하고 학생들 청소검사하고, 5시 전에 퇴근을 하면 그 날은 성공한 것이다. 학급에 만일 무슨 일이라도 있는 날이면 학생 상담과 학부모 상담이 몇 시까지 이어질지 예측하기 어렵다. 퇴근 후까지 집에서도 연락을 주고받아야 하는 경우도 종종 있다.

이렇게 중학교에서의 하루는 숨 쉴 틈 없이, 초 단위로 몸을 바쁘게 움직여야 한다. 중학교에 근무하는 교사들은 오늘 화장실도 한 번 못

갔네라고 할 정도로 정말 정신없는 하루하루를 보낸다.

그나마 일상적인 일과 외에 체험학습, 야영, 동아리 활동 등 각종 외부 학교행사가 있을 때는 안전교육부터 시작해서 학생 인솔, 안전 귀가 이후 서류 처리 등 다루어야 할 업무들이 더 많다.

우리나라는 교과 교실제를 채택하고 있는 학교에서도 담임제를 실시하고 있다. 한 반에 한 명의 담임교사가 30명 전후의 학생들의 출석을 체크하고 학생들의 건강상태, 교우관계, 학업성취 등 학생들을 다방면으로 보살핀다. 예전에 비해서 담임교사의 책임이 더욱 막중해지고 있다. 가르치는 것을 넘어 이제는 보육 수준으로까지 역할이 늘어났다고 여기저기서 어려움을 호소하기도 한다. 나도 그렇게 느낀다.

중학교는 정해진 시간표대로 교과 교사가 그 반 교실을 찾아가는 시스템이다. 매일 아침 시간표를 확인한다. 보통 하루에 4시간 정도 수업하는 것이 평균적이고, 학급 수나 학교 규모에 따라 수업을 더 많이 하기도 한다. 일반적으로 교사들이 그냥 수업만 하는 것으로 생각하는데 착각이다. 수업준비와 수업은 교사들이 학교에서 하는 많은 일들에 비하면 빙산의 일각이다. 학교라는 시스템을 유지하기 위해 행정적인 업무가 필수불가결한데 교사들이 그런 행정적인 일들을 나누어서 처리해야 한다. 소위 부서라는 개념으로 업무분장을 한다. 교무부, 연구부, 학생부, 행복인성부 등 업무의 특성에 맞게 부서를 나누고 부장, 기획, 계원 등으로 한 부서를 구성한다. 이제까지 내가 해 본 업무들은 도서관 담당계, 수업지원부 기획, 인성교육부 국제교류 업무 담당, 계기교육 담당, 방과후학교 부장, 학적계 등이다. 교육청 에서 학교로 보낸 공문들을 그 특성에 맞게 각 부서로 배정하고 일을 처리하는 시스템이다. 학교 일과 중 교실에 들어가서 수업하는 시간 이외에 대부분의 시간은 이 업무를 처리하는데 보내게 된다.

교사의 본질적인 역할은 수업 연구를 하고 수업을 하고 학생들과 관계를 형성하면서 그들의 성장을 돕는 것이다. 하지만 담당 업무를 처리하느라 수업 연구할 시간이 없을 때도 적지 않다. 업무 종류에 따 라 다르지만 그 전날 공문이 왔는데 다음 날까지 보고를 하라든지, 심 지어 아침에 공문이 도착했는데 오후까지 보고하라는 공문들도 있다. 학교에서 교사들이 학생들 안 가르치고 모두 컴퓨터만 쳐다보고 있다 고 생각을 하는지, 그런 상황을 마주할 때마다 너무나도 답답하다.

우리 학교는 매주 수요일마다 '수업 나눔의 날'을 운영한다. 이 날 은 8시 30분부터 1교시를 시작하여 5교시까지 수업을 하고 학생들은 2시쯤 하교를 한다. 학생들이 없는 학교는 그나마 근무할 만하다는 우스갯소리를 하기도 하지만 학생들이 없는 학교도 그리 만만한 것은 아니다. 매주 수요일 오후에는 교직원 연수가 잡혀 있기도 하고, 수업 공개가 잡혀 있기도 하다. 보통 학교마다 새 학기 시작 전 2월에 교사 협의회를 통해 매월 수업 공개를 할 사람을 정한다. 교내 공개와 대외 공개수업이 있다. 교내 공개수업은 보통 학년별로 이루어진다. 해당 학년에서 한 분이 수업을 공개하면 그 학년을 담당하고 있는 모든 교과 교사들이 수업을 참관하고 협의회를 갖는다. 협의회 시간에는 수업자의 의도를 듣고, 동료교사들의 관찰을 통해 수업에 대한 피드백을 주고받는다. 수업을 공개한 대상 학반 학생들의 평소 수업 분위기나 관련 에피소드 등을 이야기하다 보면 시간 가는 줄 모른다. 이렇게 수업공개와 협의회를 통해 대상 학반 학생들과 수업 교사에 대해 이해하는 시간을 갖는다.

대외 공개 수업의 경우는 지역 전체 교사들을 대상으로 수업자와 수업주제를 공개한다. 참관을 희망하는 교사들을 20명 정도 초대해 수업을 공개한다. 대외 공개 수업자의 경우 학교 교직원과 외부에서 온 교사들까지 70여명 앞에서 수업을 해야 한다. 요즘은 강의식 수업이 아니라 학생활동 중심 수업이라서 참관 교사들은 뒤에 앉아서 수업만 듣는 것이 아니다. 모둠으로 다가가 학생들이 어떤 대화를 주고받는지 관찰하게 된다. 교사가 학생들의 배움을 북돋우기 위해 어떤 발문을 하고, 어려움이 있는 학생들에게 어떤 피드백을 주는지, 학생들은 모둠 내에서 어떤 대화를 주고받는지, 어려움이 있을 때 어떻게 문제를 해결해 나가는지를 관찰하는 것이다. 45분의 수업 공개가 끝나고 나면 역시 협의회가 이어진다. 수업자 소감으로 시작해서 참관자들이 모둠별로 본인이 참관한 수업에 대해 이야기를 나누고 그 내용을 전체 공유하는 것으로 이어진다. 이 시간을 활용해 전문가 컨설팅을 받기도 한다.

매주 수요일에 수업공개만 이루어지는 것은 아니다. 이 시간을 활용해 교사 대상 연수가 진행되기도 한다. 과정중심평가, PBL 등 주로 교실수업개선에 관련된 연수가 주를 이룬다. 교육청에서 꼭 받아야 하는 연수들, 교직원대상 성폭력예방교육이라든지 심폐소생술 등의 연수가 이루어지기도 한다.

다행히 우리 학교는 시스템이 잘 갖추어져 있어 퇴근 전에 협의회나 연수가 끝날 수 있도록 매주 수요일 수업 나눔의 날을 지정하여 체계적으로 수업 공개와 수업 나눔 협의회, 교실수업개선 연수 등이 진행되고 있다. 그런 체계가 갖추어지지 않은 학교에서는 사실상 근무하기가 더 힘들다고 보면 된다.

교사가 그냥 학교에서 수업만 하고 애들이랑 놀아주고 한가하게 시간을 보낸다고 생각하는 분들이 있을지도 모르겠다. 만약 학교에서 딱 하루만 근무하게 되면 정말 그 생각이 바뀔 정도로 학교 시스템 안에서 교사는 숨 쉴 틈 없이 바쁘게 움직인다.

# 03

# 학급경영의 중요성

　　학교 업무의 90% 이상은 담임 손을 통해 이루
어진다. 학교 업무 분장을 보면 각 부서별 업무 부장이 있고 계원들이
있다. 학급 담임이 있고 비담임이 있다. 각 부서에서 추진하는 모든
업무는 학생들과 관련된 사업이다. 학교는 학생들을 위해 있는 것이
니 어찌 보면 당연한 일이겠다. 각 부서에서 추진하는 사업이 제대로
진행이 되려면 담임교사의 협조가 반드시 필요하다. 방과후학교를 예
를 들면, 방과후학교 프로그램을 개설하기 위해 맨 처음 학생 및 학부
모 대상 수요조사를 한다. 방과후학교 담당 부서에서 수요조사지를
만들어 각 반 담임교사에게 조사를 부탁한다. 담임교사는 반별로 수
요 조사를 해서 방과후학교 부서에 넘긴다. 이후 방과후학교 프로그
램이 개설된다. 개설하는 과정에서도 부서에서 여러 번 협조 요청이

온다. 한 반에 최소한 10명은 되어야 프로그램이 개설된다. 10명 미만으로 신청이 들어온 프로그램의 경우는 학생들의 참여를 독려해야 한다. 그럭저럭 방과후학교가 개설되어 개강을 한다. 학생들에게 결석을 하지 않도록 참여를 독려하고, 시작 날짜와 장소를 안내하는 것도 담임이 해야 할 업무이다. 혹여 학생이 수업에 빠지면 학생이나 학부모에게 연락을 하는 것도 담임의 몫이다. 이런 일들이 하루에도 몇 가지가 되풀이된다. 학생들에게 전달해야 할 내용만도 매일 아침 한 가득이다. 아침에 출근하자마자 컴퓨터를 켜고 쌓여 있는 메시지부터 확인하는 이유이다.

그래도 이런 업무들은 그냥 하면 되니까 크게 정신적으로 힘든 일은 아니다. 어떻게 보면 교직생활에서 가장 어려운 부분은 학생이라는 존재와 학부모라는 존재를 만나는 것이 아닌가 한다. 최근 학생들의 갈등을 조정하고 해결하는 일에 어려움이 더 많아졌다. 예전에는 학교폭력의 대상이 주로 신체폭력이 많았다. 가해와 피해가 명백하니 학교 규정에 따라 처리를 하면 되었다. 하지만 요즘은 그런 신체폭력보다 언어폭력이 많다. 소위 말하는 왕따 문제도 그렇고 서로 뒷담화를 하거나 심한 욕을 해서 언쟁이 붙는 경우, SNS상으로 욕설을 하는 경우 등 학교폭력의 형태도 다양해지고 있다. 이런 학교폭력 문제를 다루는 학생부가 있기는 하지만, 결국 문제가 발생하면 사안 조사부터 해결, 사후조치까지 모든 것이 담임교사의 몫이다. 이런 문제가 발생하면 학생들에게 사실여부 확인 후 가장 먼저 학부모에게 연락을 취한다. 학생들은 아직 미성년자이기 때문에 모든 것이 학부모 동의를 거쳐 이루어진다. 학부모들과 대화하는 과정에서 감정적이 되어 사안이 심각하게 흘러가기도 한다. 학부모들이 담임교사에게 서운함을 토로하는 경우도 있다. 이 때 담임교사는 상담가로서의 역할도 잘 해내야 한다. 학부모의 의견을 잘 들어주어야 한다. 이해 당사자 양측의 입장을 잘 듣고 오해가 없도록 처리해야 한다.

무엇보다 담임의 중요한 역할은 학교에서 학생들의 엄마나 아빠와 같은 역할이라고 생각한다. 우리 선생님이나 우리 반 담임선생님이라는 호칭에서 벌써 학생들의 담임에 대한 애정이 느껴진다. 신규 때부터 교과 수업도 중요하지만, 담임의 역할과 학급경영이 정말 중요하다는 생각을 많이 했다. 담임교사가 학기 초부터 어떤 가이드라인을 가지고 학생들을 지도하냐에 따라서 반 분위기가 크게 좌우된다고 생각하기 때문이다. 물론 초등학교에 비하면 중학교 담임교사가 반 아이들을 만나는 시간이 절대적으로 적기는 하지만, 담임의 역할은 교과 교사 역할의 몇 배일 것이다. 임용을 준비하는 과정에서는 전공 공부에만 매진하고 교육학 이론만 공부할 뿐이지 학생들을 대하는 자세라든지 학급경영 팁에 대한 내용은 충분히 다루어지지 않는다. 나 또한 그런 부분의 지식과 경험이 부족했기 때문에 발령을 받고 난 후 많은 어려움을 겪었다. 교과 지식을 많이 알고 있는 것도 중요하다. 하지만 무엇보다 수업과 학급을 이끌어 가는 교실 관리classroom management 능력이 정말 중요하다는 것을 그간의 경험으로 깨닫게 되었다.

어떤 철학을 가지고 어떤 규칙을 가지고 일 년을 학생들과 생활할지, 어떤 메시지를 학생들에게 전달할지, 학생들이 어떤 어른으로 자라면 좋을지, 이 모든 것이 포함된 것이 학급경영 철학이다. 나의 학급경영 노하우 중 학부모와의 관계 형성에 그래도 긍정적인 영향을 미치고 있는 방법이 몇 가지 있다. 그 중 하나가 바로 개학 첫 날 배부하는 '학부모에게 보내는 편지'이다. 2000년 첫 발령을 받고 나서 담임을 맡은 해에는 한 해도 빠짐없이 실행해 왔다. 3월 2일 등교 첫 날 학부모에게 보내는 편지를 배부하고 답신을 받아오게 한다. 이 편지를 준비하면서 나의 교육철학도 정리해보게 된다. 또한 어떤 마음가짐으로 우리 반을 이끌어 갈 것인지 한 해 계획도 세우게 된다. 2월에 며칠간 고민하여 편지를 작성한다. 이런 가이드라인이 있으면 무엇보다 학급경영에서 중심을 잡는데 크게 도움이 되는 것 같다.

학부모들에게 보내는 편지이지만, 학생들에게도 담임이 어떤 부분을 중점적으로 지도할 것인지 안내가 된다. 무엇보다도 이 내용을 정리하면서 나의 교육 철학에 대해 정리할 수 있는 시간이 되어 좋다. 학부모에게 보내는 편지에 정성스레 답장을 빼곡하게 적어서 답하는 부모님들이 많이 계신다. 아이의 특성을 설명해주고 1년간 아이를 잘 부탁한다는 내용이 대부분이다. 3월 말 학부모회의 때 보통은 부모님들 얼굴을 처음 뵙게 된다. 학부모 편지에 대한 답장을 주고받으며 어느 정도 신뢰가 쌓여서 그런지 학부모회의 때 처음 만나게 되지만, 호의적인 감정을 느낄 수 있다. 기타 상담할 일이 있어서 부모님과 통화를 할 때도 마찬가지이다. 물론 매년 학급경영에 나름의 어려움이 있다. 어떤 해에는 학교폭력 사안이 열려 좋지 않은 소식을 부모님께 전하기도 하고, 의도치 않은 오해를 받아 서로 감정이 안 좋아지는 경우가 있기도 했다. 하지만 대부분의 경우는 나의 진심을 알아주고 원만하게 해결이 되었다. 학급경영의 시작은 3월 첫날 첫 만남에서부터이다. 2월에 미리 학급 학생들과 학부모들을 만날 준비를 철저히 하면 할수록 한 해가 즐거워질 확률이 높다.

Bonus!

### 〈2018년 학부모에게 보내는 편지〉

안녕하십니까! 저는 1학년 3반 담임을 맡은 교사 최선경입니다. 새 학기를 맞이하여 학부모님들께서 새로운 담임에 대해 궁금증을 가지실 것이라 생각되어, 이 편지를 통해 저의 학급경영 중점 사항을 알려드리고 학부모님들께서 도와주실 일들에 대해 간단히 말씀드리고자 합니다.
1-3반의 인연으로 만난 28명의 보석들! 모두 모두 환영합니다!!!
**1. 선생님이 그리는 우리 학급의 최종 모습**- 웃음이 넘치고 서로 존중하

고 배려하는 화목한 가족 같은 반

2. 바라는 교사상- 학생들을 믿고 사랑으로 대하는 교사, 단호함과 친절함을 갖춘 교사, 학생들에게 비빌 언덕 같은 존재, 존경받는 교사

3. 바라는 학생상- 배운 것을 실천할 수 있고, 자신을 표현할 줄 알며, 다른 사람을 배려하고 베풀 줄 아는 사람

4. 학급 경영 중점 사항- 우리 학급의 최종 모습을 가능하게 하는 실천 방안들

-뒷면에 있는 House of Class 1-3을 참고해주세요. 우리반의 울타리 미덕: 존중! 감사! 경청!

5. 부모님들이 도와주셔야 할 것들

＊아이들이 **학습할 수 있는 준비상태**를 갖추고 늦지 않게 등교할 수 있도록 해주세요.(8:15분까지 입실)

＊숙제는 집에서 할 수 있게 지도해 주시고 매일 매일 **가정통신문 확인** 꼭 부탁드립니다.

＊혹시 아이들이 결석이나 지각을 할 경우, 혹은 연락이 꼭 필요한 경우 저나 학교로 꼭 알려주세요. 제가 전화를 받지 않을 경우에는 **문자**를 남겨주시면, 추후에 확인하겠습니다.

＊학교폭력에 대한 처벌이 강력해 지고 있습니다. 신체폭력 뿐만 아니라 카카오톡이나 페이스북 등의 SNS를 통한 언어폭력 및 인신공격 또한 강력하게 처벌하고 있으니 학생들에게 이 점 주지시키어 불미스러운 일이 발생하지 않도록 지도해주십시오.

＊아침자습시간(08:20~08:50)은 주로 **독서시간**으로 운영됩니다. 독서 하는 습관을 학생들이 가질 수 있도록 가정에서도 연계하여 지도해 주시고 양질의 책을 준비하여 학교에 오도록 해주십시오.

(아침자습시간에 학교나 학원 숙제 등을 하지 않도록 숙제는 집에서 할 수 있도록 지도 부탁드립니다.)

＊학교에서는 매일 감사노트를 적고, 집에서는 매일 복습노트를 작성하

도록 지도할 예정입니다. '매일의 일상이 모여 한 사람의 일생이 되고, 꾸준함이 모여야 특별함을 이룰 수 있음을, 사소한 것에서부터 성취감을 맛볼 수 있음'을 학생들이 깨달을 수 있도록 가정에서도 협조 부탁드립니다.

＊학교는 삶을 준비하는 곳입니다. 학교교육은 교사 혼자만의 노력이 아니라 우리 아이들과 그리고 학부모님들의 노력으로 완성된다 할 수 있습니다. 이러한 저의 교육적 관점을 바탕으로 다양한 활동들을 해나갈 계획이니 학부모님들께서 저의 교육 방침에 동의해 주시고 도와주신다면 더욱 힘이 되겠습니다. 자녀에게 안 좋은 일이 생기고 나서야 찾는 질타의 대상이기보다는 자녀의 담임으로서 한 해 동안 부모님들의 든든한 지지를 받고 싶습니다. 저는 무엇보다도 아이들의 학교 적응 문제와 학습에 대해서 학부모님들과의 원활한 의사소통을 할 수 있기를 바라고 있습니다. 자녀 문제로 상담할 일은 연락주시면 상담 시간을 잡도록 하겠습니다.

1년 동안 함께 있어 행복한 1학년 3반이 될 수 있도록 저를 믿고 지지해 주시기 바랍니다. 저도 최선을 다해 노력하겠습니다. 댁내 넉넉한 웃음이 깃들기를 기원하며 다시 소식 올릴 때까지 안녕히 계십시오.

---

1학년 3반 담임교사 최 선 경

연락처 :

이메일 :

아이들에 대하여 하고 싶으신 이야기가 있으시면
부담 없이 연락해주시길 바랍니다.
(단, 수업시간과 늦은 저녁은 피해주시면 감사하겠습니다.)

2018년 3월 2일
담임교사 최선경 올림

# 〈학부모님 답장 예시〉

긍정의 힘으로 교직을 디자인하라

## House of class 1-3

# 책임감, 존중, 역량을 갖춘 성숙한 시민

| | |
|---|---|
| 너희가 모르는 곳에 갖가지 인생이 있다.<br>너희 인생이 둘도 없이 소중하듯이<br>너희가 모르는 인생도 둘도 없이 소중하다.<br>사람을 사랑하는 일은<br>모르는 인생을 사랑하는 것이다.<br>- 하이타니 겐지로 | 집<br>짓<br>기 |

| | | | | |
|---|---|---|---|---|
| **함께 성장하는 1-3반을 위한 필수 기술 8가지** | | | | 기<br>초<br>쌓<br>기 |
| 필수 기술 #1<br>성찰하기<br>(버츄프로젝트) | 필수 기술 #2<br>감사 나누기<br>(감사노트 쓰기) | 필수 기술 #3<br>의사소통기술<br>(꾸아드네프) | 필수 기술 #4<br>공감하기<br>(경청하기) | |
| 필수 기술 #5<br>자기 관리<br>(성장일기 쓰기) | 필수 기술 #6<br>학급회의<br>(요일별 특색활동) | 필수 기술 #7<br>미소와 친절<br>(상냥함) | 필수 기술 #8<br>긍정마인드<br>(몰라요/그냥요/왜요<br>/싫어요 금지!!!) | |

| | |
|---|---|
| **우리가 지킬 약속들(1-3반 십계명) 존중! 감사! 경청!** | 터<br>닦<br>기 |
| ● 3반은 내가 존중받고 싶은 만큼 다른 사람을 존중한다.<br>● 3반은 나의 의사를 정확하게 표현하고 다른 사람의 이야기에 귀 기울인다.<br>● 3반은 사소한 것에도 정성을 다한다.<br>● 3반은 정직하게 행동한다.<br>● 3반은 정리정돈을 잘한다.   ● 3반은 시간 관리를 잘한다.<br>● 3반은 때와 장소를 가려서 행동한다.<br>● 3반은 실수를 인정한다. (틀려도 괜찮아~ 하지만 인정할 건 인정하자.)<br>● 3반은 웃는 얼굴로 인사하고 예의를 갖춘다.(**긍정마인드 장착!!!**)<br>● 3반은 배워서 익힌 것을 실천한다. 나부터 실천한다. 꾸준히 실천한다. | |

| | |
|---|---|
| 공동체 구성원으로서 자신의 역할에 최선을 다하고<br>서로에게 긍정적인 영향을 미치도록 행동한다.<br>나답게, 너답게, 그리하여 함께(급 훈)<br>꾸준함이(나다움이) 특별함을 만든다.(좌우명) | 비<br>전 |

# 04

# 아침자습시간

　　하루 일과 중 담임반 아이들과 가장 많이 볼 수 있는 시간이 바로 아침자습시간이다. 초등학교와는 달리 중학교에서는 담임이라도 본인의 교과 수업시간에만 담임반 아이들을 만날 수 있다. 이 아침자습시간에 학생들 상담에서부터 개개인의 특성을 파악할 수 있는 활동들이 이루어진다. 나는 주로 학생들이 독서를 하면서 이 시간을 보내게 하고 우리 반 특색활동을 하기도 한다.

　2년 전부터는 아침자습시간에 가치카드 필사하기 활동을 한다. 매일 아침 학생들이 가치카드 하나를 뽑아서 읽은 후 그 내용을 노트에 필사하게 한다. 그 날 뽑은 가치를 어떻게 실천할지 실천다짐을 적고 감사 일기를 적게 한다. 가치카드 활동을 하다 보니 단순히 필사만 할 것이 아니라, 자신이 생각하는 가치의 정의를 직접 내려 보면 좋겠다는 생각이 들었다. 그래서 직접 활동지를 만들어 자신이 중요하다고 생각하는 가치를 자신의 언어로 정리하고 시각적으로 표현해 보도록 하였다. 그런 아이디어로 '꿈꾸는 고래카드'가 탄생하게 되었다. 지금은 학생들이 꿈꾸는 고래카드와 점착 메모지를 활용하여 아침마다 가치카드 필사하기 활동을 이어오고 있다.

매번 새 학기를 시작할 때마다 올해는 이런 것도 해보고 저런 것도 해봐야지라면서 거창한 계획을 세우기 마련이다. 2018년 초에도 요일별로 학급 특색활동을 하겠다는 계획을 세웠다. 하지만 아침자습시간에 여러 가지 방송 교육이나 설문 조사 등의 이유로 30분이라는 시간을 온전히 사용하기가 쉽지 않다. 그래서 독서 릴레이나 학급회의 등 하고 싶었던 대부분의 활동을 하고 있지는 못하다. 하지만 가치카드 필사하기만은 고수하고 있다.

집중해서 하면 5~10분 만에 끝낼 일들도 아이들은 뭉그적거리면서 시간을 끈다. 한 학생이 안하기 시작하면 다른 학생들에게도 전염되기 마련이다. 친절함과 단호함을 갖추는 것이 학급경영이나 수업진행에 가장 중요하다. 아이들의 마음은 읽어주되 원칙은 고수해야 한다. 그래서 다른 건 다 양보해도 매일 아침 '꿈꾸는 고래카드'에서 가치를 골라 필사하게 하고, 자신의 언어로 정의하고 시각화하는 것은 한 명도 예외 없이 하도록 한다. 그 과정에서 학생들이 지금 당장은 아니더라도 분명 깨닫는 것이 있을 거라고 믿는다. 가랑비에 옷 젖는다고 계속 좋은 말들을 접하다 보면 아이들의 정신도 행동도 선하게 바뀌지 않을까라는 믿음으로 이 활동을 하루도 빠짐없이 계속하고 있다. 이렇게 내가 학생들이 가치카드를 필사하도록 하는데 열성적인 것은 그만큼 이 활동이 의미가 있다는 것을 깨달은 적이 있기 때문이다.

〈2018.4.8. 권영애 선생님의 『자존감, 효능감을 만드는 버츄프로젝트 수업』을 읽고〉

올 3월은 어찌나 바쁘게 지나갔는지 책 한 권도 제대로 못 읽고 지나가 버렸다. 그래도 매일 10분이라도 책을 읽자 싶어 매일 아침 눈 뜨자마자 만난 책이 바로 권영애 선생님의 『자존감, 효능감을 만드는 버츄프로젝트 수업』이다. 선생님의 이전 작인 『그 아이만의 단 한사람』을 읽으면서도 눈물을 흘리며 많은 감동을 받았었는데, 이 책 역시 나에게 큰 울림을 주었다. 아니, 이 책이 아니었으면 아침마다 이 책을 짧게나마 만나지 않았다면 지금쯤 나는 우리 반 한 아이와 원수가 되어 있을지도 모르겠다. 우리 반에 포스가 범상치 않은 한 아이가 있다. 3월 개학하자마자 하나의 소동이 있었다. 그 때 속으로 든 생각이 솔직히 말해서, '아~ 올 해는 망했구나. 이 아이를 어떻게 감당하지?'였다. 그런데 마침 그 때 내가 읽었던 부분이 교사와 학생들이 느끼는 두려움에 관한 이야기였다. 나는 이제까지 나의 경험으로 미루어 지레 겁을 먹고 그 아이가 앞으로 계속 문제를 일으킬 것이라고 짐작하고 있었던 것 같다.

선생님의 책을 읽고, '그래 두려워하지 말고 이 아이를 있는 그대로 아니 그 아이의 내면에 숨어 있는 미덕을 보자'라고 다짐하고 나니 한결 마음이 편해졌다. 그 아이가 그 이후로 다른 소동을 벌여도 화를 내기보다는 조근 조근 말로 논리 있게 그 아이를 설득할 수 있게 되었다. 만일 내가 그 아이가 앞으로 계속 사고를 칠 것이다. 저 아이는 어쩔 수 없다는 에너지를 계속 풍겼다면 그 아이가 진짜 그런 방향으로 나아갈 수도 있었을 것이다. '나는 너를 믿는다. 나아질 수 있다고 믿는다. 누구나 실수는 할 수 있지만 인정하고, 네가 한 행동에 대한 책임은 져야한다'라는 메시지를 단호하게 지속적으로 전달하니 아이도 반항하거나 겉돌기 보다는 내가 정한 우리 반 울타리 안에 녹아들게 된 것 같다.

이제 겨우 3월이 지나고 4월로 접어들었지만 그 아이 눈빛이 많이 돌아왔다고 느껴진다. 다른 교과 선생님들도 그렇게 말씀하시는 걸로 봐서 이 아이가 앞으로 충분히 더 나아질 가능성을 보고 있다. 아버지와의 상담에서도 그렇게 말씀 드렸다. 아버지는 아이에게 기대했다가 실망한 적이 많아 믿기 힘들다고 했지만 교사인 나는 한 번 믿어보겠다고 했다.

버츄카드를 만난 것이 그래도 횟수로 3년째에 접어든다. 제대로 된 연수를 받은 적은 없었지만 매일 아침 버츄카드와 만나고, 권영애 선생님의 책을 접하면서 나도 예전처럼 욱 하는 순간을 피해 한 발 물러서 여유있게 아이들을 대할 수 있게 된 것 같다.

이 책은 그냥 한 번 읽고 말 책이 아니라, 앞으로 내가 교직생활을 하면서 꾸준히 여러 번 읽고 두려움을 느낄 때마다 도움을 받을, 나에게 용기를 불러일으켜줄 그런 책인 것 같다. 온라인상으로만 뵈었던 분이지만, 권영애 선생님의 인자한 미소를 뵈면, 나도 그 나이쯤에는 그런 미소와 분위기를 가질 수 있게 되기를, 매일 매일 교사로서 인간으로서 성장하는 내가 되기를 다짐하고 또 기대해 본다.

블로그에 위 글을 쓴 지 반년이 지났다. 지금도 그 학생은 하루에도 몇 번씩 심한 욕을 한다거나 친구들과 장난을 치다가 혼이 나기도 한다. 그렇지만 그 학생도 나아질 수 있다는 나의 믿음에는 변함이 없다. 그리고 실제로 많이 좋아졌다. 반 아이들과의 관계나 선생님들을 대하는 태도도 예전보다 훨씬 더 좋아졌다. 사회 수업시간에 만든 결과물로 대회에 나가서 학교 대표로 상을 받기도 했다. 본인 스스로 '선생님, 저 많이 좋아진 거에요' 라며 너스레를 떨 정도로 부드러워졌다. 무엇보다 어떤 실수를 했을 때, 그 자리에서 바로 인정하고 다음에는 조심해야겠다는 자세가 눈에 보인다.

이 학생에게 늘 강조하는 것은 다른 사람들을 배려하고 존중하라는 것이다. 교실은 학교라는 공간은 혼자만 사용하는 곳이 아니기 때문에 때와 장소에 맞게 말과 행동을 가려서 해야 한다. 이미 욕하고 장난치는 것이 몸에 베여 잘 고쳐지지는 않겠지만, 노력은 해야 되며 최소한 내가 이렇게 행동하면 다른 사람들이 불편하겠구나라는 생각을 해야 한다. 담임이 이렇게 하지 말라고 했는데 혼나겠구나라고 생각하며 눈치라도 보고 행동하는 것과 그것이 당연한 줄 알고 행동하는 것은 분명 다르다. 잘못은 누구나 할 수 있고 실수를 저지를 수는 있지만, 자신이 한 행동에 반드시 책임이 따른다는 것을 깨닫게 하고 싶다. 오늘 해야 할 책임을 미루면 내일은 두 배 세 배로 더 힘들어진다는 것을 깨달아야 한다. 이 아이의 변화는 우리 반 10계명처럼 내가 마음속에 큰 틀을 세워놓고 그 틀을 넘어가지 않도록 학생들을 지도하고 지금 당장 눈앞에 보이는 변화가 없더라도 지속적으로 지도하다 보면 언젠가는 변할 거라는 믿음이 있었기 때문이 아닐까? 내 스스로 이것만은 아이들이 지켜줬으면, 이것만은 아이들에게 길러줘야지 하는 큰 틀이 있기 때문에 상황에 따라 흔들리지 않고 일관성 있게 지도를 할 수 있었던 것 같다.

솔직히 예전에 더 젊은 시절에는 말썽을 부리는 아이들에게 심한 말을 하거나 화를 낸 적도 많다. 심지어 매를 댄 적도 숱하다. 그 시절에는 그 방법이 최선인줄 알고 그렇게 했지만, 지금 생각하면 부끄럽다.

타고르는 다음과 같은 이야기를 남겼다.


자물쇠는 해머로 열리지 않는다. 자물쇠에 맞는 열쇠라야 열린다. 열쇠와 자물쇠는 같은 짝이지만 목적은 다르다. 마치 바늘과 실 같은 관계다. 한데 어우러져 있어야 제구실을 할 수 있다. 열쇠는 해결의 실마리가 될 수도 있다. 폭력적인 해머로는 자물쇠가 순순히 열리지 않는다. 파괴만 있을 뿐이다. 온화함과 부드러움은 분노와 폭력보다 더욱 강하다.

- 김규회 외 4인(2015), 『인생 격언』, 58쪽

너는 그래서 안돼라는 선입견과 분노로 학생들을 대했다면 볼 수 없었을 변화를 올 해 경험하면서 강함의 의미를 다시 한 번 생각해 보게 되었다. 강하다는 것은 물리적으로 내가 힘이 세다는 것이 아니라, 믿음이 있고 일관성이 있고 내 스스로 다른 이에게 부끄러움이 없이 행동하는 것이 아닌가라는 생각을 해본다.

경력이 쌓이고 여러 경험을 통해 학생들을 어떻게 대해야하는지를 알게 되면서 나 스스로도 매일 매일 학생들과 함께 성장하고 있다고 생각한다. 예전에 읽은 책에서 이런 문구를 발견하고 크게 공감한 적이 있다. '올해보다 내년에 나는 더 잘할 수 있으리라는 것을 알고 있습니다. 그래서 현재 만나는 아이들에겐 항상 미안하고 부족한 마음을 가지게 됩니다. 내년이면 지금보다 훨씬 더 좋은 선생님이 될 수 있는데...[3]' 나 또한 이런 심정이다. 어제보다는 오늘이, 오늘보다는 내일 나는 더 나은 사람이 되어 있을 거라고 믿는다. 나뿐만 아니라 학생들도 그리 될 것이라 믿는다. 그래서 부끄럽지만 나의 과거 이야기, 현재 이야기를 지금 하고 있다. 과거와 현재를 통해 나의 미래 모습을 그려본다.

---

3) 허승환(2010), 『수업시작 5분을 잡아라』, 머리말

**Bonus!**

〈아침자습시간에 활용해 본 활동들〉 – 우리 반 10계명, 꿈꾸는 고래카드 필사

http://shop.teacherville.co.kr/shop/goods/goods_detail.php?PNO=922225&rccode=pc_main

성장일기용 노트와 배움일기용 노트는 교사가 학급비로 구입하여 제공한다.

3월 개학 첫 날 노트와 아침자습시간 운영 방법에 대해 설명한다. 학부모님에게 보내는 편지와 함께.

성장일기 작성 예시

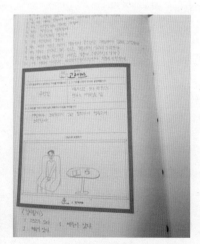

우리 반 10계명 필사

자신이 고른 가치의 의미 설명하고 그림으로 표현

성장일기, 배움일기(복습노트) 작성법 안내

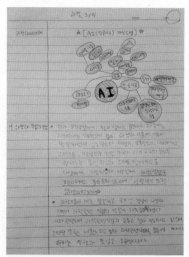

성장일기, 배움일기(복습노트) 작성 예시

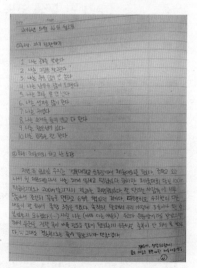

주제일기 작성예시 – 자기소개하기, 중학교에서 한 달 보낸 소감 등 제시된 주제에 맞게 글쓰기

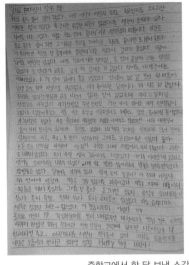

중학교에서 한 달 보낸 소감 등 제시된 주제에 맞게 글쓰기

## 〈우리 반 특색 활동 – 100일 기념 파티〉

https://blog.naver.com/dntjraka75/221295184624

100일 파티에 관한 기록은
블로그에 기록되어 있으니 관심있는 분은
참고하시기 바랍니다.

05

# 내가 학생들에게 길러주고 싶은 것들

영어교사로서 학생들에게 영어지식을 가르치는 것도 중요하지만 살아가는데 필요한 역량을 길러주는 것이 어찌 보면 더 중요하다고 생각한다. 그렇다면 학생들이 살아가는데 필요한 역량은 뭘까?

끈기, 과제집착력, 꾸준함, 성실함, 대인관계능력, 배려, 존중, 문제해결력, 도전정신, 성찰, 자기 언어로 표현하기(스토리텔링), 자신의 경험에 의미 부여하기, 공감하기, 자기관리, 시간관리, 절제, 협력 등을 학생들이 갖추기를 바란다.

그 중에서 내가 가장 중요하게 생각하는 역량은 무엇일까? 이 질문에 답하기 위해 어떨 때 학생들에게 안타까움을 느끼는지 생각해 보았다. 공부를 못하고 잘하고를 떠나 아무것에도 집중하지 못하고 아무엇도 하려 하지 않는 무기력한 학생을 보면 가장 안타깝다. 아마도 정성을 다해 사소한 일에라도 최선을 다하는 것을 가장 중요하게 생각하고 있는 것 같다.

요즘 아이들이 가장 힘들어하는 것은 바로 한 자리에 일정 시간 앉아서 한 가지 일에 집중하는 태도와 자세인 것 같다. 물론 예전에도 그렇긴 했지만 학생들의 집중력이 날이 갈수록 낮아지고 있다. 아마도 휴대폰 사용과 자극적인 영상을 많이 봐서 그럴 수도 있을 거라 짐작한다. 학생들의 집중력을 높이고 뭔가 꾸준히 하는 습관을 들여 주고 싶어서 담임 반 학생들과는 다양한 형태로 읽고 쓰기를 한다.

2018년에는 학기 초 성장일기와 배움일기를 쓰도록 하고 있다. 성장일기에는 매일 아침 한 장의 가치카드를 뽑아서 필사를 하고 자신의 실천다짐을 쓴 후 감사한 일 3가지를 적게 한다. '우리 반 10계명'도 필사하도록 한다. 2017년에도 학기 초부터 게시판에 10계명을 게시하고 강조 했지만, 시간이 지날수록 아이들이 10계명에 크게 신경 쓰지 않는 것을 관찰했다. 2018년에는 학생들이 매일 10계명을 볼 수 있도록 책상 위 이름표에 시간표와 함께 10계명을 붙여두었다.

### 〈1-3반 10계명〉

- 3반은 정직하게 행동한다.
- 3반은 정리정돈을 잘한다.

- 3반은 시간 관리를 잘한다.

- 3반은 사소한 것에도 정성을 다한다.

- 3반은 때와 장소를 가려서 행동한다.

- 3반은 내가 존중받고 싶은 만큼 다른 사람을 존중한다.

- 3반은 웃는 얼굴로 인사하고 예의를 갖춘다.(긍정마인드 장착!!!)

- 3반은 실수를 인정한다.(틀려도 괜찮아~ 하지만 인정할 건 인정하자.)

- 3반은 배워서 익힌 것을 실천한다. 나부터 실천한다. 꾸준히 실천한다.

- 3반은 나의 의사를 정확하게 표현하고 다른 사람의 이야기에 귀 기울인다.

우리 반 10계명을 정하게 된 계기는 레이프 에스퀴스의 『당신이 최고의 교사입니다』라는 책을 읽고 나서이다. 이 책을 쓴 저자는 35년간 학생들을 가르치고 지금은 퇴직하여 자신의 학교를 만들어 운영하고 있는 분이다. 셰익스피어 작품을 학생들과 함께 읽고 그 작품을 학생들이 공연하도록 한다. 2016년 겨울 방학 교사 연수 참여를 위해 이 책을 읽고 연수에 참여한 선생님들과 이야기를 나누며 많은 영감을 받았다. 에스퀴스 선생님을 한 번 만나고 싶다는 참가자들의 바람이 터져 나왔다. 그 날의 바람 덕분에 몇 달 후 연수를 주관한 단체에서 레이프 에스퀴스 선생님을 한국에 초청하게 되었다. 운 좋게 에스퀴스 선생님을 직접 만나 책에 사인도 받고 이야기도 나눌 수 있었다.

이후 메일을 주고받으며 내 꿈이 자발적인 교사 전문학습공동체를 만들어가는 거라고 말씀드렸다. 내가 가진 꿈을 꼭 이루었으면 좋겠다고 격려해주기도 하셨다.

겨울 방학 연수에서 에스퀴스 선생님의 교실에서 지켜지고 있는 10계명을 읽고, 각자 자신의 10계명 만들기 활동을 하였다. 2017-2018년 내가 아이들에게 나누어준 10계명은 당시 생각했던 10계명을 좀 더 다듬은 것이다. 어떻게 보면 이 10계명이 내가 학생들에게 길러주고 싶은 역량일 것이다. 다른 교과 지식들은 둘째 치고 저것만 잘 지켜도 사회에 나가 자기 몫은 충분히 하는 어른이 될 것이다. 어른들도 위의 10가지를 다 지키기 힘들다. 나조차도 그렇다. 그렇지만 우리가 살아가면서 반드시 지켜야 할 기본이니만큼 지키려고 노력해야 한다.

지각을 한다거나 심한 장난을 쳤다거나 다양한 형태로 우리 반 10계명을 지키지 않았다고 판단될 경우 학생들이 노력지를 쓰게 한다. 노력지 앞면에는 우리 반 10계명을 필사하고, 오늘 특히 내가 지키지 않고 부족했던 부분은 무엇이었으며, 왜 그렇게 생각하는지를 이야기하게 한다. 가치카드 중 지금 이 순간 나에게 필요한 덕목이 무엇인지 고르고, 그 이유를 설명하게 하기도 한다. 대부분의 학생들은 자신이 배려가 부족했다든지 협력이 필요하다며 상황에 맞는 카드를 잘 골라낸다. 그렇게 조용히 앉아서 필사를 하고 자신의 입으로 상황을 설명하는 자세가 중요하다. 최소한 그 순간만큼은 자신의 잘못을 돌아보고 다시는 그렇게 하지 않겠다고 성찰하는 시간이 의미가 있기 때문이다.

노력지 뒷면은 '여러분들 마음속에 깨진 틈이 생기지 않도록 사소하고 기본적인 것부터 지킵시다. 꾸준하게' 라는 나의 당부와 함께 '디테일의 힘' 이라는 이야기로 채운다.

디테일의 힘은 필립 짐바르도의 '깨진 유리창의 법칙' 을 상기시킨다. 짐바르도는 골목에 새 승용차 한 대의 보닛을 열어 놓은 상태로 내버려 두었다. 일주일이 지났지만 아무 일도 발생하지 않았다. 다음에는 똑같은 승용차의 보닛을 열어 놓고 한쪽 유리창을 깬 상태로 내버려 두어 보았다. 어떤 일이 벌어졌을까? 10분도 지나지 않아 차 안에 쓰레기가 버려졌다. 몇 분 더 흐르자 자동차 배터리가 없어졌다. 그리고 일주일이 지났다. 차는 알아볼 수 없을 정도로 훼손되었다. 지저분한 낙서가 차를 뒤덮었으며 당장 폐차장에 끌고 가야 할 정도로 망가져 버렸다. 깨진 유리창은 처음에는 매우 사소해 보인다. 하지만 그 디테일을 놓치게 되면 차 전체가 망가지게 되는 것이다.

– 고영성 · 신영준(2017), 『완벽한 공부법』, 483쪽

'담임선생님이 최선경 선생님일시에 〈디테일의 힘〉을 주의 하세요. 필립 짐바르도와 친구사이가 될 겁니다.' 라는 조언을 후배들에게 남

긴 학생이 있었다. 학생들이 필립 짐바르도라는 이름까지 기억하는 것을 보고 웃음이 났다. 2017년 학기말에 '우리 선생님 사용 설명서' 만들기 활동에서 나온 이야기이다. 담임 반 아이들을 비롯해 대부분의 학생들이 선생님은 수업시간에 준비물이 없거나 열심히 참여하지 않는 것을 싫어하니까 수업시간에 꼭 최선을 다하라는 말을 후배들에게 남겼다. 그래도 내가 평소에 강조하던 개념들이 학생들에게 잘 전해졌구나라는 생각이 들었다.

이 디테일의 힘은 영화 〈역린〉에서 인용되어 화제가 되었던 중용 23장의 내용과도 일치한다. 평소 나의 생각을 잘 표현하고 있는 문구라서 여기에도 한 번 옮겨본다.

〈역린의 중용 23장〉

작은 일도 무시하지 않고 최선을 다해야 한다.

작은 일에도 최선을 다하면 정성스럽게 된다.

정성스럽게 되면 겉에 베어 나오고

겉에 베어 나오면 겉으로 드러나고

겉으로 드러나면 이내 밝아지고

밝아지면 남을 감동시키고

남을 감동시키면 이내 변하게 되고

변하면 생육된다.

그러니 오직 세상에서 지극히 정성을 다하는 사람만이
나와 세상을 변하게 할 수 있는 것이다.

이 내용을 요약하면 "정성을 다 하면 변한다" 가 아닐까?

사람들은 항상 위대하고 고상한 일을 성취하기를 열망하지만, 가장 중요한 의무는 작은 일들을 마치 그것들이 위대하고 고상한 일인 것처럼 해내는 것이다. 학생들이 사소한 일에도 정성을 쏟기를 바란다. 학생들이 살아가는 힘을 기르기를 소망한다. 내가 세상과 연결되어 있다는 것을 깨닫고, 내가 세상에 긍정적인 영향을 끼칠 수 있다는 것을 깨닫고 적극적인 자세로 살아가기를 희망한다. 내 주변 문제에 관심을 가지고 그것을 해결하기 위해 최소한 내가 할 수 있는 일들을 하며 살아갔으면 한다. 무엇보다 그렇게 세상을 변화시키는 힘도 결국은 사소한 것에도 최선을 다하는 그런 자세임을 깨닫기를 바란다.

# 06

# 동료교사들과의 관계

        교사라는 직업은 인간을 다루는 직업이다. 정신노동과 육체노동이 공존하는 직업이다. 요즘 수업 트렌드는 학생들 간의 소통과 협력을 강조한다. 개인 과제를 부여하기도 하지만, 한 모둠 내에서 모둠원들끼리 서로 의견을 모아 문제를 해결하도록 한다. 그럴듯한 문제 상황을 교사가 제시하기 위해 많은 고민을 하기도 하고, 아예 문제 자체를 학생들이 찾아서 해결하도록 하기도 한다. 앞으로의 사회는 주어진 문제를 해결하는 것보다 예측·발견해서 해결하는 능력도 중요해지기 때문이다. 또한 문제 발견과 해결 과정에서 소통과 협업능력이 길러지기를 바라기 때문이다.

  학생들에게 소통과 협력을 강조하는 만큼 과연 우리 어른들은 소통과 협력을 제대로 하고 있을까? 학생들에게 소통과 협력이 중요하다고 강조하는 교사들은 정작 어떻게 생활하고 있을까? 나 자신조차 동학년 동 교과 교사들과 제대로 소통하고 있다고 장담할 수 있을지 의문이다. 소통을 하려면 우선 서로 이야기를 많이 나누어야 한다고 생각한다. 하지만 과연 우리 교직문화에서 교사들이 자신의 이야기를 많이 나눌 수 있는 그런 기회가 얼마나 있는지?

현실적으로 학교에서 교사들이 서로 얼굴 맞대고 이야기를 나눌 시간이 부족하다. 현 근무지에서는 학년별로 한 교무실을 쓰고 있어서 수업에 대한 고민과 동 학년 학생들 지도에 대한 이야기를 수시로 나눌 수 있다. 동 교과 교사들과는 동 학년 교사들만큼 자주 얼굴을 볼 수는 없지만, 일주일에 1시간씩 교과 협의회 시간을 따로 만들어 수업에 대한 고민을 나눈다. 하지만 수업 나눔을 하면서도 처리해야 할 공문이며 각 부서에서 요구하는 정보를 빨리 보내야 한다는 생각에 마음이 바쁠 때도 있다. 여건이 더 안 좋은 학교도 많은 것으로 알고 있다. 이것이 학교의 현실이다.

'학생들이 어떻게 하면 자기주도학습을 제대로 할 수 있을까? 어떻게 하면 학생들이 수업에 몰입하도록 할 수 있을까? 우리가 학생들에게 길러주어야 할 역량은 무엇일까?' 평소 학교 현장에서 동료 교사들과 이런 주제로 이야기해본 경험은 많지 않을 것이다. 학교 현장에서는 이상과 교육 비전을 나누기 보다는 교실에서 매일 일어나는 소소하지만 급박한 일들, 당장 처리해야 할 행정업무, 수업시간에 있었던 일들, 학부모와의 관계, 각종 행사, 반 분위기를 흐리는 학생들에 대해 주로 이야기를 나누게 된다. 물론 이런 일들도 현실에서 반드시 해결해야 할 문제들이다. 하지만 당장 눈앞에 쌓인 일들을 처리하는 것도 중요하지만, 교육의 본질과 비전에 대해 이야기 나눌 기회가 꼭 필요하다. 내가 어떤 교육 철학을 가지고 학생들을 대하느냐, '우리'가 어떤 철학을 가지고 학생들을 이끌어 가느냐가 중요하기 때문이다. 학교라는 울타리 안에서 생활하는 공동체가 큰 비전을 공유하고 일관성 있는 메시지를 전달하고 교육을 해야 학생들이 변화하기 때문이다. 교육은 절대 혼자서는 할 수 없다. 공동체의 문화가 중요하다. 서로 영향을 끼치며 살 수 밖에 없다. 나 혼자서는 아무리 잘한다고 해도 소용이 없다.

예수도 자기 고향에서는 인정받지 못했다는 말을 듣고 공감하여 다른 곳에 가서 종종 인용한 적이 있다. 교실수업개선 관련 연수 출강을 가는 분들끼리 나누던 대화였다. 외부 강의를 가면 반응이 좋은데 정작 자신이 근무하고 있는 학교에서는 오히려 그 반대인 경우가 적지 않다는 의견들이었다. 연수 출강을 하는 선생님들이 가지고 있는 고민이었다. 왜 이런 현상이 나타나는 것일까? 이와 같은 상황이 발생하는 이유 중 하나는 교실수업개선이 학교 현장에서 이루어지기가 쉽지 않기 때문일 것이다. 그만큼 각자의 학교에서 교사 상호간 교실수업개선을 위한 소통과 협력이 필요하다.

2014년 여름 교육청에서 주관하는 우치다 타츠루 선생님의 강연을 듣고 크게 감명 받은 적이 있다. 나와 다른 의견을 가진 사람을 만났을 때는 나와 다른 생각을 할 만한 이유가 분명히 있을 거라고 판단하고, 그 이야기에 더 귀를 기울이고 존중한다는 말씀에서 그 분이 분명 고수임을 엿볼 수 있었다. 그 분의 강연을 통해 그 전에는 미처 생각하지 못했던 부분을 깨닫게 되었다.

강연 중에 가장 기억에 남았던 부분은 교사라는 집단에 관한 말씀이었다. 교사라는 용어 자체는 개인이 아닌 집단을 지칭하는 것이며, 학교는 한 개인이 잘 한다고 굴러가는 것이 아니라 교사라는 집단 전체가 조화를 이루며 나아가야 잘 되는 거라고 하셨다. 그 말씀을 들으며 뜨끔했다. 그 때까지만 해도 나는 이렇게 열심히 하는데 나만큼 열심히 하지 않는 주변 동료 교사들을 보면 한심하다고 느꼈고, 내가 손해를 보는 것 같은 생각이 들 때도 있어서 혼자 투덜대기도 하고 짜증이 날 때도 많았었기 때문이다.

강연에서 '도련님'이라는 소설 속 등장인물들과 학교에서 흔히 우리가 만나게 되는 교사 유형을 비교한 점이 흥미 있었다. 이후 도련님이라는 소설을 찾아서 읽어보았다. 주인공 '나'가 선생님으로 등장하며 교장, 동료 교사, 학생들과 벌이는 소동을 다루고 있는 소설이다. 다음은 도련님 소개글(예스24 서평 참고)이다.

이 책은 "부모에게서 물려받은 앞뒤 가리지 않는 성격 때문에 어렸을 때부터 나는 손해만 봐왔다"는 '나'의 투덜거림으로 시작된다. 오직 자신이 본 것으로만 판단내리고 확신하는 '정의롭게' 고지식한, 일종의 사회 부적응자(?)인 '나'에게 아무래도 정정당당하지 않은 세상은 화만 난다. '나'가 보여주는 일관된 불만 표출, 화내기, 싸우기, 대들기 때문에 세상과 도련님의 거리는 여간해서 좁혀지지 않는다. 세상에서, 동료들 사이에서, 학생들 사이에서 정직하고 솔직하기까지 한 도련님은 외톨이다. '도련님'은 마치 영웅처럼 출현한다. 은근슬쩍 일어나고 쉬쉬하며 덮어 버리던 일들이 그가 걷는 곳곳에서 수면으로 떠오른다. 다짜고짜 학생들에게 메뚜기 세례를 받는다, 하숙집에서 쫓겨난다, 수학 선생 산 미치광이와 함께 사건을 파헤치다가 교묘하게 두들겨 맞는다. '나'는 잘못된 일이 있다면 때려 부순다. 그리고 '나'의 논리대로, 당장에 부수어 보았더니 세상은 결국 정의라는 단어를, 그리고 그 단어로 표현되는 한 무리의 인간을 우스꽝스럽게 만들어 버린다.

만약 우치다 선생님의 강연을 듣지 않고 '도련님'이라는 소설을 읽었다면 책 속에 나오는 등장인물들에 대해 부정적인 시각만 가졌을 것이다. '아, 저 교장 선생님, 예전에 같이 근무했던 그 교장, 교감 선생님이랑 비슷한 스타일이네. 아, 저 선생님, 나도 저런 선생님하고 근무해 봤는데 정말 비호감이야.' 하지만 '한 개인이 잘 한다고 굴러가는 것이 아니라 교사 전체가 조화를 이루며 나아가야 잘 되는 것이고, 교사라는 용어 자체가 집단을 지칭하는 것이다' 라는 우치다 선생님의 관점을 가지고 책을 읽다보니 소설 속에서 벌어지는 소동이 교장, 교감, 학생들의 잘못이라기보다는 보는 관점에 따라 달라질 수 있겠다는 생각이 들었다.

나는 업무부장을 선호하지 않는다. 학반 담임을 맡아 학생들과 좀더 긴밀하게 관계를 맺고 수업에 집중을 하고 싶기 때문이다. 물론 학교 현장에서 담임을 기피하는 분위기이기 때문에 내가 담임을 희망하면 모두들 반긴다. 그래도 부장업무를 맡아서 해주는 분들이 있기 때문에 내가 원하는 담임을 할 수 있어서 고맙다고 생각하면 마음이 편하다. 학교 업무도 마찬가지다. 혼자서 처리할 수 있는 일은 아무것도 없다. 대부분 각 부서의 업무가 서로 맞물려 있기 때문에 서로 협조하지 않으면 업무가 제대로 진행이 될 수가 없다. 교사들은 병가나 연가를 내더라도 마음이 편치가 않다. 병가나 연가를 내면 나대신 누군가가 내 수업을 해야 하기 때문이다. 설령 수업을 미루어 병가 후에 하게 되더라도 결근할 당일 시간표가 나로 인해 바뀌기 때문에 어떻게든 다른 교사들과 학생들에게 영향을 주게 된다. 이렇게 한 학교에서 교사와 교사, 교사와 학생들은 긴밀하게 얽혀 있다.

어느 연수에서 자신의 멘토가 누구냐는 질문에 친정아버지, 시아버지가 자신의 멘토라고 말하는 분들을 보았다. 정말 부러웠다. 반면, 내가 대답한 것은 모두 온·오프라인 상에서 수업개선 관련 활동을 하시는 분들이었다. 나의 동료를 밖에서 찾을 것인가 안에서 찾을 것인가? 나는 지금 내 안에 없는 것을 밖에서 찾아 헤매는 것은 아닌지? 내 주변에도 멘토로 삼을만한 분들이 많음에도 불구하고 괜히 밖에서 찾아 헤매고 있는 것은 아닌가라는 생각도 든다. 당장 내 옆에 있는, 나와 함께 하고 있는 동 학년 동 교과 교사에게는 정작 소홀하지는 않았는지 반성하게 된다.

　온・오프라인 상으로 많은 분들과 만난다. 때로는 마음 맞는 분들을 만나기도 하지만, 그 만남을 지속하기가 쉽지는 않다. 새로운 만남에서 내가 주로 끌리는 분들은 웃음을 잃지 않고 긍정적인 분들이다. '긍정적인 사람들과 어울려라!' 동료 관계에서 누구나 긍정적인 사람과 어울리기를 바랄 것이다. 주변에 긍정적인 사람들과 어울리는 것도 중요하지만, 내가 먼저 긍정적인 사람이 되고 그 에너지를 퍼뜨리는 것이 더 중요하다고 생각한다. 학생들을 가르치면서도 보람을 느끼지만, 선생님들이 내 수업 나눔이 도움이 되었다는 피드백이 올 때 큰 보람을 느끼고 교사로서의 자존감도 높아진다. PBL(프로젝트 기반 학습) 수업에서는 학생의 학습 결과물을 공개하고, 스스로 수업을 성찰하도록 지도・강조한다. 마찬가지로 나도 내 수업을 정리해서 동료 교사들에게 공개하면서 스스로 수업 성찰이 되고 많은 발전이 있는 것 같다. 내가 누군가에게 기여한다는 생각, 긍정적인 영향력을 미친다는 생각이 자존감을 높이고 더욱 발전하게 만드는 것 같다.

좋은 것은 나누자는 취지에서 집에 있는 내 아이, 내 교실, 내 학생들도 소중하지만, 내 수업을 공유함으로써 보다 많은 교사들이 긍정적인 영향을 받도록 하고 싶다. 많은 교사들이 변화할 수 있다면 앞으로 우리 사회가 좀 더 살기 좋은 사회가 될 수 있지 않을까? 또한 안전하고 살만한 세상에서 우리 아이가 살아가게 되지 않을까? 이러한 생각에서 나눔을 실천하고 있다.

내가 세상에 미칠 수 있는 선한 영향력이라는 것이 바로 이런 것이 아닐까? 내 수업을 통해서 아이들에게 좋은 영향을 미치는 것, 주변에 있는 내 동료교사들에게 좋은 영향을 미치는 것, 온·오프라인 커뮤니티를 통해 다수의 선생님들에게 좋은 영향력을 미치는 것들 말이다.

# 07

# 내가 바라는 내 자녀의 담임선생님

'네 자식이나 잘 키우지 남의 자식 키우는데 뭐 그리 신경을 쓰냐!' 라는 말을 들은 적도 있다. 수업연구나 학급경영, 학교 일에 신경 쓰느라 자주 출장을 가기도 하고 주말에도 연수를 들으러 다니는 때가 적지 않아 괴롭기도 하다. 아이의 동의를 받고는 있지만, 워킹맘의 특성상 아이와 많은 시간을 함께 하지 못한다. 그래도 아이와 함께 있는 시간만큼은 아이에게 집중하려고 노력하고 있다.

네 자식이나 잘 키우지 남의 자식 키우는데 뭐 그리 신경을 쓰냐라는 말을 들을 때 사실 뜨끔하기도 하다. 진짜 내 자식한테는 소홀하고 남 좋은 일만 시키고 있는 건가? 그냥 학교 집 학교 집하면서 내 자식 키우는 데만 신경을 쓰고 사는 것이 올바르게 사는 것일까라는 생각이 들 때도 있다.

하지만 세상 모든 교사들이 아니 모든 어른들이 자기 자식 키우는 데만 신경 쓰고 남의 자식 키우는 데는 소홀하다면 우리 사회는 어떻게 될까? 서로가 서로의 자식이 잘 크도록 노력하다보면 우리 사회가 좀 더 나은 사회가 되고, 그렇게 되면 내 자식도 좀 더 나은 세상에서 살게 되는 것이니, 남의 자식 키우는데 신경 쓰는 것이 곧 내 자식을 잘 키우게 되는 비법이 아닐지? 자꾸 그런 결론이 난다.

내가 들은 최고의 찬사 중 하나가 '우리 아이도 선생님 같은 담임선생님을 만났으면 좋겠어요' 라는 말이다. '선생님, 내년에도 내 후년에도 우리 아이 담임선생님이 되시면 좋겠어요' 라는 말을 들었을 때, 빈 말이라도 기분이 참 좋았다.

나는 내 아이가, 반 아이들을 자기 자식같이 생각하는 그런 담임선생님을 만나기를 바란다. 퇴근은 조금 늦게 하더라도 관심이 필요한 학생들과 조금 더 시간을 보내고, 귀찮더라도 학생들에게 꼭 필요한 역량을 길러주기 위해 시간을 할애하는 선생님. 수업연구를 열심히 하는 선생님. 이것은 지극히 내 개인적인 생각일 수 있다. 그렇다면 일반 학부모들은 어떤 담임교사를 만나기를 바랄까? 어느 설문조사에서 나온 결과들을 정리해 보았다.

〈학부모들이 바라는 우리 아이 담임선생님〉

–세심한 선생님

-잘 가르치는 선생님

-사명감을 가진 선생님

-마음이 따뜻한 선생님

-아이를 위해 고민하는 선생님

-한결같은 공평함을 가진 선생님

-아이가 믿고 좋아할 수 있는 선생님

-개개인을 인격적으로 대하는 선생님

-개개인의 성향을 잘 파악하는 선생님

-아이들을 믿고 편안하게 해주는 선생님

-학생, 학부모와 소통이 잘 되는 선생님

-아이의 눈높이에 맞춰서 대해주는 선생님

-아이에게 감정적으로 대하지 않는 선생님

-아이들의 기질을 파악하고 맞춰주는 선생님

-항상 처음 시작할 때의 마음가짐을 유지하는 선생님

-내 아이에게 진심으로 대하고 관심 가져 주는 선생님

-CCTV 같은 선생님, 아이들한테 관심을 많이 갖는 선생님

-어느 누구도 함부로 섣불리 판단하고 주관적인 생각으로 대하지 않는
 선생님

-남들이 이 아이를 문제학생이라고 생각할 때 그 아이의 단점보다는
 장점을 찾아서 그 부분을 키워주는 선생님

역시 사람들의 생각은 다들 비슷한 것 같다. 학부모들의 생각과 내 생각이 거의 일치한다. 자녀의 담임선생님에게 바라는 것이 여러 가지가 있겠지만, 무엇보다 우리 아이가 선생님을 통해 긍정적인 영향을 받으면 좋겠다. 말투며 행동 하나 하나 아이들은 선생님을 통해 배우니까.

그런 점에서 나부터 건강해야 하고, 교사로서 주변에 긍정적인 영향을 끼쳐야 한다는 생각이 든다. 내 아이가, 내 제자들이 나를 따라 배운다는 것을 기억한다면 행동 하나 말투 하나에도 더 신경을 써야 할 것이다. 물론 타고난 기질이나 성향, 성격에 따라 학생들을 대하는 태도나 말투가 다 다를 수 있고 표현 방법도 천차만별이다. 하지만 진심은 어떻게 해도 통하고 드러나기 마련이다. 학생들을 내 자식이라고 생각하면 모든 아이들이 이해가 된다. 그런 이해를 바탕으로 학생들을 지도한다면 학생과 학부모들에게 공감을 얻을 수 있을 것이다.

내가 바라는 내 아이의 담임선생님과 내가 되고자 하는 교사상이 다르지 않다는 것을 글을 쓰면서 알게 되었다. 나는 공정하면서도 자유로운 교사이고 싶다. 차별하지 않고 공정하게 학생들을 대하면서도 수업방법이나 학급경영 면에서 새로운 시도를 하고 싶다. 학생들 한 명 한 명의 개성을 받아들이고 펼칠 수 있도록 정해진 선을 넘지 않는 한 학생들에게 자율권을 보장하는 교사가 되고 싶다.

학생들에게 사물을 바라보는 방법이나 자각 능력 등을 가르치고 싶다. 학생들이나 나도 센스 있다는 말을 들으면 좋겠다. 센스 있는 사람이 좋다. 센스를 어떻게 수업에서 가르칠 수 있을까? 그건 사물을 다르게 바라보는 훈련을 통해 생각을 자극하는 질문들을 통해 가능하지 않을까? 나와 같은 상황에서 다른 사람들은 어떤 생각을 가지고 있을까? 내가 이렇게 하면 다른 사람들은 어떻게 반응을 할까? 타인이 가지고 있는 감정에 공감하는 연습을 통해 센스를 기를 수 있지 않을까?

학생들의 호기심을 자극하고 싶다. 학생들이 내 수업과 학급활동을 통해 자신의 적성을 찾고 무언가 하나에 깊이 빠져 들고 파고들게 하고 싶다. 무미건조한 일상에 의미를 부여하여 무기력에서 벗어나 자신에게 의미 있는 일을 하도록 돕고 싶다. 하나하나 공을 들여 꼼꼼하게 무언가를 해냈을 때 느끼는 성취감을 맛보게 하고 싶다.

그런 교사가 되려면 내가 먼저 매력 있는 사람이 되어야 하고, 학생들의 모범이 되어야 하고, 꼿꼿하게 살아내야 할 것이다. 우리 선생님은 한결같이 우리를 든든하게 지켜준다는 믿음을 우리 아이들에게 줘야 할 것이다. 저런 수업을 하는 데는, 저런 행동과 말씀을 하는 데는 다 이유가 있다는 믿음을 학생들에게 주어야 할 것이다.

## 학급경영 팁 – 학급경영에도 시스템이 필요하다!

### 1. 개학 첫 날이 가장 중요하다.

학생들을 첫 날 어떻게 맞이하느냐에 따라 1년 농사가 결정된다고 해도 과언이 아니다. 선생님이 우리를 위해 준비를 많이 하고 다른 선생님들과는 다르다는 인상을 주어 학생들의 신뢰를 얻는 것이 중요하다.

나 같은 경우 개학 첫날 바로 성장일기용 노트를 배부하고 매일 해야 할 규칙들을 설명한다. 학부모에게 보내는 편지를 배부하여 교사의 철학을 전하고 학부모에게 담임교사로서 믿음을 주도록 한다. 배움일기용 노트(복습노트)도 학급비로 구입해 두고 무료로 계속 제공한다. 첫날 나에게 예쁜 노트를 선물 받은 것에 감동을 받고 나를 좋아하게 되었다는 학생도 있었다. 뭔가 우리 선생님은 특별하다는 인상을 각자 나름의 방식으로 심어주는 것이 중요하다. 어찌 보면 교사는 방송 프로듀서이다. 1인 기업가이다. 자신이 한 기업의 경영자라 생각하고 기업가 정신으로 학급을 경영해야 한다.

### 2. 우리 반만의 특별한 행사, 학생들과 공유할 수 있는 추억을 만들어라.

우리 선생님은 남다르다는 인상을 학기 초에 주는 것과 병행하여 우리 반은 특별하다는 인상을 학생들이 가질 수 있도록 분위기를 조성하는 것이 필요하다. 우리 반 특색활동으로 할 수 있는 활동들에는 학급문집 만들기, 100일 파티, 생일파티, 모둠일기 쓰기, 성장일기 쓰기, 홀짝일기 쓰기 등이 있다.

나 같은 경우 문집을 만들기도 하고 생일파티를 할 때, 학생 한

명 한 명에게 어울릴만한 책을 사서 엽서에 메시지를 적어 준적
도 있다. 반 아이들이 적은 롤링 페이퍼를 주며 축하 파티를 하
기도 했다. 블로그 이웃인 한 초등학교 선생님의 아이디어 덕분
에 2018년에는 100일 파티를 처음으로 시도해 보았다. 200일
파티도 하자고 할 정도로 학생들의 호응이 좋았다.

### 3. 친절함과 단호함을 병행하라.

학기 초에 학급 규칙을 한 번 정했으면 학생들에게 지속적으로
안내를 하고 일관성 있게 지도를 해야 한다. 그 때 그 때 상황에
따라 기분에 따라 다르게 지도하다 보면 교사로서의 신뢰를 잃
게 된다. 학생 지도가 힘들게 된다. 학생들의 어려움을 마음으로
이해해주고 받아주되 지켜야 할 원칙은 반드시 지켜야 한다는
사실을 관철시켜야 한다. 교사가 포기하지 않으면 학생들도 포기
하지 않는다. 학생들에게 교사는 중심이 되어야 한다. 판단 기준
이 되어야 한다. 우리 반 10계명이나 우리 반이 꼭 지켜야할 규
칙 등을 학급회의를 통해 학생들과 함께 협의하여 만들어보는
것도 한 방법이다.

### 4. 학생들을 치밀하게 관찰하라.

교사는 자신의 전공실력이 뛰어난 것도 중요하지만, 진짜 중요한
역량은 학생들이 스스로 공부하도록 만드는 것이다. 학생 개개인
을 면밀히 관찰하여 어떤 자극이 지금 필요한지 끊임없이 살펴
야 한다. 학생 개개인은 저마다 특성과 개성이 서로 다르다. 언
제 꽃을 피우게 될지 그 시기도 동일하지 않다. 교사의 역할은
학생 개개인이 꽃을 제대로 피울 수 있도록 도움을 주는 것이다.
적절한 시기에 꽃을 피울 수 있도록 교사가 학생에게 계기를 마

련해줘야 한다. 학생들과의 래포 형성이 제대로 되어야 학교생활이 즐겁다.

### 5. 학부모와의 상담은 10분 내외로 끝내는 것이 좋다.

길면 너무 늘어지고 실수할 공산이 크다. 상담일지에 항상 길어지는 학부모를 기록해두고 상담 시 '30분 뒤 회의가 있습니다'라고 미리 통보하고 상담을 시작한다. 물론 꼭 필요한 질문과 대화일 경우 시간을 제한할 필요는 없을 것이다. 전화상담 시 부재중이라면 전달하고자 한 내용을 문자로라도 보내놓는다. 상담이 필요한 경우 전화를 달라는 메시지를 함께 남겨놓으면 된다. 상담은 교무수첩이나 별도의 상담일지를 만들어 수기로 기록해 두는 것이 좋다. 문제가 생겼을 때 상담한 근거 자료로 쓰일 수도 있기 때문이다. 교사가 아무리 진정성을 가지고 지도를 하더라도 학생은 자기변명에 급급하기 때문에 간혹 학부모와 교사 사이에 오해가 생기기도 한다. 그래서 평소 교사와 학부모와의 신뢰관계가 중요하다.

### 6. 항상 긍정하고 웃어라.

긍정적인 말을 하고 자주 크게 웃어야 한다. 사소한 일에도 짜증 내거나 다른 사람 뒤에서 욕하지 말자. 안 좋은 현실을 남의 탓으로 돌리지 말자. 변화의 시작은 자신에서부터 비롯된다는 사실을 잊지 말자.

나 같은 경우 교실에 들어가는 순간부터 학생들에게 좋은 기운을 전달하고 스스로에게 긍정의 기운을 넣어주기 위해 학생들에게 선생님이 등장할 때마다 박수를 치라고 한다. '선생님은 예쁘다는 말도 좋아하지만 어려보인다라는 말을 좋아해' 라는 정보를 개학 첫 날부터 흘린다. 학생들이 내가 옷을 좀 색다르게 입거나 헤어스타일이 바뀌면 어려 보인다는 말을 해준다. 그럼 자연스레 입 꼬리가 올라가고 웃게 된다. 웃을 때 예쁘다는 말을 듣는다. 예쁘다는 말을 들으니 더 자주 웃게 된다. 억지로라도 웃으면 실제로 웃을 일이 생긴다. 학생들을 대하는 나의 긍정적인 마음가짐이 가장 중요하다.

대한민국 교사로
살아남기

Chapter

04

교직이
의미가 있다고
느낀 순간들

진정한 스승이란
그냥 가르치는 사람이 아닌,
학생들의 정신적 지주, 멘토가
되어야 하는 것이 아닐까.

# 01

# 스승의 의미

**＊스승** - 자기를 가르쳐서 인도하는 사람.

**＊교사** - 주로 초등학교, 중학교, 고등학교 따위에서, 일정한 자격을 가지고 학생을 가르치는 사람.

**＊선생**

1. 학생을 가르치는 사람.

2. 학예가 뛰어난 사람을 높여 이르는 말.

3. 성(姓)이나 직함 따위에 붙여 남을 높여 이르는 말.

〈출처: 네이버 사전〉

나는 어떤 이름으로 불리고 싶은가?

스승의 날을 없애자는 의견이 최근 몇 년 사이 대두되고 있다. 실제로 한 교사모임의 대표가 스승의 날을 없애 달라는 청원을 청와대 국민청원게시판에 올리기도 했다. 그 청원을 보고 공감하지 않는 교사는 별로 없을 것이다. 스승의 날이 되면 교사들은 기쁘고 축하받기 보다는 불편한 마음이 든다. 교권을 신장하고 스승 존중의 풍토를 만들자는 것이 스승의 날을 만든 취지라고 하는데 현장에서의 상황은 전혀 그렇지가 않다. 김영란법이 시행되면서 국민권익위원장은 학생 대표가 아니면 카네이션 한 송이도 선물해서는 안 된다고 한다. 교사들도 학생이나 학부모로부터 선물을 받지 않는 것이 오히려 편하다. 하지만 교사를 존경하고 존중하지 않는 사회적 분위기에 씁쓸하기도 하다.

신규교사 시절 학생들이 스승의 날 파티를 한답시고 며칠 전부터 손편지를 준비하고 파티 계획을 세우곤 했다. 칠판 한 가득 선생님에 관한 칭찬과 감사의 말들을 적어놓고 예쁜 그림과 풍선으로 꾸몄다. 행여 선생님이 미리 볼까봐 앞뒤 출입문에 있는 창문을 신문지로 막아 가며 정성스레 파티를 준비했다. 값비싼 선물을 받겠다는 것이 아니다. 꼭 선물을 받겠다는 것도 아니다. 학생들이 우리 선생님을 위해 무언가를 계획하고 준비하는 그 과정 자체가 의미가 있고 그 마음이 예쁜 것이 아니겠는가? 꼭 무엇을 받아야 맛이 아니라 그렇게 자신들을 가르치는 선생님들에게 하루 정도 감사함을 표현하는 것이 그렇게 잘못된 것인가라는 생각이 든다. 물론 평소에 속 안 썩이고 말 잘 들는 자세가 그 어떤 선물보다도 바람직하다. 교사로서 학생을 위하는 것은 너무나도 당연한 일이니 스승의 날을 특별히 만들어 축하할 필요도 없을 것이다. 하지만 어른들에 대한 감사의 표현을 가정과 학교에서부터 가르치는 것이 마땅한데 갈수록 너무 삭막해지는 것 같다. 학생들 입에서 '선생님, 그거 김영란법에 걸리는 거 아니에요?' 농담이라도 그런 이야기가 나올 때는 이런 말이나 들으려고 교단에 섰나라는 자괴감이 들기도 한다.

스승이란 학교나 학원 등에서 가르치는 사람을 모두 포함한다. 나아가서는 나에게 가르침과 깨달음을 주는 이는 누구나가 다 스승이라고 할 수 있다. 세 사람이 길을 걸어간다면, 그 중에는 반드시 나의 스승이 될 만한 사람이 있다는 공자님의 말씀처럼 말이다. 그런데도 스승의 날이 되면 유독 교사들에게만 조명이 맞추어진다. 게다가 부정적인 기사들이 많이 등장하는 것을 보면 사회적으로 교사에 대한 불신이 크다는 생각이 든다. 이런 분위기 탓에 교사 집단에서 오히려 스승의 날을 없애자는 이야기가 나오는 것이다.

'일정한 자격을 가지고 학생들을 가르친다'는 교사와 '가르쳐서 인도한다'는 스승은 사전적 정의부터 다르다. 첫 번째 스승은 부모다. 또 삶의 가르침을 준다는 점에서 교사 뿐 아니라 모든 사람이 스승이 될 수 있다. 교사도 스승일 수 있지만 모든 교사가 스승이 될 필요는 없다. 교육

시스템이 현대적으로 바뀌고 사회 곳곳에 '멘토'가 있는 요즘 시대에 교사와 스승을 동일시할 이유가 없다. 오히려 전문적인 직업인의 하나로 바라봐야 한다. 무엇이든 가르치고 이끄는 스승과 달리 교사는 전문 훈련을 통해 공인자격을 갖추고 학생들을 가르친다. 가르치는 것을 잘해서라든지 혹은 안정적이기 때문에 라든지 교사가 되려는 이유는 다양하다. 이를 위해 훈련을 받고 교사가 된다. 이유가 어떻든 간에 교사가 되면 직업적 소명과 책임감을 가진다.

학생들을 바르게 지도할 스승 같은 교사가 필요하다면 교사의 전문성을 키울 기회를 마련하고 최소한의 교권 보호 방안부터 확립해야 한다. 막 나가는 학부모, 교육적 지시에 불응하는 학생, 그리고 자질 없는 교사 등 소수가 교실 안의 다수의 학생과 교사에 피해를 주는 상황에서 이를 제어하는 대책이 없다. 나날이 힘들어지는 상황이다.

〈머니투데이, '스승의 날 없애자 했죠, 자존심만 상해서' 참조〉


교육의 주체는 교사라고 생각하지만, 교육 현장에서 교사로서 교육의 주체라는 느낌은 크게 들지 않는다. 갈수록 교사는 아무런 권한이 없다는 생각이 드는 상황이 발생한다. 이런 시스템적인 한계에도 불구하고 아무것도 안하고 내버려 둘 수는 없다. 가만히 있다고 저절로 문제가 해결되는 것이 아니기 때문이다. 교사에 대한 인식이 긍정적으로 바뀌도록 하기 위해 내가 할 수 있는 한 주어진 일에 최선을 다하고 모범을 보여야겠다는 생각을 해본다. 물론 교사들 입장에서 정당하게 요구할 것은 요구하고 목소리를 낼 때는 당연히 내야한다고도 주장하고 싶다.

2014년 우치다 타츠루 선생님의 강연을 통해『하류지향』이라는 책을 접했다. 이후 그 분의 책을 더 찾아서 읽어보고 싶어,『스승은 있다』라는 책을 읽게 되었다. 이 책을 읽으면서 스승과 제자의 관계를 연애에 비유한 점이 특히 와 닿았다. 최근 존경하고 닮고 싶은 멘토와 동료들을 많이 만났는데, 그 때마다 왜 가슴이 설렜는지 조금은 설명이 될 것 같다. 딱 연애하는 느낌 바로 그거였다. 나와 맞는 사람을 만났을 때의 설렘, 나와 이야기가 통하고 뜻이 통하는 분들을 만났을 때의 그 설렘은 연애를 할 때의 두근거림과 같다. 이런 감정은 스승과 제자 사이에서도 느낄 수 있다는 것이다.

우치다 타츠루의『스승은 있다(좋은 선생도 없고 선생 운도 없는 당신에게)』라는 책을 읽고 블로그에 남긴 글을 가져와 본다. 내가 공감된다고 남긴 부분은 사제 관계를 연애에 비유한 부분과 배움의 의미에 관한 것이다.

사제 관계라는 것은 기본적으로는 아름다운 오해에 기초한 것입니다. 그 점에서 연애와 같습니다. 그 두근거림은 아무도 자각하지 못한 것을 나 혼자만 알고 있다는 경험을 통해서 얻을 수 있는 것으로, 그것을 통해

나라는 존재의 확실한 증명을 받은 느낌이 들기 때문이죠. 아무도 알지 못하는 이 선생의 훌륭한 점을 나만 알고 있다는 '오해'로부터 사제 관계를 시작하는 것입니다.

'기술에는 완성이 없다'와 '완벽을 벗어나는 방식에서 창조성이 생겨난다'는 두 가지가 '배우는 것'의 핵심에 있습니다. 이는 연애와 완전히 같습니다. '연애에 끝은 없다' 그리고 '실패하는 과정에서 우리들은 독창성을 발휘한다.'

배운다는 것은 창조적인 일입니다. 같은 선생님에게라도 똑같은 것을 배우는 학생은 없습니다. 그렇기 때문에 우리들은 배웁니다. 우리들이 배우는 이유는 만인을 위한 유용한 지식과 기술을 습득하기 위해서가 아닙니다. 자신이 이 세계에서 다른 것과 바꿀 수 없는(다른 것과 교환할 수 없는) 존재라는 사실을 확인하기 위함입니다. 제자들은 선생님으로부터 결코 똑같은 것을 배울 수 없습니다. 한 사람 한 사람이 자신의 그릇에 맞춰서 각각 다른 것을 배우는 것, 그것이야말로 배움의 창조성, 배움의 주체성입니다.

어쩌면 '오해'로부터 관계는 시작하는 것이 아닐까? 상대가 나만 특별하게 대한다는 '오해', 나를 각별하게 생각해준다는 '착각'에서 특별한 관계는 시작될지도 모른다. 상대가 나를 특별하게 대한다고 생각하니 나도 상대를 특별하게 대하게 된다. 상대가 나에게, 혹은 내가 상대에게 특별한 의미를 부여하는 순간 배움은 일어난다. 내가 상대를 특별하게 대하고 공을 들이고 의미를 부여하는 순간 그 사람을 관찰하게 되고 그 사람의 장점을 보게 되고 그 사람에 물들게 되면서 내가 변한다. 꼭 학교 교실 안에서 교사와 학생의 관계가 아니더라도 인생을 살아가면서 어떤 대상에 특별한 의미를 부여하는 순간 배움이 일어난다. 특별한 의미를 부여하는 순간 이전에 보이지 않았던 것이 보이게 된다. '사랑하면 알게 되고, 알면 보이나니, 그 때 보이는 것은 전과 같지 않으리라.'는 유홍준 교수의 말처럼 상대에게 특별한 의미를 부여하는 순간 이전에 보이지 않았던 것들이 보이게 되고 깨달음을 얻게 된다.

모든 것은 의미를 부여하기 나름이다. 내가 상대를 특별하다고 생각하는 순간, 의미를 부여하는 순간 상대가 누구든 그는 나의 스승이 되고 배움이 일어나게 되는 것이다. 그리고 그런 관계를 통해 '자신이 이 세상에서 다른 것과 바꿀 수 없는 존재라는 사실을 확인' 하게 되는 것이 아닐까?

이를 교실상황에 적용하자면 교사가 학생들에게 어떤 의미를 부여하느냐에 따라 관리의 대상인지 말썽꾸러기인지 애제자인지가 결정될 것이다. 학생들도 우리 선생님을 진정한 스승이라고 의미를 부여한다면 그런 상호작용에서 분명 배우는 것이 있지 않을까? 학생들이 교사에게 어떤 의미를 부여하느냐에 따라 선생인지, 교사인지, 스승인지가 결정되는 것이다.

'Live your life! Be the person who you want your children to be!
자신의 삶을 살라! 학생들이 되었으면 하는 사람이 되어라!'

이 구절은 에스퀴스 선생님의 강연을 들으면서 가장 와 닿았던 말 중에 하나이다. 교사가 먼저 모범을 보여야 한다. 내가 먼저 학생들이 되었으면 하는 사람이 되어 있어야 한다. 학생들에게 배려를 가르치고 싶으면 내가 먼저 배려를 해야 하고, 정직을 가르치고 싶으면 내가 먼저 정직해야 한다. 존중을 가르치고 싶으면 내가 학생들을 존중해야 한다. 돌이켜보면 학생들에게 서로 존중하고 귀담아 듣고 경청하라고 하면서 정작 내가 학생들의 말을 귀담아 듣지 않은 것은 아닌지 반성하게 된다. 서로 친절하게 대하라고 하면서 정작 내가 우리 교실에서 가장 불친절한 사람은 아니었는지 반성하게 된다.

진정한 스승이란 단지 가르치는 사람이 아닌, 학생들의 정신적 지주, 멘토가 되어야 하는 것이 아닐까? 학생들이 따라하고 싶은 역할 모델이 되어야 하는 것이 아닐까? 학생들이 자라서 영어교사가 되라는 의미는 아니다. 우리 영어 선생님처럼 환하게 웃어야지, 다른 사람들을 친절하게 대해야지, 교사가 된다면 수업연구를 많이 해야지, 책을 많이 읽고 글을 써야지 등 여러 가지 면에서 학생들에게 역할 모델이 될 수 있다면 교사로서 보람이 있을 것이다.

　교사로서 선생으로서 스승으로서 학생들과 소통하며 누군가의 멘토로 살고 싶다.

# 02

# 영어만 잘 가르치면 되는가

영어 교사로서 어떻게 학생들을 지도해야할지 고민이 많다. 영어를 교과 지식으로서만 잘 가르치면 되는 것일까?

'I teach students, not the subject.
나는 학생들을 지도하는 것이지 과목을 가르치는 것이 아니다.'

– 레이프 에스퀴스

가르치는 과목이 중요한 것이 아니라 학생들이 중요하다. 가르침의 중심에 학생이 있어야 한다. 영어 교과시간에도 영어의 지식을 쌓는 수업도 많이 하지만, 학생들의 생각을 끌어낼 수 있는 활동들도 많이 한다. 어떨 때는 학생들이 '선생님, 이거 영어 수업이 아니고 국어수업 아니에요? 이게 정말 영어수업이에요? 라고 물을 때도 있다. 처음 학생활동 중심 수업을 시작했을 때는 그런 반응을 들었을 때 '아, 내가 뭔가 잘못하고 있는 건 아닐까?' 라고 생각했다. 하지만 지금 그런 질문을 받으면 '아, 내가 제대로 하고 있구나' 라는 생각이 들 정도로 학생활동 중심 수업에 대한 나의 믿음은 확고해 졌다. 수업시간에 어떤 지식을 배우느냐 보다 어떤 경험을 하느냐가 훨씬 더 중요하다고 믿는다. 시험 성적이 중요한 것이 아니라, 이 수업이 학생들의 삶과 어떻게 연결되는지가 중요하다. 시험이 아니라 앞으로 학생들의 삶에 도움이 될 수 있는 수업이 필요하다. 학생들에게 살아가는 힘을 기르게 해주는 것이 중요하다. 역사를 공부하기만 할 게 아니라 역사를 경험해야 한다. 역사를 살아야 한다. 영어를 공부하기만 할 게 아니라 실제로 써먹을 수 있어야 한다.

　혹시 중학교 영어 시간에 무엇을 읽고 무엇을 배웠는지 세세하게 기억하는 사람들이 있을까? 내가 교사가 되고 나서 자문해 보고 깜짝 놀랐다. 거의 기억나지 않았기 때문이다. 선생님 말씀을 잘 듣고 수업 시간에 정말 열심히 참여했지만, 수업 시간에 배웠던 지식에 대한 기억은 제로에 가까웠다. 오히려 선생님의 전체적인 인상, 그 분이 늘 강조하시던 말씀, 말투, 행동이 기억난다. 교사가 일방적으로 하는 수업만을 받아왔기 때문에, 내가 수업시간에 주인공이 된 적이 한 번도 없었기 때문에 기억에 남는 수업이 없는 것이 아닐까? 선생님이 시키는 대로만 했을 뿐이지 수업시간에 선택권이 없었기 때문에 온전히 내 것이라고 느낀 적은 없었던 것 같다. 나 역시 그다지 기억에 남지 않을 수업을 할 거라고 생각하니 힘이 빠진다. 기억에 오래 남게 가르칠 수는 없을까? 학생들의 기억에 남는 수업을 하려면, 학생들 스스로 흥미를 느껴 빠져들게 하려면, 무엇보다 학생들이 주인공이 되어야 한다는 생각이 든다.

'If I learn this skills, my life would be better.
내가 이 기능을 익히면 내 삶은 더 나아질 거야.'　　　　　　－ 레이프 에스퀴스

학생들이 모두 이런 생각을 가지고 있다면 가만히 놔둬도 스스로 공부를 할 것이다. 영어를 왜 배워야 하는지, 수학을 왜 배워야 하는지, 일상생활에서 어려운 과학원리가 어떻게 적용되는지를 이해하고 있다면 수업시간에 집중은 저절로 되고 배움도 자연스럽게 일어날 것이다. 간혹 학생들이 수업시간에 하는 활동에 대해 '이거 시험에 들어가요? 왜 해요?' 라고 물을 때도 있는데(물론, 시험에 안 들어간다고 해도 몰입해서 열심히 할 때가 더 많지만), 학생들이 이런 마음으로 수업에 임한다면 모든 수업이 정말 가치 있게 여겨질 것 같다.

학기 초 학생들에게 교과서 교육과정 분석을 시킨 적이 있다. 한 학기에 배워야 할 단원명을 알려주고 교과서에 제시된 핵심 지식과 표

현들이 무엇인지 정리하게 했다. 정리한 내용을 보고 이 주제는 영어 과 뿐만 아니라 다른 교과와 어떻게 연결되어 있는지 표시해 보도록 했다. 각 단원별 주제나 핵심 표현들이 내 삶과 어떤 관련이 있는지 생각해 보게 할 의도였다.

'이 단원을 배우면 친구들과 협력하여 해본 일을 말할 수 있다. 이 단원을 배우면 날씨를 나타내는 표현을 말할 수 있다'는 의견에서부 터 '나의 꿈과 영어가 밀접한 관계가 있다. 나의 꿈은 요리사인데 영 어를 배워야 세계 곳곳을 돌아다니며 다른 나라의 음식을 맛보고 만 들 수 있다. 영어가 내 꿈과 관련된 또 다른 이유는 다른 나라는 영어 를 많이 쓰니까 배워두면 외국에서 요리를 배울 수 있고 식당도 차릴 수 있을 것 같기 때문이다. 꼭 그런 상황이 아니더라도 영어를 잘하면 해외여행을 가서 활용하기에도 쉬울 것 같다.'는 의견을 내기도 했다.

영어를 왜 배워야 하는가에 대한 질문도 종종 던진다. 5WHY 기법 을 활용해서 정리하게 했다. 대다수의 아이들이 '해외여행에 필요해 서. 엄마가 하라고 하니까. 미국이 강대국이니까. 나중에 취직을 좋은 데 하려면 영어 공부를 해야 한다' 등 아주 현실적인 답변도 볼 수 있 었다. 내가 원하는 심도 있는 답변들은 아니었다. 하지만 이렇게 영어 공부의 필요성을 스스로 한 번 정리해 본 아이들은 한 번도 그 주제에 대해 생각해보지 않은 아이들보다는 다음 시간부터 영어 수업에 임하 는 자세가 달라진 것 같다. 선생님이나 엄마가 시키는 대로 하는 수동적인 자세가 아니라, 지금 하고 있는 이 행위가 내 삶에 도움이 된다고 생각하면 자연스럽게 몰입할 수밖에 없게 되는 것이다.

　이러한 관련성이야 말로 아이들에게 장기적으로 진정한 동기를 부여할 수 있는 열쇠라고 생각한다. 초중고를 비롯한 모든 학교에서 교사들은 항상 아이들과 함께 책을 읽고, 책의 내용과 아이들의 삶 사이의 연결점들을 찾을 수 있도록 도와야 한다고 믿는다. 2015년 1월 하시모토 다케시의 『생각을 키우는 힘, 슬로리딩』이라는 책을 읽고 슬로리딩에 관심을 가지게 되었다.

슬로리딩은 한 권의 책으로 다양한 활동을 하며 깊이 있게 읽는 독서법이다. 책 한 권을 천천히 시간을 들여 읽으면 실제로 열 권, 스무 권을 읽은 것 못지않게 많은 지식과 경험을 쌓을 수 있다. 천천히 하나하나 곱씹어서 완벽하게 이해하고 분석하며 내 것으로 만든 지식을 갖게 되면 그것을 통해 미처 다 읽지 않아도 보지 않아도 알게 되는 것들이 생긴다. 슬로리딩은 책을 읽으며 스스로 다양한 생각을 하게 만들어 꼬리에 꼬리를 무는 질문을 쏟아 내게 한다. 그 과정에서 생각의 힘이 길러진다. 그 결과 슬로리딩을 하는 아이는 독서습관과 독서태도가 달라져 시키지 않아도 스스로 알아서 해답을 찾게 된다. 슬로리딩에서의 배움은 강요하여 머리에 구겨 넣는 과정이 아니라, 미처 몰랐던 것을 능동적으로 알아 나가는 즐거운 놀이와 같은 과정이 된다. 그러다 보니 공부도 두려워하지 않게 된다. 슬로리딩을 하는 과정에서 아이는 수직적인 지식 쌓기가 아닌, 수평적으로 다양한 지식을 찾는 것을 즐기면서 '공부하는 인간, 생각하는 인간, 자신의 생각과 느낌을 제대로 표현하는 인간'으로 자랄 수 있다.

    - 정영미(2015), 『EBS 다큐프라임 슬로리딩, 생각을 키우는 힘』, yes24 책소개 참조


   영어과에는 슬로리딩을 어떻게 적용하면 좋을지 고민했다. 몇 년간 고민만 하다가 2017년부터 드디어 한 학기동안 한 권의 영어 원서 읽기에 도전 중이다. 일주일에 한 시간은 『어린왕자』를 읽는다. 한 주에 한 챕터씩 천천히 읽는다. 그 시간에 읽은 챕터에 제목을 붙이고 챕터 내용을 요약하는 것이 기본 활동이다. 이 기본 활동이 끝나면 각 챕터 내용이나 주제와 관련된 샛길활동을 한다.

   내레이터가 어린왕자의 초상화를 그려주었듯이 친구의 얼굴을 그려주는 활동을 한다. 내레이터가 어린왕자에게 양을 그려주었듯이 학생들도 양을 그린다. 친구가 그린 양을 보고 떠오르는 느낌을 영어 형용사로 표현해 본다. 내레이터가 어린 시절 아티스트를 꿈꾸는 장면에서는, 자신이 가진 꿈은 무엇인지 20년 후 자신의 모습을 상상하여 그리거나 문장으로 써 본다. 어린왕자가 살던 B612 소행성을 소개하는 장면에서는 태양계 이름을 영어로 배우고 자신이 소개하고 싶은 행성 하나를 정해 소개문을 쓴다. 장미꽃과 어린왕자의 대화가 나오

는 장면에서는 색종이로 나만의 꽃을 접어 꾸미기도 한다.

학생들이 어린왕자를 통해 많은 양의 새로운 어휘들을 배우고 제목을 붙이고 요약문을 쓰면서 영어 문장 구성력을 키운다. 하나의 책을 읽으면서 오랜 시간에 걸쳐 집중하는 능력을 기른다. 자신이 그린 그림이나 문장을 다른 친구들에게 소개하면서 다른 사람들 앞에서 나설 수 있는 자신감을 키운다. 내가 잘 모르는 부분은 옆에 있는 친구에게 물어보고 기꺼이 알려주면서 서로 협업하는 법을 배운다. 이처럼 영어 수업을 통해 영어 지식뿐만 아니라, 텍스트를 대하는 자세와 주어진 과제를 해결하는데 필요한 여러 기능들을 배운다. 무엇보다도 흥미 있는 주제의 샛길활동을 통해 친구들과 함께 영어를 배우는 것이 즐거울 수 있다는 경험을 한다.

물론 국어과에서 하고 있는 '슬로리딩'이나 '온 책 읽기'와는 또 다른 한계점이 있다. 학생들이 아무래도 영어 어휘력이나 표현력이 국어실력만큼 따라 주지는 않기 때문이다. 영어표현에 갇혀 있다 보면 지속적인 시도를 하기 힘들겠다는 생각이 들어 영어표현보다는 슬로리딩의 취지에 중점을 두고 수업을 진행하고 있다.

2년간 어린왕자로 슬로리딩을 진행하면서 과연 슬로리딩의 취지에 만족하는 수업을 내가 하고 있는지 돌아보게 된다. 나의 경험 부족과 학생들의 영어 표현력 부족 등 아직 모자란 점이 많다. 하지만 적어도 학생들이 어린왕자를 읽고 그 속에서 말하고자 하는 메시지를 이해하고 자신의 삶에서 실천하려고 노력한다면 교과서의 단어와 문장을 암기하여 영어 실력을 쌓는 만큼 큰 의미가 있는 수업이 아닐까?

학생들은 샛길활동을 하며 친구들과 깔깔거리며 웃고 떠드는 즐거운 경험이나 영어수업과 연결되는 다양한 활동 등을 통해서 의외성을 체험한다. 이러한 방식의 수업 경험과 의외성 체험은 앞으로 학생들이 다른 과제를 해결하는 데도 도움이 될 것이라 믿는다.

# 03

# 보람을 느끼는 순간들

　　교사가 교직에서 보람을 느끼는 순간은 언제일까? 여러 가지 상황이 있을 수 있다. 특히, 제자들로부터 문자나 전화가 오거나 아이들의 성장을 내 눈으로 확인할 수 있는 순간이 가장 보람 있지 않을까?

　2018년 1월, 몇 해 전 담임을 맡았던 학생들이 찾아왔다. 이제 대학생이 된 제자들이다. 당시 반장을 맡았던 아이가 먼저 연락이 왔는데, 시간되는 친구들과 함께 만났다. 이런 경우가 종종 있는데 아무리 바쁜 일이 있어도 제자들에게 연락이 오면 시간을 내서 꼭 만나는 편이다. 연락이 온 아이는 중학교 2학년과 3학년 때 내가 맡은 학급의 반장이었다. 포항공대에 진학하게 되었다고 연락이 왔을 때 무척이나 반가웠다. 중학교 때부터 워낙 성실한 학생이었다. 고등학교 진학당시 일반고와 자사고를 고민하다가 결국 자사고로 진학했다. 졸업 후에도 몇 번 만나면서 고등학교에서도 좋은 성적을 내고 있는 것을 알고 있었다. 중학교 때부터 '우리 학교 앞에 네 이름 적어서 플래카드 하나 걸어야지~' 라는 말을 하곤 했었는데 진짜로 모교에 플래카드를 걸게 되었으니 내 일처럼 기뻤다. 꼭 공부를 잘하고 좋은 대학에 진학해서 이 학생이 기특한 것은 아니다. 좋은 환경이 아님에도 불구하고 열심히 노력해서 본인이 목표한 바를 이루었다는 점을 칭찬하고 싶고, 이런 학생이 제자라는 사실이 자랑스러운 것이다. 그 날 모임에서 반장의 머리가 노랗게 물들어 있는 것을 보고 놀랐다. '오~, 의왼데' 라며 놀라니까 이제까지 공부하느라 못해본 거 하나씩 해보고 있다고 했다. 머리도 물들이고, 배우고 싶던 유도도 배우고... 그동안 공부하느라 얼마나 힘들었을지 안쓰럽기도 하면서 이렇게 좋은 소식을 선생님한테 직접 전하려고 와 준 것이 고맙기도 했다.

집과 학교에는 버리지 못해 아직 간직하고 있는 예전 교무수첩들이 있다. 요즘은 교직경력이 많아지면서 길거리에서 만난 학생들과 인사를 나누고도 언제 가르쳤던 학생인지 이름은 무엇인지 솔직히 가물거릴 때가 있다. 제자들이 찾아온다는 연락이 올 때 가끔 교무수첩을 꺼내보면 '아, 이런 시절도 있었구나' 라며 옛 추억에 빠지기도 한다.

## 〈스승의 날 받은 졸업생들의 메시지〉

선생님, 안녕하세요. 지윤입니다. 스승의 날인데 늦게 연락드려 죄송해요. 학원마치니까 이 시간이네요. 잘 지내고 계시지요? 저는 2학년이 되니까 좀 더 적응한 것 같기도 하고 성적도 정말 많이 올랐어요. 그런데 영어는 정말 올리기 힘들더라구요. 선생님이 저 중학교 3학년 끝날 때쯤 공부 열심히 해 놓으라고 하셨을 때로 돌아가고 싶어요. 그때 공부 열심히 할걸 그랬네요. 혹시 선생님 앞으로 만나는 외고 가려는 아이들 보시면 진짜 영어 잘하는 케이스 아니면 문법 같은 거 준비 단단히 하고 가라고 꼭 일러주세요!!! 저는 2학년이 되고 활동 많이 하고 내신 챙기느라 너무 바쁘네요. 애들은 정말 영어를 잘하고 저는 백퍼센트 노력파인 것 같아요. 선생님 정말 뵙고 싶고 외고 와서 선생님 생각 많이 났어요. 사실 직접 찾아봬서 편지로 드려야 하는데 바쁘다는 핑계로 못 찾아봬서 죄송합니다. 선생님 스승의 은혜 감사드리고 건강하세요.

## * 나의 답장

이렇게 잊지 않고 챙겨주는 것만도 감동이야. 맘 같아서야 애들 모두 모아서 얼굴 보고 싶었지만 다들 바쁠 것 같아서. 너희들 여유 될 때 또 보면 되지. 그저 열심히 하는 것이 선생님 기쁘게 해주는 거라는 거 알지? 건강 조심하고 잘 지내~~~

———

선생님 안녕하세요!! 많이 늦은 시간에 죄송합니다.

일요일 날 연락을 드렸어야 했는데 늦었네요. 중학교 2학년, 3학년 처음 반장을 하면서 선생님과 반 친구들에게 많은 것을 배웠습니다. 특히 중학생 때 배운 공부하는 습관이 제게 많은 도움이 되고 있어요. 가끔 친구들하고 걱정 없이 놀던 중학생 시절이 그리워 질 때가 많은 것 같아요. 한번 뿐이었던 중학교 시절을 우리 3반, 또 선생님과 함께 지낼 수 있었다는 것에 정말 감사드립니다!! 조만간 찾아뵙겠습니다. 스승의 은혜 다시 한 번 감사드립니다!!!

### * 나의 답장

아침에 일어나서 문자보니 샘이 참 흐뭇하구나. 네가 주어진 상황에서 열심히 하는 자체가 선생님을 기쁘고 흐뭇하게 하는 거 알지? 좀 힘들고 지치더라도 가족들, 친구들, 선생님 생각하며 기운내기 바래~ 항상 건강 조심하구~~~♡ 선생님 잊지 않고 연락해줘서 고마워~~~ 오늘 하루도 화이팅!!!

———

선생님 안녕하세요. 저 ○○중학교 졸업생 지윤입니다. 잘 지내고 계시죠? 페이스북 보니까 선생님 책도 번역하셨던데... 정말 멋져요! 선생님, 저는 ○○여대 미디어커뮤니케이션학과에서 열심히 공부하고 있습니다. 학과 특성은 광고 쪽으로 가고 싶은 저랑 정말 잘 맞고 서울에 있기도 하고 20살이니까 정말 즐기는 문화도 다르고 재밌습니다! 근데 요즘에는 여대자체가 저랑 별로 안 맞고 고3 때 수시를 아예 안 쓴 게 미련이 많이 남아서 반수를 할까 생각하고 있습니다. 아무튼 저는 잘 지내고 있습니다!

스승의 날이라 선생님 생각 많이 나서 연락드렸습니다! 찾아뵙고 많은 얘기 나누고 싶은데 그러지 못해서 너무 아쉽지만 나중에 만날 날은 더 많을 거라고 생각합니다. 요즘 점점 더워지는데 건강하시구요. 저 중학생 때부터 학업적인 측면이나 다른 부분이나 도움 많이 주셔서 정말 감사합니다. 다음에 뵙겠습니다.

**＊ 나의 답장**

지윤아 반가워~~ 안 그래도 소식 궁금했었는데 잘 지낸다니 다행이다. 서울 있어서 자주 보긴 힘들겠고 집에 오면 꼭 연락해~~ 지윤이는 선생님한테 아주 자랑스럽고 각별한 제자니까 언제 연락해도 반가운 거 알지? 지윤이는 앞으로 선생님보다 훨씬 더 많은 것을 이루고 멋지게 살 거라 믿어. 힘내고 샘이 늘 응원하는 거 잊지 말구~~ 무엇보다 타지에서 건강하게 잘 지내고 또 연락하자~~

　이 학생들의 문자가 특히 내 마음을 흐뭇하게 한 것은, 그들이 외고나 자사고를 가거나 좋은 대학에 진학한 것이 기뻐서만은 아니다. 이 학생들이 자랑스러운 것은 스스로 자신의 삶을 선택하고 자신이 선택한 일에 최선을 다하는 모습을 보여주었기 때문이다. 중학교 시절에 이 학생들이 고등학교 진학 결정을 할 때, 나의 조언이 상당 부분 영향을 주었다. 특히 내 수업과 학급 경영을 통해 이 학생들이 스스로 공부하는 법을 터득하고 열심히 노력하는 모습을 지켜봤다. 이제 그 성과를 눈으로 확인하게 되니 더욱 기쁠 수밖에 없다. 정말 자식같이 생각하는 아이들인데, 본인들이 열심히 한만큼 원하는 대로 성과를 내니 흐뭇한 것이다. 교사로서 이보다 더 큰 보람이 있을까? 교사로서 학생들에게 좋은 영향을 주어야 한다는 신념을 가지고 있지만, 아무런 피드백이 없다면 쉬이 지칠 것이다. 이렇게 학생들과의 상호작용을 통해 내가 틀리지 않았으며, 나로 인해 힘을 얻고 열심히 살아가는 아이들이 있다는 사실로부터 보람을 느낄 때 더 열심히 학생들을 지도할 수 있는 동기부여가 된다.

이 학생들을 가르친 학교에서 비슷한 상황이 또 있었다. 중학교 3학년 담임으로 처음 만난 학생이 있다. 당시 그 학생은 음악에 빠져 공부는 소홀했다. 교내 밴드 동아리에 소속되어 있었고 방송반 활동도 하고 있었다. 나중에 음악을 전공할 거라고 공부는 뒷전이었다. 3월 초 '음악은 취미로 해도 되니까 공부를 좀 하는 게 어때?'라는 내 이야기를 듣고 열심히 공부해서 1년 만에 전교 석차를 100등 넘게 올렸다. 결국 자신이 목표로 하던 특목고에 진학을 하게 되었다. 물론

이 학생이 지금은 음악을 계속 하지 않은 것을 후회할지도 모르고 대학 진학 후 진로가 어떻게 바뀌었는지는 알 수가 없다. 하지만 내가 주목하는 부분은 교사가 학생 개개인에 관심을 가지고 표현하는 것이다. 그러기 위해서는 학생 하나하나를 잘 관찰해야 한다는 점이다. 또한 학생들이 내 지도를 믿고 따라주었다는 부분이다. 내 말을 믿고 따르게 하기 위해서는 내가 먼저 학생들에게 믿음을 주어야 한다.

이 학생들은 선호하는 학군의 중학교를 다닌 아이들도, 집안 형편이 넉넉한 아이들도, 학원을 많이 다닌 아이들도 아니었다. 순전히 자신들의 노력에 의해 스스로 무언가를 이룬 아이들이기 때문에 더욱 기억에 남는 것 같다. 사교육에 크게 의존하지 않고 스스로 공부하는 법을 터득하고 열심히 한 아이들이라 더욱 자랑스럽다. 요즘 학생들은 기억에 남는 선생님이라고 하면 학원 선생님을 먼저 떠올리는 경우도 많은 것 같다. 그럴 때 솔직하게 살짝 서운한 마음이 들기도 한다. 학원 선생님들을 비하하는 것은 절대 아니다. 학원 선생님들도 학생 한 명 한 명에 신경을 쓰고 오히려 긴밀하게 연락을 주고받으며 유대관계를 쌓고 있는 것을 알고 있다. 그 분들의 노력을 인정한다.

단지 학교 선생님이든 학원 선생님이든 엄마든 아빠든 옆에서 '해라해라' 잔소리를 듣고 마지못해 하는 공부가 아니라, 스스로 해야겠다는 마음을 먹고 목표를 가지고 파고드는 공부가 진짜 남는 공부라는 것을 말하고 싶을 뿐이다. 이제까지의 교직경험으로 보면, 방황을 하던 아이들도 어떤 계기만 있으면 자신의 삶에 최선을 다하게 되었다. 그 계기가 어떤 것인지는 학생 개개인마다 다르다. 그런 계기가 나와 함께 있을 때 생길 수도 있지만, 세월이 흘러 나중에 찾아올 수도 있다. 보다 많은 학생들이 그런 삶의 전환점이나 계기를 찾을 수 있도록 그들에게 최대한 많은 기회와 경험을 제공하고 싶다. 우선 선생님의 말은 믿고 따르면서 한 번 실천해보면 분명 남는 것이 있다는 사실을 학생들에게 심어주고 싶다.

'You can not save every child, but give a chance every day
모든 아이를 구할 수는 없다. 그러나 매일 한 번의 기회를 줄 수는 있다.'

– 레이프 에스퀴스

내가 모든 아이들을 구할 수는 없다. 교사가 모든 아이들을 구원할 수는 없다. 그렇지만 매일 혹은 매 순간 학생들에게 최소한의 기회는 줄 수 있다. 교사는 한 번에 한 아이를 바꿈으로서 세상을 바꾼다. 일 년에 한 아이만 바꾼다고 해도 교직 평생 30명 이상의 학생을 바꿀 수 있다. 그 한 명의 학생이 각자 또 다른 30명을 바꿀 수 있다고 가정한다면, 교사의 영향력은 당장은 미비해 보일지 모르지만 실로 위대하다고 할 수 있을 것이다.

# 04

# 아픈 기억들

20년 가까이 교직생활을 하면서 아픈 기억들이란 어떤 것들이 있을까? 수업을 하면서 실수했던 것들은 아픈 기억이라기보다는 그것을 발판으로 내가 더 발전했으니 좋은 추억으로 남을 수도 있는 사례들이다. 생각해보면 교직에서 아픈 기억들은 인간관계에서 받은 상처들이 아닐까 싶다. 교과 교사로서 담임으로서 정말 최선을 다해 자식처럼 아이들을 생각하고 대했지만, 내가 했던 일들이 원망이 되어 돌아올 때나 오해를 받을 때처럼 허탈한 일도 없는 것 같다. 오해가 풀리면서 잘 마무리 된 경우도 있지만, 오해를 풀지 못하고 세월이 흘러버린 경우도 있다. 정말 어떻게 손을 써야할지 몰랐던 경우가 몇 번 있었다. 두 번째 발령받은 학교에서 한 학생이 '중학교는 어차피 의무교육이니 선생님이 저를 어떻게 하지 못 하잖아요' 라며 끝까지 나의 지도를 거부했던 학생이 있었다. 대부분의 경우 어떻게든 학생들이 나에게 설득을 당해 자신의 잘못을 인정하고 지나간 편이었는데 (이러한 상황에서도 내 앞에서만 수긍한 척 한 건지 진심으로 반성했는지 확인할 바는 없지만), 그 학생은 끝까지 자신의 잘못을 인정하지 않았다. 이제는 성인이 된 그 학생이 지금은 어떻게 살고 있을까? 나의 걱정과는 달리 잘 살고 있을 수도 있고, 그런 태도라면 어디서든 문제를 일으킬 수도 있겠다 싶은데, 어쨌든 주어진 상황에서 잘 살고 있기를 바랄 뿐이다.

학부모와의 관계에서도 자녀의 잘못을 이야기하면 그대로 인정하지 않는 경우도 있다. 예를 들면, 자기 자식을 색안경을 끼고 본다고 생각하고 교사의 탓으로 돌리려는 경우이다. 밤에 전화를 걸어 언성을 높이는가 하면 학부모의 의견대로 하지 않으면 언론에 알리겠다고 하는 경우도 있다. 문제는 이런 일들을 나만 겪는 것이 아니라는 사실이다. 대부분의 교사가 한 두 번은 겪었을 일들이다. 어떤 학생과 학부모를 만나느냐가 운에 좌우된다는 것이 서글프다. 교사가 아무리 노력한다고 하더라도 해결하기 힘든 상황이 발생하기도 한다. 교사로서 자괴감을 느끼는 순간이다.

첫 발령을 받은 학교는 환경이 괜찮은 동네였다. 반 아이들 중 여럿이 어릴 때 어학연수를 다녀온 경험이 있을 정도로 부유한 집안의 아이들도 많았다. 한편 임대 아파트에 사는 학생들도 꽤 있었다. 부모님은 돈을 벌기 위해 다른 지역에 살고 계시고, 형제끼리만 아파트에서 사는 경우가 있었다. 집에서 케어를 못 받다보니 밤새도록 컴퓨터 게임을 하게 되고, 컴퓨터 게임으로 용돈을 벌어야겠다는 잘못된 생각으로 게임 아이템을 팔다가 신고를 당해 사이버 범죄 혐의로 특별교육을 받기도 했다. 밤새도록 게임을 하다가 잠이 들면 아침에 일어나지를 못해 지각을 하거나 학교를 안 오는 경우도 있었다. 아무리 타이르고 윽박질러도 개선이 되지 않아서 한동안은 출근길에 학생 집에 들러 깨워서 같이 등교를 하기도 했다. 이 학생은 고등학교 원서를 쓸 때 지원할 만한 학교가 없었다. 고심 끝에 그래도 가능성이 있는 곳에 원서를 넣고 다행히 합격을 했다. 그런데 나중에 소식을 들으니 다니던 고등학교에서 자퇴를 하고 PC방을 전전하고 배달 아르바이트를 하며 생계를 유지한다고 해서 안타까운 마음이 들었다.

같은 해 담임을 했던 또 다른 학생도 비슷한 상황이었다. 어머니가 집을 나간 후 아버지, 동생과 생활하는 아이도 있었다. 사실 요즘 한부모 가정이 더 늘어나는 추세이긴 하지만, 당시 신규교사의 눈으로 본 그 학생의 사정은 딱하기만 했다. 아버지와 같이 살고 있기는 했지만, 관리가 잘 안되고 역시나 게임에 빠져서 헤어 나오지 못하는 학생이었다. 이 학생의 경우도 지각을 하거나 학교에 오지 않으면 직접 집으로 찾아가 데려오는 것이 나의 일상이었다. 아무리 주의를 주더라도 게임을 끊지 못했다. 보다 못한 내가 학생 집에 가서 컴퓨터 선을 아예 뽑아온 적도 있었다. 아버지는 이제껏 생계유지에 신경을 쓰느라 자녀가 학교에서 성적이 어느 정도인지 파악조차 못한 상황이었다. 중학교 3학년 1학기에 처음으로 자녀의 성적표를 확인해 봤다고 한다. 현실을 받아들이기 힘들었는지 그 성적으로 갈 곳이 없으면 아예 고등학교를 보내지 않겠다고 하셨다. 학생의 집에서 고등학교를 보내지 않겠다며 원서 쓰는데 전혀 관심이 없으니 담임인 나로서는 난감했다. 학생과 상담하여 진학할 고등학교를 정하고 원서까지 작성했지만, 당장 입학금이 걱정이었다. 당시 근무하던 학교에는 교사들이 돈을 조금씩 모아 학생들에게 장학금을 지급하고 있었다. 마침 내가 총무를 맡고 있었고, 교감 선생님께 학생 사정을 말씀드렸다. 회의를 통해 장학금을 학생에게 지급하기로 했다. 그렇게 공을 들여 아이를 고등학교에 진학시켰다. 나름대로는 정말 좋은 일을 했다는 생각에 스스로 뿌듯함을 느꼈다. 나중에 당시 같은 반 아이들에게 소식을 물어보니 이 학생은 고등학교를 자퇴했고 이후 소식은 모른다고 했다. 이렇게 공을 들여 정성을 쏟았는데도 변하지 않는 아이들을 보면 정말 안타깝다. 굳이 이렇게까지 열심히 할 필요가 있나라는 회의가 들기도 한다. 이런 경우는 한두 건이 아니다. 진심을 다해 지도했지만 일 년 동안 단 하나의 변화도 없거나, 조금의 변화가 보이기는 했지만 이후 변화가 지속되지 않는 경우도 많다.

2년간 담임을 한 남학생이 있다. 2학년 때는 정말 온순하고 학교생

활을 착실하게 잘 했다. 크게 공부를 잘하는 학생은 아니었지만, 교우
관계도 원만하고 수업시간에 집중도 잘 하고 학교나 학급 규칙에 어
긋나는 행동은 하지 않는 학생이었다. 3학년 때도 담임을 맡게 되었
다. 4월쯤 어머니와 통화를 하는데 학생이 집에서 본인과 자주 다투
고 과격한 행동을 한다고 했다. 학교에서는 그런 행동을 하는 경우가
없었기 때문에 학교생활 잘하고 있으니 걱정하지 말라고 안심시켰다.
하루는 이 학생이 수업을 듣다 말고 학교를 뛰쳐나가려고 했다. 교과
선생님과 어떤 이야기가 오고 갔는지는 모르겠지만, 반 아이들을 동
원해 교문 밖으로 나가는 것을 막고 겨우 교실로 데려와서 진정시켰
다. 어느 날은 무단결석을 하기도 했다. 다음 날 학생을 불러서 전날
왜 학교에 오지 않았는지를 물었다. 왜 학교에 오지 않았냐고 묻는 순
간, 학생이 책상을 확 밀더니 교실을 뛰쳐나가 버렸다. 그 날도 친구
들이 학생을 붙잡아오려고 애를 썼으나 소용이 없었다. 다음날 등교
한 학생에게 '너 어제 그러고 나가서 나한테 정말 미안하겠구나' 라는
말만 하고 상황을 넘겼다. 이 학생에게는 지금 잘잘못을 따지기 보다
는 시간이 좀 필요하겠다고 판단을 했기 때문이다. 이 학생이 또 학교
를 뛰쳐나갈까봐 조마조마하면서 시간이 흘러갔다. 2학기쯤에는 안
정이 되었고 졸업할 때는 언제 책상을 밀고 나간 적이 있었나 싶을 정
도로 멀쩡해졌다. 졸업식과 졸업 이후 스승의 날 찾아와 손편지를 나
에게 전하면서 당시 자신의 행동도 많이 반성하고 나에 대한 고마움

도 가지고 있다고 했다. 자신을 믿고 기다려준 것에 대한 고마움을 졸업 후에 깨달은 것 같다. 지금 생각해도 책상을 밀고 나간 그 학생의 행동이 이해가 되지는 않는다. 나중에 물어보니 그냥 그 때는 본인이 사춘기였고 아무 이유가 없었다고 했다. 엄마나 선생님을 포함해 모든 어른들이 밑고 자신에게 관심을 가지는 자체가 싫었다고 한다. 그냥 자신을 내버려 두면 좋겠다는 생각만 들었다고 했다. 아마 이 학생의 그런 마음을 알고 내가 한동안은 그냥 내버려 두었던 것 같다. 다그치기 보다는 오히려 내버려 두었던 것이 이 학생이 본래의 모습으로 돌아오는데 도움이 되었던 것 같다.

점심시간 직전에 나에게 야단을 맞은 학생이 그냥 집에 가버리는 상황도 있었다. 평소에 소소한 장난이 심해서 나에게 자주 혼이 나던 학생이었다. 어머니도 자녀의 성향을 잘 알고 있었기 때문에 학생이 남아서 벌 청소를 하거나 주의 받는 것을 평소에는 잘 받아 들이셨다. 문제가 생긴 날은 학생이 점심시간 직전에 나에게 벌을 받는 바람에 점심을 늦게 먹게 된 상황이었다. 학생이 집에 가서 말을 어떻게 전했는지는 몰라도 어머니가 그 날은 전화로 내가 학생을 차별한다며 화를 내셨다. 얼마 시간이 지나지 않아 학생의 아버지가 학교로 찾아오셨다. 다른 건 다 참아도 자녀가 다른 학생과 차별받는 건 못 참는다고 화를 내셨다. 자초지종을 설명 드리니 그제야 상황을 이해하셨다. 차별을 한 것이 아니라 다른 학생도 같이 혼났고 둘 다 벌을 받았다.

다만, 벌을 받은 후 점심을 먹으러 가라는 내 말을 이 학생이 듣지 못하고, 자신만 밥을 못 먹게 했다고 착각을 한 것이었다. 되돌아보면 내가 명확하게 전달을 못했나 싶기도 하고, 이 학생이 평소에 워낙 소소한 장난과 사고로 내 속을 섞이니 진짜 밥을 먹이지 말까라는 마음이 들지는 않았는지 반성을 하기도 했다. 이 학생을 대할 때 다음부터는 선입견을 가지지 않으려고 애썼던 것 같다. 어머니가 참 좋은 분이었는데 오해가 생겨서 마음이 편치가 않았다. 졸업식 날 이 학생의 어머니가 따로 나를 불러 손을 잡으며 '선생님, 그 때는 제가 오해를 해서 너무 죄송했어요' 라고 하셨다. 그 순간 눈물이 터져서 펑펑 울었고 졸업식에 참석했던 어머니들도 같이 울었다. 학생들은 왜 우는지 이해가 안 된다는 눈치였지만, 그 때 그 눈물의 의미는 그 어머니와 나는 알고 있었다. 말도 탈도 많았던 한 해를 보내며 시원함보다는 섭섭함이 많았던 그 때, 내가 마음속으로 편치 않던 사건의 학부모가 나의 노고를 위로하는 말씀을 해주니 너무 감사했다.

이와 같이 너무나 괴롭고 견디기 힘든 상황들이 종종 발생한다. 위의 사례들처럼 결국에는 학생이나 학부모들이 자신의 잘못을 인정하고 (잘못이라기보다는 타이밍이 좋지 못했거나 상황을 이해 못해 생긴 오해들) 사과를 하며 서로 오해를 푸는 경우도 있지만, 끝까지 그런 오해를 풀지 못하고 세월이 지나는 경우도 적지 않다. 그런 경우에는 세월이 지나도 상처로 남는다. 이렇게 열심히 하는데 왜 진심을 몰라주지라는 서운함이 든다. 하지만 그런 경우에도 해당 학생과 학부모가 기회가 안 되어 나에게 표현을 못했을 뿐이지 아직까지 오해를 가지고 있다고 생각하고 싶지는 않다. 나 또한 나의 말이나 행동으로 상처를 준 학생과 학부모가 분명히 있을 것이다. 미처 알아차리지 못했다면 잘 못이고, 알고도 표현하지 못한 것은 더 큰 잘못이라고 생각한다. 혹여 나로 인해 상처를 받은 학생과 학부모가 있다면 이 기회를 빌어 진심으로 사과를 드리고 싶다.

# 기억에 남는 제자들

　　20년 가까이 교직생활을 하면서 기억에 남는 제자들도 참 많다. 그 중에서도 첫 발령지에서 졸업시킨 학생들이 가장 많이 기억에 남는다. 졸업 후에도 꾸준히 연락을 하며 지낸 학생들도 있고, 언제든 만나자고 하면 무척 반가운 학생들이다. 어느덧 30대가 된 그 제자들 한 명 한 명이 무엇을 하며 살고 있을지 항상 궁금하다. 이 학생들과는 추억도 참 많다. 학생들에게 모둠일기, 성장일기를 쓰도록 했는데 그 일기를 모아 문집을 만들었다. 280쪽이나 되는 양을 편집하고 인쇄한 것을 보면, 당시 내 열정에 탄복할 지경이다. 학생들이 그 때의 일기를 보며 학창시절 추억에 빠질 것을 생각하면 지금도 흐뭇해진다. 지금 그 문집에 실린 내용을 다시 읽어보면 웃음이 난다. 아이들이 참 많은 양의 내용을 일기에 적어냈구나, 정말 자기가 하고 싶은 이야기를 적고 있구나, 저렇게나 하고 싶은 말들이 많았구나라는 마음이 느껴진다. 그 시절에는 그래도 아이들과 소통하기 위해서 참 많이 노력했다는 생각이 든다. 아이들 일기에 매일 매일 손으로 답 글을 적어준 것을 보니 정말 초심이란 것이 느껴진다. 심지어 모둠일기에 댓글을 달아주면 학생들이 길이를 비교하고 질투하기도 했다. 일기 내용을 누가 많이 쓰는지 은근 경쟁이 붙기도 했다. 요즘도 수업 중에 잘된 결과물 사진을 찍으면 옆에 있는 학생들이 '선생님, 제 것도 찍어주세요.' 라고 한다. 이렇게 긍정적인 분위기는 쉽게 전이된다.

지금 아이들의 일기를 읽으며 옛 추억에 빠지고 그들을 그리워하듯이 아이들도 학창시절 추억을 떠올리며 나를 그리워할까? 나를 얕보고 만만하게 볼까봐 일부러 인상 쓰고 무섭게 보이려고 애를 쓴 적도 많았는데, 지금 생각하면 좀 더 많이 웃어주고 칭찬해 줄 걸 하는 생각이 든다. 그래도 일기에 답 글을 달면서는 평소 말로 하지 못한 마음을 글로라도 표현하려고 노력한 흔적이 보였다.

학생들이 모 기업에서 주최하는 퀴즈대회에서 지역 1등을 차지해서 기업 지원으로 반 전체가 순천으로 1박 2일 여행을 간 적도 있다. 또한 동 퀴즈대회에서 전국 1등을 차지하기도 했다. 그 덕분에 퀴즈를 주최한 기업 지원으로 졸업을 앞 둔 1월에 일본 오사카로 2박 3일 여행을 가게 되었다. 그 때 나는 1정 연수를 들어야 하는 상황이었다. 하

**267**

지만 이 기회가 아니면 언제 반 학생들과 여행을 갈 수 있을까라는 생각에 결석계를 제출하고 일본으로 함께 떠났다.

〈당시 한 학생이 쓴 일기〉

2013년 12월 14일

지금 우리 반이 퀴즈 1위다. 2위와 대략 2700점차. 그러나 선생님들은 이해해 주시지 못한다. 일부러 11월 달에는 기말고사라고 공부하고 12월 달부터 아이들과 시작하자고 했는데.

　일기를 보면 학생들에게 한동안 '마녀'라고 불렸던 것 같은데 아이들이 원하는 것을 할 수 있게 되어 '마녀'가 '미녀'로 바뀌게 되었다. 학생들의 바람대로 2박 3일간 오사카 여행을 가게 되었다. 비행기표, 숙박, 현장 차량까지 모든 것을 회사측에서 제공해 주었다. 교장 선생님이 과연 허락해 주실지 걱정도 많았지만, 당시 학년 부장님이 잘 말씀해 주셔서인지 흔쾌히 허락해 주셨다. 3학년 부장님과 함께 학생들을 인솔해서 일본에 갔다. 제일 기억에 남는 곳은 오사카 유니버셜 스튜디오 인 재팬Universal Studio in Japan이다. 학생들이 제일 신나했던 곳이기도 하고, 이제까지 말 못한 사건이 일어난 곳이기도 하기 때문이다.

긍정의 힘으로 교직을 다자인하라

학생들의 학기말 소감문

1. 2003년에 가장 기억에 남는 사건 BEST 3

1) 퀴즈 2등 해서 광주에 캣츠 공연 보러간 일

2) 성백이의 사랑고백

3) 학교 축제

2. 2003년에 가장 기억에 남는 사건 Worst 3

1) 캣츠 가서 몇 사람들의 비상식적인 언행들

2), 3) 그 외 나머지는 대부분 기합

3. 우리 선생님의 단점(후배들에게는 이런 선생님이 되어 주세요!)

너무 많이 때리신다. 수업시간에 너무 공부만 하신다. 다혈질. 살인미소

4. 우리 선생님의 장점(선생님~ 힘내세요!)

학생들에게 관심이 많으시다. 신경을 많이 써주신다.


　문집을 읽으며 초임 시절에는 학생들에게 무섭게 보이려고 매도 대고, 숨 쉴 틈 없이 수업만 하고, 시험도 자주 치고, 학생들을 괴롭히며 살았구나 싶어 후회도 되고 부끄럽기도 하다. 그래도 학생들이 자신들에게 관심이 많고, 선생님이 열심히 노력한다는 인상을 주었던 것 같아 다행으로 생각한다. 그런 진정성이 느껴졌으니 지금도 연락을 하며 지내는 거겠지만.

　이렇게 첫 발령지에서의 추억들도 많았지만, 육아휴직 후 복직한

학교에서도 좋은 추억이 참 많다. 사실은 안 좋은 기억도 많았지만, 시간이 흐르고 나니 다 좋은 추억으로 남게 되는 것 같다. 힘들었던 만큼 기억에 더 남는 것 같기도 하다. 2년간의 육아휴직을 마치고 학교로 돌아온 내가 학교생활에 적응하기가 쉽지만은 않았다. 항상 막내였던 내가 어느덧 중진교사가 되어 있어 스스로 정체성에 혼란을 겪는 시기이기도 했다. 생계형 맞벌이 부부가 많은 지역이라서 학생들 중 부모의 케어를 못 받는 가정이 많았다. 환경이 열악하기는 했지만 오히려 좋은 점도 있었다. 사교육의 영향을 크게 받지 않는 곳이라 오히려 학생들이 수업시간에 집중하고 선생님의 지도를 잘 따랐다. 부모님들도 '선생님한테 그저 맡길테니 우리 아이 잘 지도해 주세요'라며 교사를 신뢰하는 분위기라서 오히려 학생 지도에 도움이 되었다.

복직 후 처음 만난 학생들에게는 내가 학교에 적응하기 힘들어 자연스레 짜증이 난 건지, 학생들을 잡아야겠다는 생각에 일부러 무섭게 대한 것인지는 몰라도 웃음을 참고 엄하게만 대했다. 그러던 중 학생들과 체험활동을 가는 버스 안에서 얼떨결에 노래를 하게 되었다. 나의 노래방 18번곡인 'loveholic'을 불렀는데 아이들이 우리 선생님 고음 잘 올라간다며 열광을 했다. 그 일은 아이들이 나를 대할 때 좀 더 편하게 대하고 선생님도 저런 인간적인 모습이 있구나라며 나에 대한 경계를 풀게 된 계기가 되었다. 실제로 학생들에게서 선생님의 의외성을 보고 선생님을 좋아하게 되었다는 이야기를 들은 적이 있다. 굉장히 무섭고 무뚝뚝한 줄 알았는데 선생님의 따뜻한 면을 발견하고 갑자기 좋아지게 되었다고 이야기한 학생이 있었다.

수업 시간에는 카리스마 있다, 포스 있다는 이야기를 듣는 편이다. 최소한 학기 초만이라도 그런 이야기를 듣는 것이 좋은 것 같다. 어차피 시간이 지나다 보면 자연스럽게 친해지기 마련이고 흐트러지기 마련이다. 그래도 우리 선생님 앞에서는 이것만큼은 꼭 지켜야 한다는 기준이 있어야 한다. 학생들이 나에게 '츤데레'라는 이야기를 종종 한다. 우리 선생님은 무뚝뚝한 것 같지만 우리에 대해 잘 알고 있다는 반응이다. 그런 의외성이 학생들에게 오히려 긍정적인 이미지를 줄 수 있다.

『무례한 사람에게 웃으며 대처하는 법』에서 작가가 언급한 '의외성'에 대해 나의 경험 때문인지 크게 공감이 되었다. 기억해 두고 싶어 블로그에 옮겨둔 것을 가져와 본다.

우리가 사랑에 빠지는 과정도 결국은 상대의 '의외성'을 발견하는데 성공했기 때문이 아닐까? 사람이 누군가를 사랑한다는 건 다른 사람이 보지 못하거나 대수롭지 않게 여기는 지점을 유심히 보고, 거기서 특별함을 찾아내는 일이다. 취미나 말버릇, 취향 같은 것에서 자신과의 공통점을 찾아내 그 위에서 조금씩 서로의 색을 덧입히는 커스터마이징 같은 것이기도 하다. (중략) 우리에게는 모두 단점이 있으며 빈틈과 약함, 예측 불가한 모습들이 있다. 많은 욕망과 여러 관계 속에서 다양한 모습으로 살아가고 있다. 사람들은 다른 사람들이 자신에게 기대하는 모습이나 외부의 조건에 맞추어 그에 맞는 모습만을 보여주려고 노력하지만, 인간은 그보다 한 차원 더 높은 입체적 존재다.

소설가 김훈이 "기자를 보면 기자 같고 형사를 보면 형사 같고 검사를 보면 검사 같은 자들은 노동 때문에 망가진 것이다. 뭘 해먹고 사는지 감이 안 와야 그 인간이 온전한 인간이다"라고 했는데, 나는 이 말을 아주 좋아한다. 다른 사람에게 인정받기 위해 일관된 모습을 연기할 필요는 없다. 나만의 독창적인 캐릭터는 의외의 모습들이 모여 완성된다.

— 정문성(2018), 『무례한 사람에게 웃으며 대처하는 법』, 105-106쪽

내가 수업방법을 획기적으로 바꾼 곳이 복직 후 근무하게 된 학교였기 때문에 더욱 기억에 남을지도 모르겠다. 이전에는 주로 강의식으로 수업을 했다. 같은 내용을 반복하고 쪽지시험도 자주 치는 등 예전에 내가 배워온 방법대로만 가르쳤다. 복직 이후 불안감과 부족함을 떨치기 위해 교실수업개선 관련 연수를 더 찾아들었다. 듣는 데서 그치는 것이 아니라 직접 실천하는 과정을 거치면서 나 스스로 내 틀을 깨고 많이 변했다. 나 스스로 변했다고 생각하면 착각일 수 있지만, 학생들의 피드백을 통해 수업방법을 바꾼 것이 실제로 효과가 있

다는 사실을 관찰할 수 있었다.

학기말과 수업시간 활동 끝에 수시로 학생들에게 설문을 받아본 결과, 대체로 내가 적용한 거꾸로교실에 대한 긍정적인 피드백이 많았다. 간혹 문법 설명이나 본문 설명을 선생님이 더 자세하게 해주었으면 좋겠다는 피드백도 있었다. 다음 해에는 이런 점들을 좀 더 보완하려고 고민했다. 무조건 설명은 안하는 것이 아니라 필요한 부분에서는 교사가 간단히 설명을 한다든지 학생들이 원할 경우 설명용 영상을 추가로 촬영한다든지 하면서 보완해 나갔다.

이 학교에서의 수업 변화가 준 시사점은 공부를 잘하는 학생이든 못하는 학생이든 자사고에 진학한 학생이든 공고에 진학한 학생이든 강의식 수업보다는 자신이 주인공이 되어 활동을 한 수업이 더 기억에 남고 도움이 되었다는 사실이다.

시사점이 한 가지 더 있다. 3학년 1학기에는 수업을 하지 않다가 2학기부터 새롭게 수업을 하게 된 반이 있었다. 나머지 반에서는 학생 활동 중심 수업으로 바꾸고 나서 다들 반응이 좋았는데, 유독 그 한 반에서는 그렇지 않았다. 학생들이 활동에 잘 참여하지도 않았고, 왜 이런 활동을 하는지 모르겠다는 반응들이 많았다. 심지어 이런 활동을 하지 않았으면 좋겠다는 의견도 있어 상처를 받기도 했다. 왜 유독 그 한 반에서 수업이 잘 되지 않았을까? 그것은 아마도 래포 형성이 안 되어 있었기 때문이 아닐까라고 추측한다. 내가 1학기부터 가르쳐

온 학생들과는 3월부터 관계형성이 잘 되어 있었다. 어떤 특별한 이름을 붙여서 한 활동들은 아니더라도 4월부터 모둠활동을 꾸준히 해오고 있었다. 생각할 수 있는 질문거리가 들어간 활동지로 수업을 했다. 교사가 일방적으로 설명을 하는 것이 아니라, 학생들이 스스로 해결해 볼 수 있는 기회를 제공하는 수업을 해오고 있었다. 그런 관계형성과 연습이 충분히 된 상태에서 2학기에 '거꾸로교실'이라는 수업방법을 도입하니 눈에 띄는 효과가 있었던 것이다. 2학기에 새롭게 맡게 된 반에서는 다른 반만큼 나와 쌓은 친밀감도 없었고, 활동 수업에 대한 연습도 부족했던 것이다. 무조건 밀어붙이면 될 줄 알았었는데 역시나 관계형성과 수업을 위한 기초 근육을 쌓는 것이 중요하다는 것을 다시 한 번 깨닫게 된 사례였다.

신규시절부터 수업과 학급경영에 대한 학생 소감문을 자주 받는 편이다. 상처받게 그걸 왜 하냐고 반문하는 분들도 계신다. 요즘은 교원평가가 강제로 이루어지니 좋든 싫든 학생들 평가를 받게 된다. 좋은 평은 좋게 받아들이면 되고, 부정적인 평가가 있더라도 내가 보고 판단을 하면 그만이다. 받아들일만한 부분이 있으면 개선하면 되고, 학생 개인의 감정이 들어간 경우 보는 순간은 기분이 나쁘지만 금방 잊어버리려고 애쓴다. 이제까지 받은 많은 학생 피드백들이 있지만, 몇년이 지난 지금까지도 기억에 남는 피드백이 있어 남겨 본다. 이 학생의 이 피드백이 어찌 보면 지금까지 내가 교실수업 개선에 앞장서고 새로운 수업방법을 적용해 볼 용기를 갖게 한 원동력일지 모른다. 이 학생에게 진심으로 감사의 마음을 전하고 싶다.

지금까지 내가 해봤던 수업은 선생님께서 앞에 나오셔서 수업내용을 설명하시고 학생들은 자리에 앉아 듣고 배운 뒤 집에 가서 숙제로 복습하는 방식이었다. 항상 그런 방식의 수업에 익숙해져서 처음 집에서 미리 동영상을 시청하고 예습한 뒤 수업을 진행한다는 얘길 듣고 부담스럽기도 하고 이게 좋은 수업 방식인지 아닌지 미리 배워오면 수업시간엔 복습을 또 하는지 아니면 무얼 하는지 걱정도 많이 됐었다.

우선 동영상을 한번 보니 이해가 안 되면 다시 돌려 볼 수 있어서 그 점이 좋았다. 평소 수업 땐 진도도 맞춰야 되서 모르는 것을 다 질문하기엔 시간이 촉박할 때도 있었고 다른 친구들의 눈치도 보였었는데 내가 이해 안 되는 부분만 다시 돌려보고 이해하고 필기하다 보니 좀 더 많은 것을 얻어갈 수 있었다. 그리고 수업시간엔 조원끼리 집에서 해야 됐던 숙제를 같이하니 서로에게 물어 보고 알려주며 친구들과 정보 공유도 하고 집에서 혼자 하는 숙제보다 좀 더 만족스럽고 완벽한 결과물이 나와서 스스로 뿌듯함을 느낄 수 있었다.

또한 그냥 듣고 이해 하는게 아니라 직접 나서서 활동하고 내 생각을 표현할 수 있어서 참여율이 높아지고 그냥 앉아서 듣는 수업보다 덜 지루하고 영어시간이 빨리 간다고 느껴질 만큼 재미있어서 수업시간 시계를 보는 일도 줄었던 거 같다. 시험기간이 되면 동영상을 다시 틀어 재생하고 한번 씩 더 훑어보고 복습할 수 있어서 선생님께 다시 한 번 더 배우는 것과 같은 효과였다. 모르거나 까먹은 부분은 다시 체크하고 암기하고 그러다 보니 기존방식의 수업보다 더 많은 복습을 하게 되고 예습과 복습을 어떻게 해야 되는지 알게 되어 성적도 많이 올랐던 거 같다.

가끔 동영상을 시청하지 못해도 선생님께서 수업시간에 내용을 설명해주시고 활동을 하게 해주셔서 예습하면 예습한대로 못하면 못하는 대로 상관없이 적극적으로 참여 했던 것 같다. 기존의 수업방식의 틀을 깨고 거꾸로 수업을 한다는 것은 실패하거나 효과를 못 볼 수도 있었지만 선생님께서 우리를 위해 여러 부문에서 생각하고 연구하시고 결정하셔서 잘 진행되어 좋았다. 항상 해보았던 것만 추구하는 것보단 새로운 것에 도전 해볼 수 있는 기회를 주셔서 감사하고 앞으로의 후배들이나 영어수업을 하는 학생들도 이 수업 방식대로 한번 수업을 해도 좋을 것 같다.


그래, 선생님은 지금도 그렇게 하고 있어. 나 잘하고 있는 거겠지?

대한민국 교사로
살아남기

Chapter

05

행복한 교사가
되었으면

교사가 해야 할 일은
지식을 전달하는 것이 아니라
어쩌면 학생들에게 좋은 추억을
만들어주는 것이 아닌가 한다.

# 01

# 교육실습생들에게 해주고 싶은 말

현재 사범대학부설중학교에 근무하고 있다. 사범대에 소속되어 있는 중학교라는 뜻이다. 지역별로 국립대 부설중·고등학교는 소속 국립대학교 사범대학 4학년 학생들을 교육실습생으로 의무적으로 받게 되어 있다. 매해 5월이면 교육실습생들이 4주간 학교에 머물게 된다. 교육실습생들 사이에서는 사범대학 부설중학교에 배정되지 않으려고 가위 바위 보를 한다는 소문이 돌 정도로 부설중의 교육실습과정은 그리 녹록치 않다. 나도 대학 4학년 때 다 겪은 일이기는 하다.

교육실습생들을 지도하면서 나의 교육실습생 시절을 떠올려 보게된다. 많이 위축되었던 기억이 난다. 당시에는 일주일 간 담임 반 교생실습은 부설초등학교에서 했다. 초등학교 4학년 반에 배정받았다.

얼마나 긴장이 되던지 지금 생각해보면 내가 왜 그렇게 주눅이 들고 위축되었는지 모르겠다. 아이들과 격의 없이 친하게 지낼 수도 있었을텐데 머뭇머뭇 내가 먼저 다가가지 못했던 것 같아서 아쉽다.

특히 교생실습 중 가장 아쉬운 부분은 주전공이 불어이다 보니 학생들과 수업시간에 만날 기회가 많지 않았다는 것이었다. 그나마 3주간 2시간 수업을 배정받고도 감기 몸살이 나는 바람에 딱 한번만 수업을 할 수 있었다. 거기에 비하면 영어과 교육실습생들은 4주간 많게는 21시간 적게는 14시간의 수업을 경험할 수 있으니 어찌 보면 행운인 것 같다. 교육실습생들에게 이것저것 이야기를 해주기는 하지만, 나의 교육실습생 시절을 떠올려보면 지금의 그들은 그 시절 나보다 훨씬 더 나은 것 같기도 하다.

먼저 교과 담당 교육실습생들과는 수업 지도안 짜는 것에서부터 협의가 이루어진다. 교육실습생이 미리 짜온 지도안을 보며 피드백을 준다. 수업을 관찰하고 관찰한 내용에 대해서도 피드백을 준다. 이 과정은 내가 예전에 들었던 테솔 과정과 교사교육자과정이 크게 도움이 되었다. 수업관찰을 하고 기록하는 부분이나 교육실습생에게 피드백을 주는 기술이나 전달 방법 등이 많이 도움이 된다. 수업 후에는 수업자가 수업을 한 소감을 이야기 한다. 나도 수업을 보면서 관찰한 내용 중심으로 의견을 말한다. 같은 차시 수업이라도 반마다 수업이 조금씩 수정된다. 어떨 때는 활동이 통째로 바뀌기도 한다. 교과 담당 교육실습생들에게 하는 당부가 몇 가지 있다. 보통 수업안을 짜오라고 하면 단순 활동을 나열해 오는 경우가 많다. 요즘 아무리 학생활동 중심 수업을 강조한다고는 하지만, 단순 게임이나 활동의 나열을 의미하지는 않는다. 분명 성취기준과 학습목표가 있고, 학생들이 그 학습목표에 도달하도록 효과적인 활동이 배치되어야 한다. 처음부터 프로젝트 기반으로 수업을 하라고 요구하지 않는다. 먼저 영어과 교과 특성에 맞는 기본적인 지도안을 짜고 기본적인 형태의 수업을 제대로 구현할 수 있어야 한다. 이후 다음 단계로 프로젝트 수업 디자인과 진행이 가능하다. 한 차시 한 차시 수업이 쌓여서 제대로 된 프로젝트 수업이 이루어지기 때문에 한 차시를 잘 운영하는 것부터 시작해야 한다. 교과 담당 교육실습생의 수업을 관찰하면서 발견하게 되는 가장 큰 약점은 학생들의 주의집중을 제대로 못 시킨다는 점이다. 하기야 나도 신규 때는 그랬다. 기발하고 재미있는 게임이나 자료, 활동 등을 준비해오더라도 학생들이 교사의 말에 집중을 하지 않으면 아무 소용이 없다. 교육실습생들은 본인이 머릿속에 가지고 있는 시나리오 대로 학생들이 듣거나 말거나 그냥 순서대로 활동만 진행하는 경우가 많다. 학생들이 현재 하고 있는 활동을 어느 정도 달성했는지 파악후, 다음 단계로 넘어가야 한다. 학생활동이 이루어지는 중간에 교사의 설명이 필요할 때는 반드시 학생들의 집중을 얻은 후 진행하도록 조언을 한다. 침묵 신호를 사용해보라고 권유하기도 한다. 교육실습생들이 하는 또 한 가지 실수는 한 차시에 너무 많은 활동과 내용을 넣는다는 것이다. 학생들이 주어진 과제를 해결하는 속도나 학생들의 수준을 제대로 파악하지 못해서 생기는 현상이다. 한 반 수업에서 '아, 시간이 턱없이 부족하구나' 라고 느끼고 나면 다음 반에서는 내용이 조절된다. 같은 반 안에서도 개인차가 있으므로 빨리 끝낸 학생들이 놀고만 있지 않도록 추가 미션을 미리 준비한다던지 어려움이 있는 학생들에게는 일대일로 지도하면서 어느 정도 속도를 맞출 필요가 있다. 시간이 남았을 때를 대비하여 여분의 활동을 준비하는 것도 중요하다.

여러 해 교생지도를 하면서 교과 담당 교생이 1명일 때 보다는 여러 명일 때가 훨씬 효과적이라는 것을 관찰할 수 있었다. 다른 교과 교사들의 의견도 마찬가지였다. 담당할 교생이 한 명인 경우, 수업을 관찰하는 사람이 나밖에 없으므로 피드백을 주는 사람이 한 사람뿐이다. 물론 나의 피드백을 듣고 수업안을 고치거나 활동을 수정하기는 하지만, 아무리 이야기를 해 주어도 고쳐지지 않는 경우가 대부분이다. 담당 교생이 2-3명인 경우는 한 명이 수업을 진행할 때 나머지 교생들은 참관을 한다. 따라서 피드백을 줄 수 있는 사람이 나뿐 아니라 1-2명이 더 늘게 된다. 또한 수업준비 때부터 한 팀으로 아이디어를 같이 내고 고민하기 때문에 수업안이나 활동지 자체가 혼자 할 때보다 질이 좋다. 동료의 피드백을 받아들이고 수정·보완하는 속도도 빠르다. 담당 교육실습생이 2명이었던 2017년에는 그 전 해에는 감히 엄두를 내지 못하던 프로젝트 수업도 교육실습생들이 진행했다. 물론 문제 시나리오와 활동지 등 내 의견이 대부분 반영되어 진행되기는 했지만, 놀랄 정도로 두 사람이 발전하는 것을 볼 수 있어 뿌듯했다. 2017년 담당했던 교육실습생은 마침 불어교육과 후배라서 더욱 반가웠다. 워낙 성실하게 실습에 임하고 꼼꼼하게 일지도 작성하고 매사에 열심인지라 남자 교육실습생치고 참 꼼꼼하다고 생각했는데, 같은 과 후배인 걸 알고 더욱 반가웠던 기억이 난다. 모든 사회생활에서 그렇듯이 교육실습에서 전공 지식이나 실력이 뛰어난 것도 중요하지만, 무엇보다 성실한 자세와 원만한 인간관계가 가장 중요한 것 같다.

2018년에는 전체 교육실습생 대상으로 체인지메이커 교육에 대해 소개할 기회가 있었다. 수업방법적인 것을 떠나서 교사로서 기준을 세워야 한다는 이야기를 여러 번 강조했다. 이 기준이라는 것은 교과 지도나 생활지도에 모두 적용되는 사항이다. 보통 교육 실습생들은 본인의 전공 교과를 어떻게 잘 가르칠지에 대해서만 생각을 하고, 담임 반 관리에 소홀한 경우가 있다. 학교에서 교사의 일은 크게 수업, 학급경영, 행정 업무 세 가지로 나뉠 수 있다. 셋 중 어느 것에 비중을 두고 우선순위를 두어야 할지 늘 생각해야 한다. 이 판단이 흐려지면 안 된다. 교사는 수업시간에 살아 있어야 한다. 교사로서의 자존감은 수업을 통해 세울 수 있다. 수업이 제대로 이루어지지 않으면 생활지도도 제대로 되지 않는다. 수업은 교사가 일방적으로 끌어가는 것이 아니라, 학생들 주도로 이루어질 수 있고 학생들이 흥미를 가지고 푹 빠질 수 있는 수업을 디자인하는데 힘을 쏟아야 한다.

교육실습생들의 경우 행정 업무를 경험할 기회는 없으니 수업과 학급경영이 남는다. 수업도 중요하지만 학급경영도 중요하다는 것을 강조한다. 학교 현장에서 담임 반 관리가 제대로 되지 않으면 곤란해지는 경우가 많다. 말 그대로 학급경영이다. 경영을 맡은 교사는 자신의 철학을 가지고 있어야 하며, 맡은 반을 이끄는 리더가 되어야 한다. 교육실습생에게 수업만큼 중요한 것이 학급경영이므로 조·종례 시간에 학생들을 잘 관찰하고 학급 분위기 조성에 신경을 써야 한다고 강조한다. 담당 교육실습생과 첫 만남에서 3월 첫날 학생들에게 나누어 주는 학부모 통신문을 보여주면서 학급경영 비전을 공유한다. 현장에 발령을 받게 되면 2월에 미리 준비를 하라고 일러둔다. 이 때의 준비란 수업준비도 되지만 학급경영이나 수업 운영에서 나의 철학과 이것만은 꼭 지켰으면 하는 규칙을 세운다는 의미이다. 이를 지속적으로 학생들에게 언급하고 일관성 있게 지도해야 생활지도에 어려움이 없을 거라는 점을 강조한다. 기분 내키는 대로 이랬다 저랬다 하다 보면 학생들에게 믿음을 주기 힘들다. 교사의 말이 어제 했던 말과 오늘 하는 말이 달라지면 학생들은 혼란스러워하고 반복되다 보면 결국 교사에 대한 믿음이 약해진다.

학생들이 보통은 교육실습생들을 오빠나 형, 누나나 언니 같이 여기기 때문에 편하고 친근하게 대하기가 쉽다. 물론 그 때에만 누릴 수 있는 특권이기는 하지만, 학교에는 교칙이라는 것이 있으므로 안 되는 것은 안 된다는 단호함도 때로는 필요하다는 점도 늘 이야기 한다.

2016년 내가 담당했던 첫 교육실습생이 다음 해 임용에 합격하여 발령을 받았다는 소식을 들었다. 너무 기분이 좋았다. 이 선생님이 2018년 5월에 우리학교 대외 공개 수업 때 참관을 왔다. 보는 분들한테마다 '이 선생님이 제가 담당했던 교육실습생이었는데 올 해 임용에 합격을 했어요' 라며 자랑을 하고 다녔다. 물론 교육실습생 본인이 열심히 해서 임용에 합격을 했겠지만, 그래도 내가 지도를 담당했던 교육실습생이 금세 합격하여 같은 동료 교사로서 근무를 하고 있다고 생각하니 감회가 새로웠다. 하기야 벌써 제자 중에도 임용에 합격하고 1정 연수까지 받은 경우도 있으니 내 나이가 적지 않다는 실감이 난다. 영어 교사가 된 제자가 찾아와 '선생님, 교사란 직업이 이렇게 힘든 줄 몰랐어요' 라고 하듯이 첫 발령을 받은 그 교육실습생도 '일찍 연락드렸어야 했는데 망설이고 있었습니다. 직접 교직에 있어보니 새삼 선생님들이 진짜 대단하다는 걸 깨달았어요. 그 때 지도해주신 것 정말 감사드립니다. 저도 선생님을 본받아 더 열심히 하겠습니다' 라고 했다.

교육실습생들에게 해주고 싶은 말은, 그냥 편하게 4주 보내다 가야지라는 생각보다는 하나라도 더 경험하고 느끼고 선생님들의 노하우를 내 것으로 만들겠다는 각오고 임했으면 하는 점이다. 호기심을 가지고 관찰하고 의문이 생기면 바로 바로 물어보면 좋겠다. 그렇게 경험을 하고 현장에 발령을 받아도 예상치 못한 일들이 너무나도 많이 생기는 곳이 학교이다. 교육실습이라는 이름으로 안전한 공간에서 보호받을 수 있을 때 최대한 많은 시도를 해보고 많은 것을 느껴봤으면 한다. 아무리 학교생활이 힘들어도 여러분에게는 동료교사가 있고 우리 같은 선배교사가 있으니 힘을 내어 무엇이든지 도전해 보기를 바란다.

담당 교육실습생들에게 마지막 날 써 준 편지가 있다. 내가 교육실습생들에게, 교사의 꿈을 간직하고 있는 이들에게 해주고 싶은 말이 담겨 있는 것 같아 이곳에 옮겨 본다.

**"교사는 한 번에 한 아이를 바꿈으로서 세상을 바꾼다."** 최근에 읽었던 책 중에 가슴에 남는 구절 중 하나입니다. 이 구절을 읽으며 왠지 가슴이 뭉클하고 코끝이 찡해진 것은 저에게는 교사로서의 존재가치를 다시 한 번 깨닫게 해주는 글귀였기 때문이 아닌가 싶습니다. '아 그렇지, 나는 이런 일을 하는 사람이었지 하는...' 세상이 아무리 학교를 욕하고 교사를 탓해도 우리는 세상을 바꿀 수 있는 그런 존재입니다. 한 번에 한 아이를 바꾸면서요. 전국에 있는 모든 선생님이 1년에 한 아이만 바꾸어도 분명 세상은 오늘보다는 더 나아져 있겠죠. 학생들에게 긍정적인 영향을 주기를 늘 꿈꾸는 저인지라 선생님들에게도 좋은 영향을 미치는 그런 존재가 되고 싶었는데, 교사를 꿈꾸는 선생님들에게 지난 4주간 우리 학교에서의 경험이 어떤 의미로 남이 있을지 궁금하네요. 어떤 의미와 가치를 부여하고 어떤 기억을 가져갈지는 선생님들의 몫이겠죠. 제가 수업 욕심이 많아 선생님들에게도 무리한 기대를 해서 힘들게 한 것은 아닌가 싶으면서도 선생님들이 잘 따라 와주고 열심히 해줘서 기특하고 고맙습니다. 그 어려운 일을 해대다니... 다음에 언제 어디서 만나게 되더라도 서로 부끄럽지 않도록 우리 자기 자리에서 최선을 다합시다. 혹 제 도움이 필요한 일 있으면 언제든 연락주시고 학교 밖에서는 편하게 만나도록 해요.

- 이 글은 5월 30일 자기 전에 문뜩 떠오른 생각들을 적어두었다가 교생선생님들에게 마지막 날 드리려고 준비해둔 편지입니다.

# 02

# 교사의 꿈을 간직한 이들에게

## 교사가 되기 위해서 어떤 절차를 거쳐야 할까?

초등학교 교사임용시험에 응시하기 위해서는 전국의 교육대학이나 한국
교원대 초등교육과, 이화여대 초등교육과, 제주대학교 초등교육과 중 하
나를 졸업하여 초등 정교사(교원) 2급 자격증을 취득하여야 한다. 중등학
교 교사임용시험에 응시하기 위해서는 한국교원대나 사범대학에서 일정
한 교육과정을 이수하거나, 일반 대학에 인가된 교직 과정을 이수하여
중등 정교사(교원) 2급 자격증을 취득하여야 한다. 혹은 해당 전공이 설치
되어 있는 교육대학원에 진학하여 중등 정교사(교원) 2급 자격증을 취득
하는 경로도 있다. 초·중등 교사임용시험 모두 정교사 2급 자격증과 3
급 이상의 한국사능력검정자격을 소지하여야 응시할 수 있다. 초·중등
교사임용시험은 1일간의 이론 시험(1차)과 2일간의 실기 시험(2차)으로 총

3일간 응시하도록 구성된다. 이론 시험은 일반공무원 시험과는 달리 전체 주관식(단답, 서술, 논술형 복합) 문항으로 구성되며, 실기 시험은 17개 시도교육청에 따라 구성문항은 달라질 수 있으나, 반드시 수업실연 및 교직적성심층면접을 포함한다.(음악, 미술, 체육 등 실기과목의 경우 해당 전공의 실기시험이 추가 실시된다.)

〈위키백과, '대한민국의 교사임용시험' 참조〉

교직에 들어오기 위해서는 임용고시라는 관문을 통과해야 한다. 이 관문을 통과하기 위해서는 싫든 좋든 시험 유형을 파악해야 하고 그 시험에 맞게 시험을 준비해야 한다. 실력을 보여야 한다. 교사가 될 자격이 있다는 것을 증명해야 한다. 어떤 직업을 꿈꾸던지 간에 거쳐야 할 관문이 시험이다. 그렇다면 시험만 통과한다면 모든 문제가 다 해결될까? 그렇지 않다. 고등학교 때까지는 대학만 합격해서 들어가면 인생이 탄탄대로 일 것 같았다. 모든 근심과 걱정이 사라질 것 같았다. 대학 졸업을 하고 임용을 준비하면서는 임용 시험에만 합격하면, 교사가 되기만 하면 내 인생에 걱정은 하나도 없을 것 같았다. 하지만 현실은 그렇지가 않다. 막상 발령을 받아보니 내가 생각하던 것과 학교 현장은 너무나 달랐다. 학생지도며 수업 진행이며 어느 하나 녹록한 것이 없었다. 교직이 겉으로 보기에는 안정적이고 좋은 직업일지는 모르겠지만, 그 속에서 살아남기 위해서는 정말 일초도 쉴 틈 없이 바삐 움직여야 한다. 육체노동과 함께 사춘기 시절의 예민한 인간을 다루는 고도의 정신노동이 필요한 직업이다.

이렇게 시험에 통과하기도 힘들고 근무하기도 쉽지 않은 직업을 택하겠다는 이들에게 어떤 이야기를 들려주면 좋을까? 학생들 중에도 수업을 하다보면 교직을 꿈꾸는 학생들이 있다. 교직을 꿈꾸는 이들에게 어떤 말을 해주면 좋을까? 어떤 이야기를 들려주면 좋을지 고민을 하다가 내가 교직을 준비할 때 도움이 되고 힘이 되어준 말들을 떠올려 봤다.

Believe in yourself. You're so beautiful. 자신을 믿으세요. 당신은 너무 멋저요!

임용고시 준비를 할 때, 수첩 맨 앞장에 적어놓고 다니면서 하루에도 몇 번씩 보며 힘을 냈던 말이다.

남들도 다 되는 시험인데 나라고 안 되라는 법 있나라며 스스로 큰소리를 쳤다. 물론 남한테 한 말은 아니고 수첩에 적어두며 끊임없이 마인드 컨트롤을 한 것이다.

임용시험을 통과한 후, 시험 공부할 때 쓴 자료들을 전부 학과사무실에 기증했다. 불어교육을 전공하면서 영어로 발령받는 경우가 흔치는 않았기에 불어교육과 재학생들을 대상으로 어떻게 임용을 준비했는지 소개하는 자리에 가기도 했다. 거기에서 어떻게 전공시험 준비를 하면 된다고 방법적인 면을 제시하기도 했지만, 왜 내가 교사가 되려고 하는지 어떤 교사가 되고 싶은지를 생각하는 게 우선이라는 점을 강조했다. 임용 전공시험은 그 범위가 워낙 방대해서 공부한 문제가 그 해에 나오면 무조건 합격이라는 말이 있을 정도로 시험의 난이도가 높다. 거꾸로 말하면 공부한 문제가 나오지 않으면 주관식이기 때문에 아예 손도 못 댄다는 것이다. 전공과 교육학 시험은 철저하게 대비하는 것이 중요하다. 나도 전공과 교육학 학원을 다니면서 내용을 반복해서 듣고 반드시 내 손으로 다시 정리를 했다. 전공의 경우 학원을 다니는 학생들과 스터디 모임을 조직해서 공부한 내용을 가르치듯이 설명도 해보고 자료 정리도 했다. 그 해에 시험이 될 운이었는지 전공 학원에서 만난 강사님이 우리 스터디 그룹원들에게 수업자료 준비를 도와달라고 요청하였다. 나와 내 친구는 강사님의 강의 자료 타이핑을 도와드렸다. 지금 생각해 보면 그 작업이 상당히 큰 도움이 되었던 것 같다. 임용이 되고 나서 그 학원 강사님을 후배들에게 추천했다. 같은 클래스 안에서 스터디 그룹도 조직해 주시는 등 도움을 많이 받았기 때문에 자신 있게 추천했다. 그런데 이듬해에 임용에 합격한 한 선배는 그 강사의 수업을 들었는데 하나도 도움이 되지 않았다는 것이다. 어떻게 같은 강사의 수업을 듣고 이렇게 다른 반응이 나올 수 있을까? 물론 성향이 맞고 안 맞고도 있지만, 나의 경우 연수나 강의를 들으러 갔을 때 백 퍼센트 열린 마음으로 그 분의 말을 다 받아들이는 편이다. 일단 백 퍼센트 신뢰하고 그 분이 시키는 것은 그대로 따라한다. 그렇게 하다보면 그 분이 알려준 노하우가 어느새 내 것이 된다. 여기에서 말하고 싶은 점은 어떤 것을 대할 때의 자세 문제이다. 문제집을 하나 사서 공부를 하면서 이 문제가 과연 시험에 나올까라고 의심을 하면서 푸는 것과 지금 공부하고 있는 이 문제가 분명히 시험문제로 나올거야 또는 지금 하고 있는 공부가 언젠가는 분명히 쓰임이 있을거야라고 확신에 차서 하는 것과는 분명 차이가 있다.

일단 교사가 되기로 마음먹었다면 내가 될까, 과연 해낼 수 있을까가 아니라 나는 무조건 해낸다, 할 수 있다는 마음가짐이 중요하다. 더 이상 뒤로 물러설 곳이 없다고 생각할 때, 혼신의 힘을 다하게 된다. 시험 준비를 할 때는 '만약 떨어지고 나면 무얼 하지?' 라는 만약의 상황을 생각하지 않는 게 좋다. 그냥 무조건 된다고 자신을 믿는 것이 최선이다.

You're enough to do something. 무언가를 하기에 당신은 이미 충분한 존재입니다.

체인지메이커를 만나고 내가 이미 체인지메이커임을 깨닫는 것이 가장 중요하다는 사실을 알게 되었다. 무언가를 하기에 나는 이미 충분한 존재임을 깨닫는 것이 가장 중요하다. 마찬가지로 교사의 꿈을 간직한 이들도 나는 이미 교사가 될 자질을 충분히 가지고 있고, 할 수 있다는 자신감을 가졌으면 좋겠다.

교육실습생 지도를 하다보면 교육실습 경험을 통해 자신은 교직과 맞지 않다는 결론을 내고 공무원 시험이나 다른 회사 취업을 준비하는 학생들도 종종 있다. 현명한 선택이라고 생각한다. 남들이 다 가니까 사대에 들어가고 사대에 들어갔으니까 무조건 임용시험을 보고 교사를 하는 것은 아니다. 대학 진학 때는 미처 고려하지 못했던 자신의 성향을 대학에 가서 학과 공부를 하면서 발견할 수도 있다. 대학에서 깨우치지 못했던 자신의 적성을 교육실습을 하면서 알게 될 수도 있고, 교직 생활을 하면서 알게 될 수도 있다. 반대로 대학시절에는 그저 학점 따기에만 급급했는데, 막상 교육 실습을 하면서 교직에 뜻을 품게 되었다는 경우도 있다. 일반 직장을 다니다가 뒤늦게 교직에 들어온 분들도 있다. 반대로 교직생활을 하다가 그만 두고 창업을 하거나 학원을 차리거나 공무원 시험을 보는 등 다른 길로 가는 분들도 있다. 양쪽 모두 중요한 것은 체험을 통해 스스로 자신의 진로를 결정하게 된다는 점이다. 이 일을 꼭 이루어야지라고 마음만 먹으면, 전공도 교육학도 시험 공부하는 방법과 좋은 자료는 도처에 깔려 있다. 왜 교직을 하고 싶은지가 사실은 가장 중요하다. 단순히 교사라는 직업에 대한 일반적인 선호도나 안정성으로 교직을 선택한다면, 가령 임용시험을 통과해 교직에 입문한다고 하더라도 매너리즘에 빠지거나 학교 현장에 적응하기 힘들 수도 있다. 끊임없이 수업연구도 해야 하지만, 수업 외적인 업무가 반 이상을 차지하고 무엇보다도 학생들을 인격적으로 대하고 지도하는 일이 날이 갈수록 어려워지고 있다. 정신적인 스트레스도 많으며, 쉽지 않은 길이다. 그렇지만 분명 가치 있는 일이다. 교직은 분명 의미 있고 보람 있는 직업이다. 학생들의 꿈과 희망을 찾아주고 키워주고, 그들의 꿈을 함께 꿀 수 있는 직업이 교직 말고 또 무엇이 있겠는가?

'어둠은 불멸의 영혼의 전진을 가로막지 못한다.' 헬렌 켈러가 자서전을 통해 남긴 말이다. 자신이 비록 시각 장애와 언어 장애를 가졌지만, 자신의 인생을 개척하려는 의지가 있었기 때문에 장애가 절망이 될 수는 없었다는 이야기다. 그에게는 설리반이라는 선생님이 있었다. 설리반의 도움으로 그는 모든 것이 예전과 달라졌다. 그는 눈을 떴다. 실제로 눈을 뜬 것이 아니라 세상과 자연에 대한 마음의 눈을 뜨게 됐다는 뜻이다. 자신의 인생도 정상인과 다름없이 소중하다는 생각을 했다. 헬렌 켈러는 '맹인으로 태어나는 것보다 더 비극적인 일은 앞은 볼 수 있으나, 비전이 없는 것이다'라고 말했다.

설리반 선생이 헬렌 켈러의 마음의 눈을 뜨게 했던 것처럼 교사인 우리도 우리 학생들의 마음의 눈을 뜨게 하여 자신의 잠재력을 깨닫고 자신이 품을 뜻을 마음껏 펼칠 수 있도록 조력하는 그런 존재가 되었으면 좋겠다. 이왕 교사가 되기를 꿈꾸는 여러분들에게 헬렌 켈러의 설리반 선생님처럼 교사로서의 높은 이상을 품기를 권한다.

그리고 포기 하지 않기를 바란다. 무엇이든지 시도해 보기를 바란다. 운전을 하고 싶으면 운전면허학원에 등록해서 연습을 한다. 하루만에 면허증을 딸 수 있는가? 과정별로 진행하면서 차곡차곡 필요한 내용을 습득한 후 적당한 기간이 되었을 때 시험을 치르고 면허증을 받게 된다. 그런데 집에 틀어박혀 운전을 잘하는 책만 읽고 연습한다고 실제 자동차 운전석에 앉았을 때 제대로 할 수 있을까? 무언가를 해내고자 한다면 실제 그것을 체험을 통해 준비해야 가장 빠르게 실력을 향상시킬 수 있다. 수업도 마찬가지이다. 책상에만 앉아 수업준비를 한다거나 영어 문법을 공부한다고 해서는 실전에서 도움이 되지 않을 것이다. 즉, 제대로 수업 준비를 하고 수업 능력을 키우기 위해서는 수업을 많이 해봐야 한다. 시행착오를 거치면서 도전해봐야 한다.

2014년에 수업발표대회를 나갔다. 1차 서류심사에서 떨어졌다. 포기하지 않고 2015년에 다시 한 번 나갔다. 주변의 권유도 있었지만 다시 한 번 도전해 보고 싶었다. 2015년에는 1차 서류 심사를 통과했다. 동영상을 촬영해서 보내고 현장실사까지 통과하여 교육청 3등급을 받았다. 2017년에 자유학기제수업사례발표대회에 나갔다. 전국 2등급으로 교육부 장관상을 수상했다. 만일 2014년에 수업발표대회에 나갔을 때 한 번 떨어졌다고 포기했으면 이루지 못할 성과이다. 물론

**295**

수업발표대회에서 상을 꼭 타는 것이 교사의 목표는 아니다. 나도 예전에는 발표대회에 왜 나가는지 이해를 못했었다. 그래도 막상 해보니 내 수업이 정리가 되고 한 가지 목표를 정하니 수업을 더 열심히 하게 되는 긍정적인 효과도 분명히 있었다. 노력한 만큼 발전한 나 자신의 모습을 볼 수 있었다. 여기서 말하고 싶은 것은 한 가지 목표한 것이 있으면 포기하지 말고 끝까지 집요하게 파헤쳐 보라는 것이다. 해보지도 않고 이건이래서 안돼 저건 저래서 안돼라고 생각하지 말고, 뭐든 도전하다보면 그 과정에서 배우는 것이 있다는 것이다.

긍정의 힘으로 교직을 다자인하라

# 03

# 공유의 가치

여러 채널을 통해 체인지메이커를 수업에 적용한 프로젝트 수업 방법을 많은 선생님들에게 소개하고 확산시키려는 노력중이다.

체인지메이킹은 문제 발견하기, 솔루션 찾기, 행동하기, 퍼뜨리기로 진행된다. 이 중 행동하기와 퍼뜨리기 단계가 2016년 체인지메이커를 처음 접한 후 나에게 가장 많이 와 닿았고, 나의 삶을 크게 변화시켜온 것 같다. 지식이 아무리 많아도 그것을 실천하지 않으면 무슨 소용이 있을까라는 생각이 들었다. 그래서 평소 해봐야지라고 생각했던 것들을 직접 시도해 보면서 많은 발전이 이루어진 것 같다. 그냥 아는데서 그치는 것이 아니라, 실행해보는 것이 중요하다. 이건 비단 체인지메이커 수업을 하는 데만 적용되는 것이 아니라, 인생을 살아가면서 꼭 필요한 자세인 것 같다.

실천해보는 데서 그치는 것이 아니라, 퍼뜨리기 단계도 중요하다. 퍼뜨리기 단계는 바로 스토리텔링에 해당한다. 문제를 발견하고 솔루션을 찾으려고 애쓰고 그걸 행동으로 옮긴 과정을 이야기하는 단계이다. 스토리텔링 과정에서 자연스럽게 전 과정에 대한 성찰이 일어날 것이며 내가 해 온 과정들에 자연스레 의미를 부여하게 된다. 이 과정을 통해 자신들이 이룬 변화에 대해 정리를 해볼 수 있을 뿐만 아니라 다른 도전에 대해 용기를 가질 수 있게 된다. 이러한 과정을 통해 나만의 이야기를 발견하게 되고, 다른 친구의 이야기로부터 새로운 것을 배우게 된다. 변화를 만드는 일은 전염성이 강하다. 친구가 경험한 체인지메이킹 스토리를 들은 또 다른 친구들은 '저 친구가 했다면 나도 할 수 있겠다!' 라는 긍정적인 동기부여와 행동할 수 있는 힘을 얻게 된다. 따라서 체인지메이킹 경험을 많이 퍼뜨리는 것이 더 많은 사람들이 체인지메이킹에 참여할 수 있는 문화를 만드는 데 지대한 영향을 미친다. 더 많은 사람들이 자신만의 이야기를 갖게 된다면, 세상은 어떻게 변할까?

내가 책을 쓰겠다고 용기를 낸 것도 이런 체인지메이커의 'Just Do it!' 정신과 퍼뜨리기 정신을 실천하기 위한 것이 아닐까라는 생각이 든다. 실제로 체인지메이커를 만나고 나서 무척이나 수다스러워지고 오지랖이 넓어졌다. 어린 시절에는 소심해서 조용하게 혼자서 무언가를 하는 것을 좋아했다. 음악을 듣고 가사를 외워 따라 부른다던가, 공부를 할 때도 혼자서 조용히 하는 스타일이었다. 그러나 요즘은 뭔가 새로운 것을 알게 되면 그것을 최대한 많은 사람들과 나누려고 노력한다. 나로 인해 도움을 받았다는 사람들을 보면 기분이 좋고 자존감도 올라가는 것 같다. 누군가에게 기여한다는 생각으로 나눔을 하기도 하지만, 나누는 과정에서 나도 얻는 것이 있다. 분명 얻는 것이 있기에 나눔에 빠져들게 된 것이 아닐까?

체인지메이커를 경험한 것은 2016년부터이지만, 공유의 가치와 중요성을 인식한 것은 그 보다 조금 더 이른 시기이다. 2014년 거꾸로교실 캠프에 참가하고 난 후, 정말 연애를 하는 것처럼 두근거리고 설레는 마음으로 온라인 공유를 시작하게 되었다. 당시는 밴드를 통해 선생님들과 지역별, 교과별로 수업 아이디어를 주고받았다. 처음에는 내 아이디어를 제공하기 보다는 거꾸로교실이라는 새로운 수업방법을 먼저 적용한 선생님들에게 조언을 구하는 경우가 더 많았다. 몇 달 동안은 여러 선생님들이 올려둔 수업 과정을 흉내 내서 따라 하기도 버거웠다. 설명대로 진행했지만, 제대로 안 되는 경우도 많았다. 이 경우는 그 활동을 소화도 이해도 하지 못하고, 그냥 온라인 사이트에 기술된 절차만 따라하다 보니 생긴 시행착오이다. 즉, 아이들의 반응을 살피지 않고 활동을 구현하는 데만 신경을 쓰다 보니 정작 중요한 것을 놓치고 지나간 경우였다. 수업은 역시나 내가 준비한 만큼 되는

구나, 남의 것을 그대로 가져온다고 해서 내 것이 되는 건 아니라는 깨달음을 얻었다.

많은 선생님들이 올린 글에 정성스레 댓글을 달고 이야기를 주고받던 어느 날, 그 분들의 수업 나눔에 용기를 얻어서 어느새 나도 내 수업 이야기를 올리기 시작했다. 처음에는 부끄럽기도 하고, 내 이야기가 다른 선생님들에게 뭐 그렇게 크게 도움이 될까라고 생각했다. 하지만 선생님들의 반응을 보며 점점 자신감을 얻게 되었다. 내가 올린 글에서 도움을 받았다는 분, 나의 어려움에 공감해주는 분들이 생겨났다. 그리고 거꾸로교실을 만나기 전에 했던 수업이 헛된 것이 아니라, 이전에 알고 있던 지식과 경험이 다른 선생님들에게 큰 울림을 줄 수 있고, 현재 수업의 밑거름이 된다는 생각이 들었다. 이제까지 해온 노력들이 헛되지 않고 큰 의미가 있는 것으로 느껴졌다. 2014년 10월부터는 거꾸로교실 전국 운영진으로 활동하기 시작했다. 온라인뿐만 아니라, 오프라인 모임을 통해 다른 선생님들 앞에서 내 수업을 직접 소개하고 소통할 수 있는 기회도 많아졌다. 구미 모 중학교에서 첫 강의를 하면서 '아, 이게 내 생애 첫 강의이자 마지막 강의겠지?' 라고 생각했다. 의외로 선생님들 반응이 좋았고 최근까지도 그 때 나의 강의를 통해 거꾸로교실을 시작하게 되었다는 말씀을 하는 분들을 만나면 기분이 좋아진다. 최근에 EBSe 홍보교사 워크숍에서 많이 본 듯한 선생님을 만났는데, 2014년 구미에서 나의 첫 강의를 듣고 거꾸로교실을 시작하게 된 분이었다. 지금은 거꾸로교실 형태는 아니지만 학생활동 중심으로 수업을 하고 있다는 이야기를 듣고 무척이나 반가웠다. 내가 의미 있는 일을 하고 있었다는 생각을 하니 다시 힘이 났다.

2015년부터는 내 수업 이야기를 한 곳에 차곡차곡 정리를 해야겠다는 생각으로 블로그를 시작하게 되었다. 지금은 2000건이 넘는 글을 쓰고 2000명이 넘는 이웃과 함께 하고 있다. 처음에는 누가 내 이야기를 듣겠나 싶어서 모든 글을 전체공개로 해 놓고 수업 활동사진 올리는 것도 별 거리낌 없이 올렸다. 이제는 방문하는 분들이 많아지다 보니 학생들 얼굴이 나온 사진을 가려서 올리게 되고 워터마크도 다는 등 즐거운 고민을 하게 될 단계에까지 왔다.

강의를 통해 도움을 받고 감사하다는 이야기도 듣지만, 강의를 하게 되면 나 자신에게도 많은 도움이 된다. 실제로 1-2시간 강의를 준비하려면 그 몇 배의 시간이 걸린다. 강의안과 강의 자료를 준비하면서 내 수업을 자연스레 돌아보게 되고 정리를 하게 된다. 다음 수업을 준비할 아이디어를 얻을 때도 내가 정리한 자료가 참고가 된다. 또한 다른 교사들과 수업 나눔을 하려면 내 수업에도 자연스럽게 더 많이 신경을 쓸 수밖에 없다. 다른 사람 앞에서 수업을 소개해야 하는데 대충 할 수는 없으니 말이다.

내가 실천하고 공유해 보니 너무 좋아서 2016년부터는 연구회를 하게 되었다. 2017년부터는 교육청에서 예산을 지원받아 교사전문학습

공동체를 운영하고 있다. 연구회를 운영하면서 연수 강사 섭외, 연수 장소 셋팅, 연수자 명단 정리, 예산 집행, 공문발송 등 1인 다역을 하게 되었다. 가끔씩 내가 왜 이러고 있는지, 왜 사서 고생하고 있는지 의문이 들 때도 많았다. 그럴 때는 나로 인해 체인지메이커와 프로젝트 수업을 접하고 실천할 선생님들과 그 영향으로 변화할 학생들을 생각했다. 더 단순하게는 선생님 강의가 너무 좋았다, 감동받았다는 피드백에 흥이 났다. 이러한 마음에 오프라인뿐만 아니라 온라인 채널을 통해서도 퍼뜨리기를 실천하고 있다.

요즘 연수나 어딜 가도 내 얼굴이 재미있어 죽겠다는 표정이라고 말씀하는 분들이 많다. 좋아서 미쳐서 해야 즐겁고 효율도 오른다. 수업방법적인 것도 배우지만 나의 열정을 배운다는 분들이 많다. 앞으로도 그런 긍정적인 에너지를 뿜으며 살고 싶다.

교사 대상 강의를 진행할 때 늘 강조하는 멘트 중 하나는 바로 '공유만이 살길이다'로 교사 네트워킹의 중요성을 말한다. 내 아이디어를 나만 알고 있으면 하나의 수업으로 끝나 버린다. 하지만 그것을 공유하는 순간, 10명의, 100명의, 1000명의 아이디어로 거듭날 수 있다는 것을 알기 때문에 많은 선생님들이 함께 했으면 좋겠다. 내가 할 수 있었기에 누구나 가능하다고 확신한다. 여러분들도 스스로 할 수 있다는 믿음을 가지기를 바란다. 더 큰 삶의 가치를 찾아 세상에 선한 영향력을 주는 일을 함께 했으면 한다.

# 04

# 한 길을 걷는다는 것

## 장인 정신[匠人精神]

자기가 하고 있는 일에 전념하거나 한 가지 기술을 전공하여 그 일에 정통하려고 하는 철저한 직업 정신을 말함. 우리 민족은 예로부터 일정한 직업에 전념하거나 한 가지 기술을 전공하여 그 일에 정통한 사람을 '장이'라고 하였는데, 이것은 우리 민족의 정신 속에 내면화되어 있는 철저한 장인 정신과 직업 윤리의 한 표현이다. 즉 '장이'는 순수한 우리말로 전문가를 뜻하는데, 사람이 전력을 다하여 연구할 만한 가치가 있다고 생각되는 것에 자기의 최선을 다하는 철저한 장인 정신의 소유자를 말한다.

〈네이버 지식백과, '장인 정신' 참조〉

흔히 장인 정신이라고 하면 일본을 떠올리게 되는데, 일본은 시골 동네의 허름한 우동 가게에서도 장인 정신을 엿볼 수 있다고 한다. 어디서나 자신의 직업에 강한 책임감과 자부심을 느끼고 사명을 다해 완수하려는 분위기가 있기 때문일 것이다. 지금 우리에게 필요한 것은 이러한 장인 정신이 아닐까?

물론 우리나라에서도 전통적으로 장인 정신이 존재했다. 요즘 말로 프로패셔널이나 전문가를 뜻하는 표현을 장인 정신이라고 할 수 있겠다. 한 가지 일에 전력을 다하여 연구할 만한 가치가 있다고 생각되는 일에 최선을 다하는 것이야말로 장인 정신이자 전문가의 역할이다. 교사로서 20년 가까이 근무해 왔고 정년까지 또 그만큼 남았다. 한 길을 걷는다는 것이 쉬운 일은 아니다. 요즘은 이직이 쉽고 잦은 시대라고 하지만, 오히려 이런 시기에 한 자리를 지키려는 장인 정신이 더 필요할 것이다.

교사들 중에 장인 정신을 실천한 분이 누구일지 떠올려 보면, 주변 수석교사들로부터 시작해서 여러 분들이 떠오른다. 누가 알아주든 알아주지 않든 묵묵히 자신의 길을 가는 많은 선배교사들이 생각난다. 교장, 교감 선생님들이나 책을 쓰거나 교사 대상으로 강연을 많이 하여 유명한 분들 중에 존경할 분들도 많다. 하지만 평교사로 정년을 마친 선생님들을 보면 정말 대단하다는 생각을 하게 된다. 내가 과연 저 나이까지 교단에 서서 아이들과 수업을 할 수 있을지를 상상해 보면 엄두가 나지 않는다. 평교사로 정년을 맞는 것이 소박한 꿈이자 목표이지만, 과연 잘 해낼 수 있을지 두려움도 있다.

장인 정신이라고 하면 '슬로리딩'을 창시한 하시모토 다케시 선생님이 떠오른다.

1934년 선생님은 낯선 고장 고베를 찾았다. 이제 막 개교한 사립학교에 부임하기 위해서였다. '공립학교에 갈 수 없는 학생들이 가는 학교'라는 인식이 강했던 '나다' 학교 학생들에게 어떻게든 진짜 공부를 시키고 싶었다. 그리하여 전쟁이 끝나고 1950년대부터 전대미문의 수업을 시작한다. 교과서는 들춰 보지도 않은 채 얇은 소설책 한 권으로 3년 동안 공부한다는, 세계적으로도 유례를 찾아보기 힘든 수업이었다. 등장인물의 견문과 감정을 자신이 체험한 것처럼 느끼고, 한 구절 한 구절 정성스럽게 읽고, 학생들의 흥미에 맞춰 자꾸 옆길로 빠지는 바람에 이 수업은 2주 동안 한 페이지도 넘어가지 못하는 일이 다반사였다. 교실은 늘 학생들의 용솟음치는 탐구심과 반짝반짝 빛나는 호기심으로 가득했다.

'은수저'라는 소설책 한 권을 3년 동안 정독하며 형식을 파괴한 하시모토 선생의 수업 방식은 하시모토 자신의 성장과정과 전쟁경험, 한 학년 200명을 각 과목별로 교사 한 명이 입학부터 졸업까지 6년간 전담하여 가르치는 나다 학교만의 독특한 시스템이 한데 어우러져 그야말로 기적처럼 태어났다. 하시모토의 제자들은 전후 빠르게 전개된 성장사회와 속도사회에 역행하기라도 하듯이, 느리지만 착실하게 '배우는 힘'과 '살아

가는 힘'을 익혔다.  — 이토 우지다카(2012), 『천천히 깊게 읽는 즐거움』, 4-5쪽 참조

장인 정신이라면 35년간의 교직생활을 마치고 지금도 학생들에게 셰익스피어를 가르치고 있는 레이프 에스퀴스 선생님도 떠오른다.

미국에서 가장 영향력 있는 교사로 손꼽히는 그는 LA 빈민가의 호바트 불르바 초등학교에서 아이들을 가르쳤다. 그의 제자들은 90퍼센트가 극빈층이자 영어를 제2의 언어로 배우는 이민 가정 출신이다. 하지만 항상 미국 표준화 시험에서 상위 1퍼센트 안에 들고 있다. 이들로 구성된 호바트 셰익스피어 연극반은 매년 LA 아맨슨 극장과 런던의 글로브 극장에서 셰익스피어의 희곡 '한여름밤의 꿈'을 공연하고 있다. 교사로는 유일하게 국가예술훈장을 받았고, 월트 디즈니 선정 올해의 교사상, 엘리자베스 영국 여왕이 수여하는 대영제국훈장 등을 받았다.

— 인터넷 교보문고 제공, 『당신이 최고의 교사입니다』 저자소개 참조

에스퀴스 선생님은 호바트 셰익스피어 연극반을 운영하며 매해 연극 공연을 무대에 올리고 있다. 이들의 이야기는 테드에 소개되기도 했다. 테드 강연에서도 에스퀴스는 자신이 연설을 하는 것이 아니라, 학생들이 직접 무대에서 공연하게 했다. 한 연극 작품 뮤지컬을 공연하기 위해 학생들은 일 년 내내 준비한다. 학생들은 셰익스피어를 읽

고 연극 대사를 외우며 방대한 어휘에 노출이 된다. 기타와 드럼 등 악기를 연주하는 법을 배운다. 악기 연주를 하며 팀원들과 협업하는 법을 배운다. 공연을 준비하며 한 가지 일에 오랜 시간 정성을 쏟고 집중하는 법을 배운다. 인내심을 기른다. 다른 사람들 앞에서 자신 있게 일어나 말하는 법을 배운다. 실수를 두려워하지 않는 법을 배운다. 기량을 완벽히 익히려고 스스로 연습하게 된다. 한 해를 바쳐 프로젝트에 헌신하고 자신이 시작한 일을 마무리 짓는다.

'교사가 행복해야 학생도 행복하다는 것, 교사인 내가 잘할 수 있는 것 좋아하는 것을 수업에 적용하면 흥미를 잃지 않고 지속할 수 있으며 교사가 즐기면서 하다보면 학생들도 즐기게 된다는 것을 기억하라.'
'교사는 학생들의 기준이 되어야 한다. 모든 일이 완벽하게 진행되는 것 같다가도 한순간에 무너질 수 있다. 그러나 한 가지만은 무너지지 않아야 한다. 바로 당신이다. 당신은 교실에서 변하지 않는 기준이 되어야 한다. 수업 첫날이 한 해를 결정한다. 그래서 언제나 수업 첫날처럼 일관성이 있어야 한다. 단호함을 유지해야 한다.'           – 레이프 에스퀴스 강연 중에서

'그저 교실에 남아 있다고 해서 훌륭한 교사가 되는 것은 아니다. 진심 어린 눈으로 학교를 관찰하면, 가르치는 일을 해서는 안 되는 교사도 있다는 것을 알 수 있다. 그래도 나는 이 책이 불가능한 확률 앞에서도 젊

은 교사들이 가르치는 일을 포기하지 않도록 해주길 바란다. 독자들은, 교사를 괄시하는 사회에서도 온갖 역경을 견디며 진정으로 우수한 사회의 일원을 길러 내는 이 영웅과도 같은 베테랑 교사들을 존중해 주기 바란다. 우리가 가르치는 일을 포기하지 않고 뛰어난 전문가로 발전한다면 학생들을 세상을 변화시키고 더 나은 곳으로 만들 훌륭한 인물로 키워 낼 수 있다.' ―레이프 에스퀴스(2014), 『당신이 최고의 교사입니다』, 13쪽

미국의 상황도 한국과 별반 다르지 않은 모양이다. 그 분의 책에 쓰여진 말들이 나에게도 깊이 와 닿는 것을 보면 말이다.

다른 전문직종은 오랜 경력과 노하우가 쌓일수록 사회로부터 그 전문성을 훨씬 더 인정받고 존중받는 경향이 크다. 교사라는 직업은 딱히 그렇지도 않다. 오히려 나이가 들수록 더 힘들어지는 부분도 적지 않다. 예를 들어, 의사는 경험이 많이 쌓일수록 존중받는 편이다. 중요한 수술을 앞둔 환자는 대체로 젊은 의사보다는 그 분야에서 오랜 연륜을 쌓은 노련한 의사를 선호하기 마련이다. 의사뿐만 아니라 변호사나 다른 전문직종에서도 비슷한 현상을 볼 수 있다. 그러나 학교에서는 학생이든 학부모든 젊은 교사를 선호하는 경향이 있다. 교직을 아무리 오래하더라도 직업의 노하우가 잘 통하지 않는 것은 그만큼 학교라는 교육현장이 처한 상황이 다양하기 때문이다. 특히 수업과 학생 개개인을 지도하거나 학부모를 대하는 것에는 정답이 없기

때문일 것이다. 기준이나 범위가 거의 없다. 교육현장에서는 A학교의 사례를 B학교에 그대로 적용하기가 용이하지 않다. C–E학생들에게 잘 맞는 수업방식이 F학생에게도 통할 것이라는 생각은 섣부른 판단일 수도 있다. 교사는 경력이 쌓인다고 해서 그 연륜만으로는 해결하기 어려운 과제들이 교육현장에는 속출한다.

　그렇다면 교사는 전문직인가? 교사의 전문성은 교과 지식을 잘 가르치는데 초점이 맞춰져 있는가? 업무처리를 잘 하는데 맞춰져 있는가? 학생상담이나 학부모상담을 잘 하는데 맞춰져 있는가? 학생들을 잘 돌보는데 맞춰져 있는가? 지금 우리 사회가 교사에게 요구하는 역할은 이 모든 것이다. 그것도 이 모든 것을 완벽하게 해내기를 바란다. 교직은 '초 전문직종'이 될 수밖에 없다.

　교육자인 피아제는 일찍이 이런 말을 했다고 한다. '왜 의사의 활동은 의학인데, 교사의 활동은 교육학이 아닌가?' 이 말을 듣자, 한 가지 의문이 든다. '내가 하고 있는 활동은 과연 교육학인가?' 이 질문에 자신 있게 '그렇다' 라고 대답을 하려면 그만큼 가르치는 일에 전문가가 되어야 할 것이다. 교사가 하는 행위 자체가 곧 교육학이라고 생각한다면 결코 가볍게 행동하지는 못할 것이다. 그리고 분명히 말하건대, 지금 내 이야기를 이렇게 책으로 쓰고 있듯이, 대한민국의 모든 교사가 기회가 된다면 한 권의 책은 너끈히 쓸 정도로 자신의 교육철학을 가지고 있다고 본다. 모든 교사들에게 자신의 교육철학을 세상에 소리 내어 표현할 기회가 주어지면 좋겠다.

2018년 4월, 배움의 공동체 연구회에서 이경숙 박사를 초빙하여 프레이리의 교육론에 관해 이야기를 나눈 적이 있다. 신규교사 때 『프레이리의 교사론』을 사놓고 읽다가 무슨 말인지 이해가 안 되어 덮어 두었다가, 마침 지난 4월 강연시기에 억지로 끝까지 읽어냈다. 물론 지금도 책 전체를 다 소화한 것은 아니지만, 그 책을 읽으면서 교직의 의미에 대해 다시 한 번 생각해 보는 기회를 가질 수 있었다.

책을 읽으면서 놓쳤던 부분을 이경숙 박사가 몇 가지 짚어주었는데, 그 중 나에게 다소 충격적으로 다가왔던 개념이 있다. 문화적 정체성에 관한 이야기였다.

교사는 학생을 직접 체벌하지 않고도 학대할 수 있다. 예컨대 배우는 과정에서 학생에게 불리한 전략들을 사용하는 방법이다. 이를테면 학생들이 교실에 들어올 때 이미 품고 있는 세계관을 묵살하는 방식이다.(자유의 교육학)

학생들의 문화적 정체성을 부인하는 행위는 학생들에게 무시, 소외의 감정을, 더 넘어서는 모멸감과 수치심을 불러일으킵니다. 인류학자 김현경은 『사람, 장소, 환대』에서 어떤 사회에서 타인에게 자리를 기꺼이 내주었는가 묻습니다. 내가 나임에도, 공부 못하고 예의 없고, 매사 삐딱한 나임에도 인간이라는 이유로 교실에서 환대받았던가, 학생들은 서로를 환대했던가, 교사는 환대받고 학생들을 환대했던가 떠올려 보게 됩니다.

– 이경숙 박사 특별강연(2018.4.26.), 『프레이리의 교사론』을 다시 읽으며 참조

나는 교실에서 어떤 모습을 한 교사인가?

나는 아이들을 환대하고 있는가?

그들을 있는 그대로 존중해주고 있는가?

이경숙 박사의 이야기를 듣고 나는 과연 어떤 모습으로 교실에 서 있는지 뜨끔했다. 반성하게 되었다.

몇 해 전 『풀꽃도 꽃이다』라는 소설을 읽고 교직 생활과 우리나라 교육 문제에 대해 참 잘 묘사했구나라는 생각을 했다. 등장인물 강교민과 나는 교직 경력이 비슷하다. 그런데 나는 과연 강교민만큼 학생 상담이나 학부모상담에서 전문가 소리를 들을 만큼의 자질을 갖추고 있는가? 부끄럽게도 자신 있게 그렇다고 말하기는 힘들 것 같다. 나이가 들수록 학생들이 자연스레 나에게 세대차를 느끼는 것 같다. 마음은 안 그런데 학생들에게 던지는 말과 행동들이 책 속의 엄마들의 모습과 다르지 않은 것 같다. 학생들이 어떤 마음으로 학교와 집을 오가는지, 사교육에 얼마나 시달리고 있는지, 그 현실을 마주하자 답답하기도 하고 아이들이 불쌍하게 여겨지기도 했다. 그러면서도 과연 나는 학생들의 마음을 공감해주고 위로해주고 힘이 되는 존재인지 자문해보게 된다. 내가 아무리 학생들을 위하는 마음이 크다 해도 그들

이 그 사랑을 느끼지 못하면 무슨 소용이 있으랴. 책 속에 등장하는 엄마들과 같은 실수를 저지르지 않게 교사로서 엄마로서 늘 깨어있어 야겠다는 생각이 든다.

'서두르지 말고, 쉬지 말고: 태양이 도는 것처럼 서두르지 말고, 쉬지 말고'
                                                      – 요한 볼프강 폰 괴테
'열정은 뜨거움이 아니라 인내심이다!'
                                                      – 데릭 시버스

앞의 인용문은 조급해하지 말고 착실히 노력하는 것이 중요하다는 뜻이다. 이 문구들에 내포되어 있는 의미가 바로 장인 정신의 기본자 세라는 생각이 든다. 사람이 전력을 다하여 연구할 만한 가치가 있다 고 생각되는 일에 최선을 다하는 것, 조급하게 서두르지 않되 멈추지 않고 한 길을 계속 가는 것, 그것이 바로 장인 정신이다. 교사로서 한 직업인으로서 우리가 가져야 할 정신이 아닐까? 서두르지 말고 쉬지 말고 한 길을 가되 학생들을 환대하고 그들을 존중하는 자세가 필요 하다. 그렇지만 흔들림 없이 학생들에게는 내가 기준이 되어야 한다 는 마음가짐으로 최선을 다해야 한다.

나는 누군가에게 내 이야기를 하기에는 걸었던 길보다 걸어야 할 길이 한참 남아 있는 초보 교사이다. 이 책에서 소개한 다케시 선생님 이나 에스퀴스 선생님 앞에서 나는 그저 주니어 교사일 뿐이다. 그렇지만 그 분들도 처음부터 훌륭한 교사였던 것은 아니다. 그 분들의 교직생활을 들여다보면 그들도 젊은 시절 많은 실수를 한다. 다른 이들과의 차이점이라면 그 실수를 통해 배우고 배운 것을 실천했다는 점일 것이다. 모든 일이 그렇듯이 교사는 하루아침에 만들어지지 않는다. 끊임없는 도전과 실패가 필요하다. 끊임없는 도전과 경험, 그리고 성찰을 통해 오늘보다는 좀 더 발전하고 성장한 모습을 기대하면서 오늘도 내가 갈 길을 묵묵히 걷고 있다.

# 05

# 내 삶과 길을 돌아보며,
# 나는 어떤 교사로 기억되고 싶은가

나는 어떤 교사로 기억되고 싶은가? 어떤 교사가 되고 싶은가?

20대에 첫 발령을 받아 어느덧 40대가 되었다. 20대 시절, 30대 시절, 40대 시절에 교사로서 나의 모습은 조금씩 달랐다. 자식을 키워본 것과 그렇지 않았을 때의 차이, 도전해 본 것과 도전해 보지 않았을 때의 차이 등 나의 개인적인 삶에 영향을 받아 학생들을 대하는 태도에 변화가 있었지만 일관성은 유지했던 것 같다. 최소한 열심히 하는 교사, 차별하지 않는 교사, 일관성 있는 교사로 기억되기를 바라고 그렇게 원칙을 세우고 지키려고 노력해 왔던 것 같다. 2003년 중학교 3학년 아이들과 만들었던 문집 후기를 보면, 학생들에게 무언가 열심히 하는 교사로 기억되거나 그들에게 오랫동안 기억에 남는 교사가 되고 싶어 했다는 생각이 든다.

## 〈2003년에 만든 학급문집 후기에 남긴 글〉

### 얘들아, 안녕? 선생님이야.

어느덧 너희들과 만난 지 일 년이란 시간이 흘렀구나. 너희들을 처음 만
난 것이 바로 엊그제 같은데 벌써 졸업을 시켜야 한다고 생각하니 무슨
말을 해야 할지. 집에 혼자 앉아서 졸업식 장면을 떠올릴 때마다 벌써
몇 번의 눈물을 흘렸는지 모른단다. 1년 동안 미운 정 고운 정 다 들었
는데 막상 헤어진다고 생각하니 많이 섭섭하구나. 너희들도 많이 섭섭하
지? 학기 초에 가졌던 마음가짐과는 달리 너희들에게 짜증도 많이 내고
화도 많이 내고 벌도 많이 준 것 같아. 마음속으로야 너희들 하나하나가
다 눈에 넣어도 아프지 않을 만큼 너무나 소중하고 사랑스러웠지만, 그

런 내 마음을 표현하는데 한없이 서툴러서 때로는 다정함이 아닌 무관심과 무서움으로 너희들 눈에 비쳐졌을 것 같아. 과연 너희들이 나를 어떤 선생님으로 기억하게 될지. 턱없이 부족했겠지만 순간순간 나 나름대로 최선을 다 했으니 적어도 정말 뭐든지 열심히 하는 선생님 정도로는 기억해 주겠지? 혹시 나한테 섭섭한 마음 갖고 있는 사람들은 다 잊어버리고 고등학교 가서는 훌륭한 담임선생님들 만나 행복한 생활해 나가기 바란다. 선생님이 너희들에게 야단도 많이 치고 때리기도 했지만, 그건 다 나 나름대로 너희들을 위하는 길이라 생각하고 그렇게 한 것이지 개인적으로 너희들이 미워서 그런 것은 아니란 걸 다시 한 번 밝혀둔다. 나에게 야단 맞았던 일, 같이 웃었던 일 모두 너희들 기억 속에 좋은 추억으로 남길 바란다.

학기 초 너희들의 자기소개서에서부터 성공일기, 3번의 모둠일기 내용을 여기 모두 담았다. 편집 작업을 도와준 학생들 고맙고, 일 년 동안 모둠일기 열심히 써준 너희들 모두 수고했어. 너희들의 손으로 이 문집을 만들었다고 생각하니 뿌듯하지? 나도 무지 뿌듯하단다. 나에게나 너희들에게나 일 년 동안의 생활을 다시 한 번 정리해 볼 수 있는 기회가 되었으면 하고, 먼 훗날 너희들이 살아가면서 가끔씩 이 문집을 꺼내봤을 때 여기 엮어진 글들이 너희들의 소중한 학창시절의 꿈과 추억을 되살려 줄 수 있으면 좋겠어. 그리고 너희들의 그 추억 속에 나도 함께 들어가 있기를 바라며 편집후기를 마칠까 한다. 얘들아~ 항상 건강하고 행복해야 해~~~!!! 너희들을 사랑하는 선생님이.

  학생들이 학창시절에 좋은 추억을 많이 만들고, 살면서 힘들 때 당시의 즐거웠던 추억들이 힘이 될 수 있기를 늘 소망했다. 『교육과정 콘서트』를 읽다 보니 '어린 시절부터 간직한 아름답고 신성한 추억만한 교육은 없을 것이다. 추억들을 많이 가지고 인생을 살아간다면 그 사람은 삶이 끝나는 날까지 안전할 것이다.'라는 문구가 눈에 들어왔다. 학교에서 해야 할 일, 교사가 해야 할 일은 지식을 전달하는 것이 아닐 수도 있다. 어쩌면 학생들에게 좋은 추억을 만들어주는 것이 아닌가라는 생각도 든다. 학교라는 안전한 울타리 안에서 최대한 많은 경험을 해보고 성공이든 실패든 그 경험을 통해 무언가를 깨달아갈 수 있도록 좋은 추억을 만들 기회를 최대한 많이 제공해주는 과정이야말로 교사와 학교의 역할이 아닐까? 이러한 생각을 담은 가정통신문을 학기 초에 배부한다. 나와 영어수업을 하게 된 학생들과 학부모들에게 영어시간에 어떻게 수업을 할 것인지 안내하고 협조를 구한다.

배움이란 가르치는 자와 배우는 자의 상호협력이며 무엇보다도 배움이 일어나기 위해서는 교사와 학생, 학생과 학생 간에 관계형성이 가장 중요하다고 생각합니다. 자신의 마음의 그릇을 크고 깊게 만드는 일은 배우는 자가 해야 할 일이며 이를 위해 부모님께서는 학생들이 긍정적인 자세로 수업에 임할 수 있도록 지도해 주시기 바랍니다.

저는 앞으로 수업을 할 때 학생들에게 어떻게 공부하는 즐거움을 안겨 줄 수 있을지, 어떻게 하면 학생들의 관심을 유도할지 고민하겠습니다. 아이들의 관심이 커지면 그것이 곧 꿈이 되고 비전이 될 수 있다고 믿기 때문입니다.

'어린 시절부터 간직한 아름답고 신성한 추억만한 교육은 없을 것이다. 추억들을 많이 가지고 인생을 살아간다면 그 사람은 삶이 끝나는 날까지 안전할 것이다.' 저의 목표는 수업을 통해 학생들에게 즐거운 경험을 많이 주는 것입니다.

미래의 사회는 누구나 아는 지식을 단순 암기해서는 경쟁력을 가질 수 없다고 미래학자들은 말합니다. 그럼 어떤 것이 진정한 지식일까요? 바로 그것은 똑같은 지식을 배우더라도, 자신만의 경험과 생각이 녹아 있는 자신만의 지식을 쌓아가는 것이라 말하고 있습니다.

그런 의미에서 '거꾸로교실'은 분명히 좋은 시도가 되리라 생각합니다. 학생들이 깊이 사고하며 문제를 해결하고 다른 사람들과 일하며 자신의 학습, 시간, 과업을 관리할 기회를 제공하기 위해 프로젝트 학습도 병행할 것입니다. 궁극적인 학교 수업의 목표는 '상식을 갖춘 능동적인 시민'으로 키우기라고 생각합니다. 모쪼록 한 해 동안 부모님들의 많은 관심과 격려 부탁드리겠습니다.

학생들이 자신의 마음 그릇을 크고 깊게 만드는 데 도움을 주는 교사이고 싶다. 학생들이 학교라는 안전한 울타리 안에서 최대한 경험을 많이 하여 자신의 관심과 흥밋거리를 찾는데 도움을 주는 교사이고 싶다. 학생들이 배운 지식을 자신의 말로 표현하고 자신이 한 경험에 의미를 부여하는데 도움을 주는 교사이고 싶다. 학생들이 깊이 사고하며 문제를 해결하고 협업하고 자신의 학습, 시간, 과업을 관리하는데 도움을 주는 교사이고 싶다. 학생들과 상호작용하며 학생들이 성숙한 민주시민으로 자랄 수 있도록 모범을 보이는 교사가 되고 싶다. 내가 그리는 교사가 되기 위해, 괜찮은 어른으로 살기 위해 평소 적어두고 자주 꺼내보는 문구들을 정리해 보았다.

Everyone is contemplating. There is no answer to what the meaning of life is or how to live it.
모두가 고민 중이다. 인생이 무언지, 어떻게 살아가야 하는지 정답은 없다.
However if you don't know, it is likely that others don't know as well. You will benefit if you can admit early on that you don't know.
허나 내가 모르면 다른 사람도 모른다. 일찌감치 모른다고 인정하면 이기는 것이다.
By thinking and researching earlier than others, you can be ahead of them. During that time, the advice that you can give to

others will gradually increase.

조금이라도 빨리 생각하고 연구를 시작하면 앞서가게 된다. 그러다 보면 남에게 조언할 수 있는 것들이 조금씩 늘어난다. - 오마에 겐이치

You want to know the difference between a master and a beginner? The master has failed more times than the beginner has even tried.

달인과 초보자의 차이를 알기 원하는가. 달인이란 초보자가 그냥 해봤던 횟수보다 몇 배수의 실패를 하는 사람이다. - Stephen McCranie

아마도 남들보다 한 발 앞서 새로운 교수학습방법을 시도하는 것은 아마도 해보지 않으면 모른다는 것, 일단 해봐야 내 것이 된다는 정신이 철저하게 박혀 있기 때문이 아닐까 한다. 내가 끊임없이 도전하고 그 도전과정에서 발전과 성장이 이루어지듯이 학생들도 실패를 두려워하지 않고 도전하기를 바란다.

The mediocre teacher tells.
The good teacher explains.
The superior teacher demonstrate.
The great teacher inspires.

보통 선생님은 말을 한다.

좋은 선생님은 설명을 한다.

뛰어난 선생님은 보여준다.

위대한 선생님은 영감을 준다.

- William Arthur Ward

　내가 학생들에게 영감을 주는 교사일지는 모르겠으나 적어도 그렇게 되려고 노력한다. 50대, 60대에 나는 어떤 교사가 되어 있을까? 100세 시대가 온다고 하니 아직 인생을 반도 못산 셈이다. 교직생활을 거의 20년 가까이 했지만 아직 그만큼 더 가야 한다. 교사로 살아온 20년을 토대로 남은 교직 생활을 더 잘 해내고 싶다.

# "평범한 교사의 이야기에서 많은 선생님들이 용기를 얻기 바란다"

20년 가까운 교직생활을 이렇게 정리해 보았다. 힘든 일도 실수도 많았지만, 적어도 매 순간 최선을 다해 살아온 나 자신에게 박수를 보내고 싶다. 내가 처한 시대 상황에 맞게 여러 가지 노력들을 해 왔다. 교실수업개선에도 앞장서고 남들이 하지 않는 시도들도 많이 했다. 교육의 질은 교사의 질을 넘지 못한다는 말이 있다. 실제로 학생들을 가장 가까이에서 만나는 존재가 교사이다 보니 학생들은 교사의 말투 하나 행동 하나에까지 영향을 받는다. 그만큼 교사의 역할이 중요하고, 그래서 책임감도 느낀다. 하지만 이렇게 중요한 임무를 맡고 있는 교사에게 주어진 권한은 많지 않다. 학생들의 인권이 강조되면서 오히려 교사의 교권은 추락하고 있는 것 같아서 안타깝다.

이 책을 읽고 '아, 저 선생님은 정말 열심히 살았구나, 그런데 나는 뭐지?'라는 자괴감에 빠지는 선생님은 없었으면 한다. 오히려 '아, 저 선생님이 할 수 있으면 나도 할 수 있겠지'라는 용기를 가지기를 바란다. '저 선생님 좀 봐. 저렇게 열심히 하는 교사도 있는데, 선생님들도 분발하세요'라고 말하는 관리자가 없기를 바란다. 수업을 살리고 학교 교육을 정상화하려면 교사들의 노력 외에 관리자의 지원과 배려도 필요할 것이다.

대한민국 교사들은 세계 어디에 내놔도 뒤처지지 않을 전문성을 가지고 있다. 그런데 학교라는 시스템 안에서 교사들이 가진 능력을 키워주는 것이 아니라, 하향평준화 시키고 있다는 생각이 든다. 창의력을 발휘할 수 있는 기회를 주지 않고 있다. 개인의 노력이 분명 필요하지만, 모든 것을 개인의 역량에 맡기거나 모든 책임을 개인에게 떠넘기는 것은 위험하다. 교사들 간에 연대하고 협력 중심의 네트워킹을 형성해서 서로 위로와 공감하는 문화, 좋은 자료를 공유하고 서로 화합하는 문화가 만들어져야 하지 않을까라는 생각을 늘 해왔다. 교사 개인 혹은 교사 집단이 노력해야 할 부분도 많지만, 학교와 교육시스템의 변화 또한 꼭 필요하다고 생각한다.

지난해 겨울 유럽 선진학교 탐방을 다녀온 적이 있다. 선진학교 방문이라는 이름으로 갔지만 수업 스킬이나 교육과정 운영에서 우리가 배울 것은 많지 않았다. 무엇보다 교직사회의 문화, 사회의 인식 변화가 우선되어야 한다는 생각을 하게 되었다. '미래교육은 학교 시스템 변화와 사회 구조 변화에서부터 시작된다'는 요지로 작성한 유럽 선진학교 탐방 보고서의 일부를 옮겨온다.

한국에서도 이미 교실 수업 개선이 많이 이루어지고 있으며, '스쿨 21'과 같은 프로젝트 수업 중심으로 교육과정을 운영하는 학교나 교사들이 적지 않다. 하지만, 교사 개인이 감당하기에는 한계가 있는 교육 시스템의 변화가 절실하다. 무엇보다 단위 학교나 교사에게 좀 더 많은 자율권이 필요하다. 또한, 방문한 학교에서 프로젝트 수업 운영을 위해 가장 필요한 요소 중 하나가 교사 협의시간이었다. 우리 현실에서는 프로젝트 수업을 진행하는 교사들 간에 수업운영에 대한 협의 시간이 턱없이 부족하다. 따라서 프로젝트 수업을 담당하는 교사에게 맡겨진 행정업무는 행정업무 담당자에게 위임하고, 교사는 수업과 학생 관리에만 신경 쓸 수 있는 시스템 도입과 개선이 시급하다고 하겠다.

아울러 평가 결과를 활용하는 방식 또한 바뀌어야 할 것이다. 프로젝트 수업 결과물에 대해 등급을 나누어 점수로 평가하기 보다는 수업 과정에서 학생들에게 충분한 피드백이 주어져야 한다. 프로젝트 수업 결과물을 평가를 위한 평가가 아니라, 프로젝트를 수행하는 과정을 통해 학생들이 한층 더 성장할 수 있는 계기로 만들어주는 인식의 전환이 필요하다. '스쿨 21'의 학기말 전시회처럼 프로젝트 수업 발표회가 교사·학생·학부모가 서로 소통할 수 있는 하나의 축제가 되어 학생들의 성취감과 자존감을 높일 수 있다면, 굳이 각각의 프로젝트에 대한 점수화는 필요 없을 것이다. 평가에 대해 덧붙이면 동(同)학년 동(同)교과 간 하나의 평가 기준에 맞춰야 하는 현 시스템에서, 한 교사가 가르친 학생은 해당 교사가 책임질 수 있는 평가 시스템 도입이 바람직하다고 본다.

특히 평가 결과를 안내하였을 때 해당 학생을 담당하고 있는 교사에 대해 '무한신뢰'하는 교육문화 만들기가 필요하다. 교사에 대한 사회의 '무한신뢰'를 위해서는 교육당국의 지원뿐만 아니라, 교사 개인이 전문성과 투명성을 갖추기 위한 철저한 자세와 부단한 노력이 요구된다. 마찬가지로 사회적으로는 교사를 신뢰하고 격려할 수 있는 성숙한 시민의식이 필수적이다.

끝으로 교육 환경의 변화는 교육 시스템 그 자체로만 이루어질 수 없는 다양성과 복잡성이 있다. 학교 교실은 사회의 일부분이며, 교육은 바로 학생 개개인이 건전한 사회 구성원으로 나갈 수 있는 나침반이 된다. 교육과 사회는 서로 밀접한 관계를 맺고 있는 것이다. 따라서 사회 구성원들의 성숙한 시민의식, 계층·지역 간 격차 및 갈등 해소, 복지 등 사회 전반적인 체계의 건전성과 구성원들 간에 정직·신뢰·투명성 등이 담보되지 않는다면 학교교육 시스템의 근본적인 변화는 일어날 수 없음을 이번 유럽의 공교육 현장 탐방을 통해 깨달았다.

평범한 교사의 이야기에서 많은 선생님들이 용기를 얻기 바란다. 교사 한 명 한 명의 이야기가 모여 교사 전체의 이야기가 되고, 교사들의 이야기가 모여 학교 전체의 이야기가 되고, 학교들의 이야기가 모여 교육 시스템 전체의 이야기가 되고, 교육 시스템의 이야기들이 모여 우리 사회 전체의 이야기가 된다고 믿는다. 그래서 자신의 이야기를 하는 교사가 많아졌으면 좋겠다. 그런 이야기들이 모여 교직사회의 문화가 되고, 사회 전체의 문화가 되어 우리도 교육 선진국이 되기를 바란다. 현장의 교사들이 스승으로, 소명의식 투철한 교사로, 직업인으로 당당하게 살아갈 수 있도록 내가 할 수 있는 일들을 차근차근 해 나가려고 한다.

2019년 1월

최선경

# 이 책을 쓰는데 도움을 받은 자료들

**＊국내 도서**

고영성, 신영준 (2017), 완벽한 공부법, 로크미디어

권영애(2018), 자존감, 효능감을 만드는 버츄 프로젝트 수업, 아름다운 사람들

김성효(2015), 선생 하기 싫은 날, 즐거운학교

박현숙(2013), 희망의 학교를 꿈꾸다, 해냄출판사

이경원(2014), 교육과정 콘서트, 행복한 미래

이혜정(2017), 대한민국의 시험, 다산북스

정문성(2018), 무례한 사람에게 웃으며 대처하는 법, 가나출판사

조정래(2016), 풀꽃도 꽃이다, 해냄출판사

최선경 외 대구체인지메이커프로젝트수업연구회(2018), 체인지메이커 교육, 즐거운학교

허승환(2010), 수업 시작 5분을 잡아라, 즐거운학교


**＊번역서**

김규회 외 4인 저, 이용택 역(2015), 인생 격언(소리 내서 읽고, 손으로 쓰고 싶은), 끌리는 책

나쓰메 소세키 저, 송태욱 역(2013), 도련님, 현암사

레이프 에스퀴스 저, 박인균 역(2014), 당신이 최고의 교사입니다, 추수밭

우치다 다츠루 저, 김경옥 역(2013), 하류지향, 민들레

우치다 다츠루 저, 박동섭 역(2012), 스승은 있다, 민들레

이토 우지다카 저, 이수경 역(2012), 천천히 깊게 읽는 즐거움, 21세기북스

잭 캔필드, 마크 빅터 한센, 에이미 뉴마크 저, 최선경, 김병식 역(2018), 선생님의 영혼을 위한 닭고기 수프, 지식프레임

존 라머, 존 머겐달러, 수지 보스 저, 최선경, 장밝은, 김병식 역(2017), 프로젝트 수업 어떻게 할 것인가, 지식프레임

파울로 프레이리 저, 교육문화연구회 역(2000), 프레이리의 교사론, 아침이슬

하시모토 다케시 저, 장민주 역(2012), 슬로리딩(생각의 힘을 키우는), 조선북스

＊ 신문기사

중앙일보, '교사된 것 후회' 20%…OECD 평균의 2배 넘어, 2017.5.14.,
https://news.joins.com/article/21570178
아시아경제, 일을 재미있게 만드는 비결 '잡 크래프팅'. 2013.4.30.,
http://www.asiae.co.kr/news/view.htm?idxno=2013043015291896206
머니투데이, 스승의 날 없애자 했죠, 자존심만 상해서, 2018.05.13.,
http://news.mt.co.kr/mtview.php?no=2018050920091025824

＊ 웹사이트

행복한 교육(교육부), 새학년 새학기 학생·학부모가 바라는 담임선생님,
https://happyedu.moe.go.kr/happy/bbs/selectHappyArticle.do?bbsId=BBSMSTR_00000000
5043&nttId=7231
네이버 블로그, 유박사의 도서미식회 12화 잡 크래프팅,
https://blog.naver.com/exc1994/221273132572
네이버 블로그, 잡 크래프팅과 일의 의미, http://www.smnjpartners.com/archives/3573
위키백과, 수가타 미트라,
https://ko.wikipedia.org/wiki/%EC%88%98%EA%B0%80%ED%83%80_%EB%AF%B8%ED%8
A%B8%EB%9D%BC
위키백과, 테드, https://ko.wikipedia.org/wiki/TED
위키백과, 대한민국의 교사임용시험,
https://ko.wikipedia.org/wiki/%EB%8C%80%ED%95%9C%EB%AF%BC%EA%B5%AD%EC%9
D%98_%EA%B5%90%EC%82%AC%EC%9E%84%EC%9A%A9%EC%8B%9C%ED%97%98
네이버 지식백과, 장인 정신,
https://terms.naver.com/entry.nhn?docId=924850&cid=47332&categoryId=47332
네이버책(인터넷 교보문고 제공), 당신이 최고의 교사입니다 저자 소개,
https://book.naver.com/bookdb/book_detail.nhn?bid=7625883
SNSenglish, [명언] 난문쾌답 – 모두가 고민 중,
http://snsenglish.blogspot.com/2014/12/blog-post_23.html